Так что же нам делать?
Лев Николаевич Толстой
What is to be done?
Leo Tolstoy

What is to be done?
Copyright © JiaHu Books 2014
First Published in Great Britain in 2014 by Jiahu Books – part of
Richardson-Prachai Solutions Ltd, 34 Egerton Gate, Milton Keynes, MK5
7HH
ISBN: 978-1-78435-099-4
A CIP catalogue record for this book is available from the British Library
Visit us at: jiahubooks.co.uk

ТАК ЧТО ЖЕ НАМ ДЕЛАТЬ?

И спрашивал его народ, что же нам делать? И он сказал в ответ: у кого есть две одежды, тот отдай неимущему; в у кого есть пища, делай то же. (Луки III, 10, 11).

Не собирайте себе сокровищ на земле, где моль и ржа истребляют и где воры подкапывают и крадут.

Но собирайте себе сокровища на небе, где ни моль, ни ржа не истребляют и где воры не подкапывают и не крадут.

Ибо где сокровище ваше, там будет и сердце ваше.

Светильник для тела есть око. Итак, если око твое будет чисто, то все тело твое будет светло.

Если же око твое будет худо, то все тело будет темно. Итак, если свет, который в тебе, тьма, то какова же тьма?

Никто не может служить двум господам; ибо или одного будет ненавидеть, а другого любить, или одному станет усердствовать, а о другом не радеть. Не можете служить богу и мамоне.

Посему говорю вам: не заботьтесь для души вашей, что вам есть и что пить, ни для тела вашего, во что одеться. Душа во больше ли пищи и тело одежды?

Итак, не заботьтесь и не говорите: что нам есть? или что пить? или во что одеться?

Потому что всего этого ищут язычники; в потому что отец ваш небесный знает, что вы имеете нужду во всем этом.

Ищите же прежде царствия божия в правды его, и это все приложится вам. (Мтф. VI, 19 - 25, 31 - 34).

Ибо легче верблюду пройти сквозь игольные уши, нежели богатому войти в царствие божие. (Мтф. XIX, 24; Луки XVIII, 25; Марка X, 25).

Я всю жизнь прожил не в городе. Когда я в 1881 году переехал на житье в Москву, меня удивила городская бедность. Я знаю деревенскую бедность; но городская была для меня нова и непонятна. В Москве нельзя пройти улицы, чтобы не встретить нищих, и особенных нищих, не похожих на деревенских. Нищие эти не нищие с сумой и Христовым именем, как определяют себя деревенские нищие, а это нищие без сумы и без Христова имени. Московские нищие не носят сумы и не просят милостыни. Большею частью они, встречая или пропуская вас мимо себя, только стараются встретиться с вами глазами. И, смотря по вашему взгляду, они просят или нет. Я знаю одного такого нищего из дворян. Старик ходит медленно, наклоняясь на каждую ногу. Когда он встречается с вами, он наклоняется на одну ногу и делает вам как будто поклон. Если вы останавливаетесь, он берется за фуражку с кокардой, кланяется и просит; если вы не останавливаетесь, то он делает вид, что это только у него такая походка, и он проходит дальше, так же кланяясь на другую ногу. Это настоящий московский нищий, ученый. Сначала я не знал, почему московские нищие не просят прямо, но потом понял, почему они не просят, но все-таки не понял их положения.

Один раз, идя по Афанасьевскому переулку, я увидал, что городовой сажает на извозчика опухшего от водяной и оборванного мужика. Я спросил:

- За что?

Городовой ответил мне:

- За прошение милостыни.

- Разве это запрещено?

- Стало быть, запрещено, - ответил городовой. Больного водянкой повезли на извозчике. Я взял другого извозчика и поехал за ними. Мне хотелось узнать, правда ли, что запрещено просить милостыню, и как это запрещено. Я никак не мог понять, как можно запретить одному человеку просить о чем-нибудь другого, и, кроме того, не верилось, чтобы было запрещено просить милостыню, тогда как Москва полна нищими.

Я вошел в участок, куда свезли нищего. В участке сидел за столом человек с саблей и пистолетом. Я спросил:

- За что взяли этого мужика?

Человек с саблей и пистолетом строго посмотрел на меня и сказал:

- Вам какое дело? - Однако, чувствуя необходимость разъяснить мне что-то, он прибавил: - Начальство велит забирать таких; стало быть, надо.

Я ушел. Городовой, тот, который привез нищего, сидя в сенях на подоконнике, глядел уныло в какую-то записную книжку. Я спросил его:

- Правда ли, что нищим запрещают просить Христовым именем?

Городовой очнулся, посмотрел на меня, потом не то что нахмурился, но как бы опять заснул и, садясь на подоконник, сказал:

- Начальство велит - значит, так надо, - и вновь занялся своей книжкой.

Я сошел на крыльцо к извозчику.

- Ну, что? взяли? - спросил извозчик. Извозчика, видно, заняло тоже это дело.

- Взяли, - отвечал я.

Извозчик покачал головой.

- Как же это у вас, в Москве, запрещено, что ли, просить

Христовым именем? - спросил я.

- Кто их знает! - сказал извозчик.

- Как же это, - сказал я, - нищий Христов, а его в участок ведут?

- Нынче уж это оставили, не велят, - сказал извозчик.

После этого я видал и еще несколько раз, как городовые водили нищих в участок и потом в Юсупов рабочий дом.

Раз я встретил на Мясницкой толпу таких нищих, человек с тридцать. Спереди и сзади шли городовые. Я спросил:

- За что?

- За прошение милостыни.

Выходило, что по закону в Москве запрещено просить милостыню всем тем нищим, которых встречаешь в Москве по нескольку на каждой улице и шеренги которых во время службы и особенно похорон стоят у каждой церкви.

Но почему же некоторых ловят и запирают куда-то, а других оставляют? Этого я так и не мог понять. Или есть между ними законные и беззаконные нищие, или их так много, что всех нельзя переловить, или одних забирают, а другие вновь набираются?

Нищих в Москве много всяких сортов: есть такие, что этим живут; есть и настоящие нищие, такие, что почему-нибудь попали в Москву и точно в нужде.

Из этих нищих бывают часто простые мужики и бабы в крестьянской одежде. Я часто встречал таких. Некоторые из них заболели здесь и вышли из больницы и не могут ни кормиться, ни выбраться из Москвы. Некоторые из них, кроме того, и загуливали (таков был, вероятно, и тот больной водянкой). Некоторые были не больные, но погоревшие, или старые, или бабы с детьми; некоторые же были и совсем здоровые, способные работать. Эти совсем здоровые мужики, просившие милостыню, особенно занимали меня. Эти здоровые, способные к работе мужики-нищие занимали меня еще и потому, что со времени моего приезда в Москву я сделал себе привычку для моциона ходить работать на Воробьевы горы с двумя мужиками, пилившими там дрова. Два эти мужика были совершенно такие же нищие, как и те, которых я встречал но улицам. Один был Петр, солдат, калужский, другой - мужик, Семен, владимирский. У них ничего не было, кроме платья на теле и рук. И руками этими они зарабатывали при очень тяжелой работе от 40 до 45 копеек в день, из которых они оба откладывали, - калужский откладывал на шубу, а владимирский на то, чтобы собрать денег на отъезд в деревню. Встречая поэтому таких же людей на улицах, я особенно интересовался ими.

Почему те работают, а эти просят?

Встречая такого мужика, я обыкновенно спрашивал, как он дошел до такого положения. Встречаю раз мужика с проседью в бороде, здорового. Он просит; спрашиваю его, кто он, откуда. Он говорит, что пришел на заработки из Калуги. Сначала нашли работу - резать старье в дрова. Перерезали все с товарищем у одного хозяина; искали другой работы, не нашли, товарищ отбился, и вот он бьется так вторую неделю, проел все, что было, - ни пилы, ни колуна не на что купить. Я даю деньги на пилу и указываю ему место, куда приходить работать. Я вперед уже уговорился с Петром и Семеном, чтобы они приняли товарища и подыскали ему пару.

- Смотри же, приходи. Там работы много.

- Приду, как не прийти! Разве охота, - говорит, - побираться. Я работать могу.

Мужик клянется, что придет, и мне кажется, что он не обманывает, а имеет намерение прийти.

На другой день прихожу к знакомым мне мужикам. Спрашиваю, приходил ли мужик. Не приходил. И так несколько человек обманули меня. Обманывали меня и такие, которые говорили, что им нужно только денег на билет, чтобы уехать домой, и через неделю попадались мне опять на улице. Многих из них я признал уже, и они признали меня и иногда, забыв меня, повторяли мне тот же обман, а иногда уходили, завидев меня. Так я увидал, что в числе и этого разряда есть много обманщиков; но и обманщики эти были очень жалки; все это были полураздетые, бедные, худые, болезненные люди; это были те самые, которые действительно замерзают или вешаются, как мы знаем по газетам.

II

Когда я говорил про эту городскую нищету с городскими жителями, мне всегда говорили: "О! это еще ничего - все то, что вы видели. А вы пройдите на Хитров рынок и тамошние ночлежные дома. Там вы увидите настоящую "золотую роту". Один шутник говорил мне, что это теперь уже не рота, а золотой полк: так их много стало. Шутник был прав, но он бы был еще справедливее, если бы сказал, что этих людей теперь в Москве не рота и не полк, а их целая армия, думаю, около 50 тысяч. Городские старожилы, когда говорили мне про городскую нищету, всегда говорили это с некоторым удовольствием, как бы гордясь передо мной тем, что они знают это. Я помню, когда я был в Лондоне, там старожилы тоже как будто хвастались, говоря про лондонскую нищету. Вот, мол, как у нас.

И мне хотелось видеть эту всю нищету, про которую мне говорили. Несколько раз я направлялся в сторону Хитрова рынка, но всякий раз мне становилось жутко и совестно. "Зачем я пойду смотреть на страдания людей, которым я не могу помочь?" - говорил один голос. "Нет, если ты живешь здесь и видишь все прелести городской жизни, поди, посмотри и на это", - говорил другой голос.

И вот в декабре месяце третьего года, в морозный и ветреный день, я пошел к атому центру городской нищеты, к Хитрову рынку. Это было в будни, часу в четвертом. Уже идя по Солянке, я стал замечать больше и больше людей в странных, не своих одеждах и в еще более странной обуви, людей с особенным нездоровым цветом лица и, главное, с особенным общим им всем пренебрежением ко всему окружающему. В самой странной, ни на что не похожей одежде человек шел совершенно свободно, очевидно без всякой мысли о том, каким он может представляться другим людям. Все эти люди направлялись в одну сторону. Не спрашивая дороги, которую я не знал, я шел за ними и вышел на Хитров рынок. На рынке такие же женщины в оборванных капотах, салопах, кофтах, сапогах и калошах и столь же свободные, несмотря на уродство своих одежд, старые и молодые, сидели, торговали чем-то, ходили и ругались. Народу на рынке было мало. Очевидно, рынок отошел, и большинство людей шло в гору мимо рынка и через рынок, все в одну сторону. Я пошел за ними. Чем дальше я шел, тем больше сходилось все таких же людей по одной дороге. Пройдя рынок и идя вверх по улице, я догнал двух женщин: одна старая, другая молодая. Обе в чем-то оборванном и сером. Они шли и говорили о каком-то деле.

После каждого нужного слова произносилось одно или два ненужных, самых неприличных слова. Они были не пьяны, чем-то были озабочены, и шедшие навстречу, и сзади и спереди, мужчины не обращали на эту их странную для меня речь никакого внимания. В этих местах, видно, всегда так говорили. Налево были частные ночлежные дома, и некоторые завернули туда, другие шли дальше. Взойдя на гору, мы подошли к угловому большому дому. Большинство людей, шедших со мною, остановилось у этого дома. По всему тротуару этого дома стояли и сидели на тротуаре и на снегу улицы все такие же люди. С правой стороны входной двери - женщины, с левой - мужчины. Я прошел мимо женщин, прошел мимо мужчин (всех было несколько сот) и остановился там, где кончалась их вереница. Дом, у которого дожидались эти люди, был Ляпинский бесплатный ночлежный дом. Толпа людей были ночлежники, ожидающие впуска. В 5 часов вечера отворяют и впускают. Сюда-то шли почти все те люди, которых я обгонял.

Я остановился там, где кончалась вереница мужчин. Ближайшие ко мне люди стали смотреть на меня и притягивали меня своими взглядами. Остатки одежд, покрывавших эти тела, были очень разнообразны. Но выражение всех взглядов этих людей, направленных на меня, было совершенно одинаково. Во всех взглядах было выражение вопроса: зачем ты - человек из другого мира - остановился тут подле нас? Кто ты? Самодовольный ли богач, который хочет порадоваться на нашу нужду, развлечься от своей скуки и еще помучить нас, или ты то, что не бывает и не может быть, - человек, который жалеет нас? На всех лицах был этот вопрос. Взглянет, встретится глазами и отвернется. Мне хотелось заговорить с кем-нибудь, и я долго не решался. Но пока мы молчали, уже взгляды наши сблизили нас. Как ни разделила пас жизнь, после двух, трех встреч взглядов мы почувствовали, что мы оба люди, и перестали бояться друг друга. Ближе всех ко мне стоял мужик с опухшим лицом и рыжей бородой, в прорванном кафтане и стоптанных калошах на босу ногу. А было 8 градусов мороза. В третий или четвертый раз я встретился с ним глазами и почувствовал такую близость с ним, что уж не то что совестно было заговорить с ним, но совестно было не сказать чего-нибудь. Я спросил, откуда он. Он охотно ответил и заговорил; другие приблизились. Он смоленский, пришел искать работы на хлеб и подати. "Работы, говорит, - нет, солдаты нынче всю работу отбили. Вот и мотаюсь теперь; верьте богу, - не ел два дня", - сказал он робко с попыткой улыбки. Сбитенщик, старый солдат, стоял тут. Я подозвал. Он налил сбитня. Мужик взял горячий стакан в руки и, прежде чем пить, стараясь не упустить даром тепло, грел об него руки. Грея руки, он рассказывал мне свои похождения. Похождения или рассказы про похождения почти все одни и те же: была работишка, потом перевелась, а тут в ночлежном доме украли кошель с деньгами и с билетом. Теперь нельзя выйти из Москвы. Он рассказал, что днем он греется по кабакам, кормится тем, что съедает закуску (куски хлеба в кабаках); иногда дадут, иногда выгонят; ночует даром здесь в Ляпинском доме. Ждет только обхода полицейского, который, как беспаспортного, заберет его в острог и отправит по этапу на местожительства. "Говорят, в четверг будет обход, - сказал он, - тогда заберут. Только бы до четверга добиться". (Острог и этап представляются для него обетованной землей.)

Пока он рассказывал, человека три из толпы подтвердили его слова и сказали, что они точно в таком же положении.

Худой юноша, бледный, длинноносый, в одной рубахе на верхней части тела, прорванной на плечах, и в фуражке без козырька, бочком протерся ко мне чрез толпу. Он не переставая дрожал крупной дрожью, но старался улыбаться презрительно на речи мужиков, полагая этим попасть в мой тон, и глядел на меня. Я предложил и ему сбитню; он также, взяв стакан, грел об него руки и только что начал что-то говорить, как его оттеснил большой, черный, горбоносый, в рубахе ситцевой и жилете, без шапки. Горбоносый попросил тоже сбитня. Потом старик длинный, клином борода, в пальто, подпоясан веревкой и в лаптях, пьяный. Потом маленький, с опухшим лицом и с слезящимися глазами в коричневом нанковом пиджаке и с голыми коленками, торчавшими в дыры летних панталон, стучавшими друг о друга от дрожи. Он не мог удержать стакан от дрожи и пролил его на себя. Его стали ругать. Он только жалостно улыбался и дрожал. Потом кривой урод в лохмотьях и опорках на босу ногу, потом что-то офицерское, потом что-то духовного звания, потом что-то странное, безносое, - все это голодное и холодное, умоляющее и покорное теснилось вокруг меня и жалось к сбитню. Сбитень выпили. Один попросил денег; я дал. Попросил другой, третий, и толпа осадила меня. Сделалось замешательство, давка. Дворник соседнего дома крикнул на толпу, чтоб очистили тротуар против его дома, и толпа покорно исполнила его приказание. Явились распорядители из толпы и взяли меня под свое покровительство - хотели вывести из давки, но толпа, прежде растянутая по тротуару, теперь вся расстроилась и прижалась ко мне. Все смотрели на меня и просили; и одно лицо было жалче и измученнее и униженнее другого. Я роздал все, что у меня было. Денег у меня было немного: что-то около 20 рублей, и я с толпою вместе вошел в ночлежный дом.

Ночлежный дом огромный. Он состоит из четырех отделений. В верхних этажах - мужские, в нижних - женские. Сначала я вошел в женское; большая комната вся занята койками, похожими на койки 3-го класса железных дорог. Койки расположены в два этажа - наверху и внизу. Женщины, странные, оборванные, в одних платьях, старые и молодые, входили и занимали места, которые внизу, которые наверху. Некоторые старые крестились и поминали того, кто устроил этот приют, некоторые смеялись и ругались. Я прошел наверх. Там также размещались мужчины; между ними я увидал одного из тех, которым я давал деньги. Увидав его, мне вдруг стало ужасно стыдно, и я поспешил уйти. И с чувством совершенного преступления я вышел из этого дома и пошел домой. Дома я вошел по коврам лестницы в переднюю, пол которой обит сукном, и, сняв шубу, сел за обед из 5 блюд, за которым служили два лакея во фраках, белых галстуках и белых перчатках.

Тридцать лет тому назад я видел в Париже, как в присутствии тысячи зрителей отрубили человеку голову гильотиной. Я знал, что человек этот был ужасный злодей; я знал все те рассуждения, которые столько веков пишут люди, чтобы оправдать такого рода поступки; я знал, что это сделали нарочно, сознательно; но в тот момент, когда голова и тело разделились и упали в ящик, я ахнул и понял не умом, не сердцем, а всем существом моим, что все рассуждения, которые я слышал о смертной казни, есть злая чепуха, что сколько бы людей ни собралось вместе, чтобы совершить убийство, как бы они себя ни называли, убийство худший грех в мире, и что вот на моих глазах совершен этот грех. Я своим присутствием и невмешательством одобрил этот грех и принял участие в нем. Так и теперь, при виде этого голода, холода и унижения тысячи людей, я не умом, не сердцем, а всем существом моим понял, что существование десятков тысяч таких людей в Москве, тогда, когда я с другими тысячами объедаюсь филеями и осетриной и покрываю лошадей и полы сукнами и коврами, что бы ни говорили мне все ученые мира о том, как это необходимо, - есть преступление, не один раз совершенное, но постоянно совершающееся, и что я, с своей роскошью, не только попуститель, но прямой участник его. Для меня разница этих двух впечатлений была только в том, что там все, что я мог сделать, это было то, чтобы закричать убийцам, стоявшим около гильотины и распоряжавшимся убийством, что они делают зло, и всеми средствами стараться помешать. Но и делая это, я мог вперед знать, что этот мой поступок не помешает убийству. Здесь же я мог дать не только сбитень и те ничтожные деньги, которые были со мной, но я мог отдать и пальто с себя и все, что у меня есть дома. А я не сделал этого и потому чувствовал, и чувствую, и не перестану чувствовать себя участником постоянно совершающегося преступления до тех пор, пока у меня будет излишняя пища, а у другого совсем не будет, у меня будут две одежды, а у кого-нибудь но будет ни одной.

III

В тот же вечер, когда я вернулся из Ляпинского дома, Я рассказывал свое впечатление одному приятелю. Приятель - городской житель - начал говорить мне не без удовольствия, что это самое естественное городское явление, что я только по провинциализму своему вижу в этом что-то особенное, что всегда это так было и будет, что это должно так быть и есть неизбежное условие цивилизации. В Лондоне еще хуже... стало быть, дурного тут ничего нет и недовольным этим быть нельзя. Я стал возражать своему приятелю, но с таким жаром и с такою злобою, что жена прибежала из другой комнаты, спрашивая, что случилось. Оказалось, что я, сам не замечая того, со слезами в голосе кричал и махал руками на своего приятеля. Я кричал: "Так нельзя жить, нельзя так жить, нельзя!" Меня устыдили за мою ненужную горячность, сказали мне, что я ни о чем не могу говорить спокойно, что я неприятно раздражаюсь, и, главное, доказали мне то, что существование таких несчастных никак не может быть причиной того, чтобы отравлять жизнь своих близких.

Я должен был согласиться, что это справедливо, и замолчал; но в глубине души я чувствовал, что и я прав, и не мог успокоиться.

И прежде уже чуждая мне и странная городская жизнь теперь опротивела мне так, что все те радости роскошной жизни, которые прежде мне казались радостями, стали для меня мучением. И как я ни старался найти в своей душе хоть какие-нибудь оправдания нашей жизни, я не мог без раздражения видеть ни своей, ни чужой гостиной, ни чисто, барски накрытого стола, ни экипажа, сытого кучера и лошадей, ни магазинов, театров, собраний. Я не мог не видеть рядом с этим голодных, холодных и униженных жителей Ляпинского дома. И не мог отделаться от мысли, что эти две вещи связаны, что одно происходит от другого. Помню, что как мне сказалось в первую минуту это чувство моей виновности, так оно и осталось во мне, но к этому чувству очень скоро подмешалось другое и заслонило его.

Когда я говорил про свое впечатление Ляпинского дома моим близким друзьям и знакомым, все мне отвечали то же, что и мой первый приятель, с которым я стал кричать; но, кроме того, выражали еще одобрение моей доброте и чувствительности и давали мне понимать, что зрелище это так особенно подействовало на меня только потому, что я, Лев Николаевич, очень добр и хорош. И я охотно поверил этому. И не успел я оглянуться, как, вместо чувства упрека и раскаяния, которое я испытал сначала, во мне уже было чувство довольства перед своей добродетелью и желание высказать ее людям.

Должно быть, в самом деле, говорил я себе, виноват тут не я собственно своей роскошной жизнью, а виноваты необходимые условия жизни. Ведь изменение моей жизни не может поправить то зло, которое я видел. Изменяя свою жизнь, я сделаю несчастным только себя и своих близких, а те несчастия останутся такие же.

И потому задача моя не в том, чтобы изменить свою жизнь, как это мне показалось сначала, а в том, чтобы содействовать, насколько это в моей власти, улучшению положения тех несчастных, которые вызвали мое сострадание. Все дело в том, что я очень добрый, хороший человек и желаю делать добро ближним. И я стал обдумывать план благотворительной деятельности, в которой я могу выказать всю мою добродетель. Должен сказать, однако, что и обдумывая эту благотворительную деятельность, в глубине души я все время чувствовал, что это не то; но, как это часто бывает, деятельность рассудка и воображения заглушала во мне этот голос совести. В это время случилась перепись. Это показалось мне средством для учреждения той благотворительности, в которой я хотел выказать мою добродетель. Я знал про многие благотворительные учреждения и общества, существующие в Москве, но вся деятельность их казалась мне и ложно направленной и ничтожной в сравнении с тем, что я хотел сделать. Я и придумал следующее: вызвать в богатых людях сочувствие к городской нищете, собрать деньги, набрать людей, желающих содействовать этому делу, и вместе с переписью обойти все притоны бедности и, кроме работы переписи, войти в общение с несчастными, узнать подробности их нужды и помочь им деньгами, работой, высылкой из Москвы, помещением детей в школы, стариков и старух в приюты и богадельни. Мало того, я думал, что из тех людей, которые займутся этим, составится постоянное общество, которое, разделив между собой участки Москвы, будет следить за тем, чтобы бедность и нищета эта не зарождались; будет постоянно, в начале еще зарождения ее, уничтожать ее; будет исполнять обязанность не столько лечения, сколько гигиены городской бедноты. Я воображал уже себе, что, не говоря о нищих, просто нуждающихся не будет в городе, и что все это сделаю я, и что мы все, богатые, будем после этого спокойно сидеть в своих гостиных и кушать обед из 5 блюд и ездить в каретах в театры и собрания, не смущаясь более такими зрелищами, какие я видел у Ляпинского дома.

Составив себе этот план, я написал статью об этом и, прежде еще, чем отдать ее в печать, пошел по знакомым, от которых надеялся получить содействие. Всем, кого я видал в этот день (я обращался особенно к богатым), я говорил одно и то же, почти то же, что я написал потом в статье: я предлагал воспользоваться переписью для того, чтобы узнать нищету в Москве и помочь ей делом и деньгами, и сделать так, чтобы бедных не было в Москве, и мы, богатые, с покойной совестью могли бы пользоваться привычными нам благами жизни. Все слушали меня внимательно и серьезно, но при этом со всеми без исключения происходило одно и то же: как только слушатели понимали, в чем дело, им становилось как будто неловко и немножко совестно. Им было как будто совестно, и преимущественно за меня, за то, что я говорю глупости, но такие глупости, про которые никак нельзя прямо сказать, что это глупости. Как будто какая-то внешняя причина обязывала слушателей потакнуть этой моей глупости.

- Ах, да! Разумеется. Это было бы очень хорошо, - говорили мне. - Само собой разумеется, что этому нельзя не сочувствовать. Да, мысль ваша прекрасна. Я сам или сама думала это, но... у нас так вообще равнодушны, что едва ли можно рассчитывать на большой успех... Впрочем, я, с своей стороны, разумеется, готов или готова содействовать.

Подобное этому говорили мне все. Все соглашались, но соглашались, как мне казалось, не вследствие моего убеждения и не вследствие своего желания, а вследствие какой-то внешней причины, не позволявшей не согласиться. Я заметил это уже потому, что ни один из обещавших мне свое содействие деньгами, ни один сам не определил суммы, которую он намерен дать, так что я сам должен был определить ее и спрашивать: "Так могу я рассчитывать на вас до

300, или 200, или 100, 25 рублей?", и ни один не дал денег. Я отмечаю это потому, что когда люди дают деньги на то, чего сами желают, то, обыкновенно, торопятся дать деньги. На ложу Сарры Бернар сейчас дают деньги в руки, чтобы закрепить дело. Здесь же из всех тех, которые соглашались дать деньги и выражали свое сочувствие, ни один не предложил сейчас же дать деньги, но только молчаливо соглашался на ту сумму, которую я определял. В последнем доме, в котором я был в этот день вечером, я случайно застал большое общество. Хозяйка этого дома уже несколько лет занимается благотворительностью. У подъезда стояло несколько карет, в передней сидело несколько лакеев в дорогих ливреях. В большой гостиной, за двумя столами и лампами, сидели одетые в дорогие наряды и с дорогими украшениями дамы и девицы и одевали маленьких кукол; несколько молодых людей было тут же, около дам. Куклы, сработанные этими дамами, должны были быть разыграны в лотерею для бедных.

Вид этой гостиной и людей, собравшихся в ней, очень неприятно поразил меня. Не говоря о том, что состояние людей, собравшихся здесь, равнялось нескольким миллионам, не говоря о том, что проценты с одного того капитала, который был затрачен здесь на платья, кружева, бронзы, брошки, кареты, лошадей, ливреи, лакеев, были бы во сто раз больше того, что выработают все эти дамы, - не говоря об этом, те расходы, поездки сюда всех этих дам и господ, перчатки, белье, переезд, свечи, чай, сахар, печенье хозяйке стоили в сто раз больше того, что здесь сработают. Я видел все это и потому мог бы понять, что здесь-то я уж не найду сочувствия своему делу; но я приехал, чтобы сделать свое предложение, и, как ни тяжело мне это было, я сказал то, что хотел (я говорил почти все то же, что написал в своей статье).

Из бывших тут людей одна особа предложила мне денег, сказав, что сама по бедным идти не чувствует себя в силах по своей чувствительности, но денег даст; сколько денег и когда она доставит их, она не сказала. Другая особа и один молодой человек предложили свои услуги хождения по бедным; но я не воспользовался их предложением. Главное же лицо, к которому я обращался, сказало мне, что нельзя будет сделать многого, потому что средств мало. Средств же мало потому, что богатые люди Москвы все уже на счету и у всех выпрошено все, что только можно, что уже всем этим благотворителям даны чины, медали и другие почести, что для успеха денежного нужно выпросить какие-нибудь новые почести от властей и что это одно действительное средство, но что это очень трудно.

Вернувшись домой в этот день, я лег спать не только с предчувствием, что из моей мысли ничего не выйдет, но со стыдом и сознанием того, что целый этот день я делал что-то очень гадкое и стыдное. Но я не оставил этого дела. Во-первых, дело было начато, и ложный стыд помешал бы мне отказаться от него; во-вторых, не только успех этого дела, но самое занятие им давало мне возможность продолжать жить в тех условиях, в которых я жил; неуспех же подвергал меня необходимости отречения от своей жизни и искания новых путей жизни. А этого я бессознательно боялся. И я не поверил внутреннему голосу и продолжал начатое.

Отдав в печать свою статью, я прочел ее по корректуре в Думе. Я прочел ее, краснея до слез и запинаясь: так мне было неловко. Так же неловко было, я видел, и всем слушателям. На вопрос мой по окончании чтения о том, принимают ли руководители переписи предложение мое оставаться на своих местах, для того чтобы быть посредниками между обществом и нуждающимися, произошло неловкое молчание. Потом два оратора сказали речи. Речи эти как бы поправили неловкость моего предложения; выражено было мне сочувствие, но указано было на неприложимость моей одобряемой всеми мысли. Всем стало легче. Но когда я потом, все-таки желая добиться своего, спрашивал у руководителей порознь: согласны ли они при переписи исследовать нужды бедных и оставаться на своих местах, чтобы служить посредниками между бедными и богатыми, им всем опять стало неловко. Как будто они взглядами говорили мне: ведь вот смазали из уважения к тебе твою глупость, а ты опять с ней лезешь! Такое было выражение их лиц; но на словах они сказали мне, что согласны, и двое из них, каждый порознь, как будто сговорились, одними и теми же словами сказали: "Мы считаем себя нравственно обязанными это сделать". То же самое впечатление произвело мое сообщение и на студентов-счетчиков, когда я им говорил о том, что мы во время переписи, кроме цели переписи, будем преследовать цель благотворительности. Когда мы говорили про это, я замечал, что им как будто совестно смотреть мне в глаза, как совестно смотреть в глаза доброму человеку, говорящему глупости. Такое же впечатление произвела моя статья на редактора газеты, когда отдал я ему статью, на моего сына, на мою жену, на самых разнообразных лиц. Всем почему-то становилось неловко, но все считали необходимым одобрить самую мысль, и все тотчас после этого одобрения начинали высказывать свои сомнения в успехе и начинали почему-то (но все без исключения) осуждать равнодушие и холодность нашего общества и всех людей, очевидно кроме себя.

В глубине души я продолжал чувствовать, что все это не то, что из этого ничего не выйдет; но статья была напечатана, и я взялся участвовать в переписи; я затеял дело, и дело само уж затянуло меня.

IV

Мне назначили для переписи, по моей просьбе, участок Хамовнической части, у Смоленского рынка, по Проточному переулку, между Береговым проездом и Никольским переулком. В этом участке находятся дома, называемые вообще Ржанов дом, или Ржановская крепость. Дома эти принадлежали когда-то купцу Ржанову, теперь же принадлежат Зиминым. Я давно уже слышал про это место, как про притон самой страшной нищеты и разврата, и потому просил учредителей переписи назначить меня в этот участок.

Желание мое было исполнено.

Получив распоряжение Думы, я за несколько дней до переписи один пошел обходить свой участок. По плану, который мне дали, я тотчас же нашел Ржанову крепость.

Я зашел с Никольского переулка. Никольский переулок кончается с левой стороны мрачным домом без выходящих на эту сторону ворот; по виду этого дома я догадался, что это и есть Ржановская крепость.

Спускаясь под гору по Никольской улице, я поравнялся с мальчиками от 10 до 14 лет, в кофточках и пальтецах, катавшихся кто на ногах, кто на одном коньке под гору по обледеневшему стоку тротуара подле этого дома. Мальчики были оборванные и, как все городские мальчики, бойкие и смелые. Я остановился посмотреть на них. Из-за угла вышла с желтыми обвисшими щеками оборванная старуха. Она шла в гору к Смоленскому и страшно, как запаленная лошадь, хрипела при каждом шаге. Поравнявшись со мной, она остановилась, переводя хрипящее дыхание. Во всяком другом месте эта старуха попросила бы у меня денег, но здесь она только заговорила со мной.

- Вишь, - сказала она, указывая на катавшихся мальчиков, - только баловаться! Такие же ржановцы, как отцы, будут.

Один из мальчиков в пальто и картузе без козырька услыхал се слова и остановился.

- Что ругаешься? - закричал он на старуху. - Сама ржановская козюлиха!

Я спросил у мальчика:

- А вы тут живете?

- Да, и она тут. Она голенищи украла! - крикнул мальчик и, подняв вперед ногу, покатился дальше.

Старуха разразилась неприличным матерным ругательством, прерываемым кашлем. С горы в это время, размахивая руками (в одной была связка с одним маленьким калачом и баранками), шел по середине улицы белый как лунь старик, весь в лохмотьях. Старик этот имел вид человека, только что подкрепившегося шкаликом. Он слышал, видно, брань старухи и взял ее сторону.

- Я вас, чертенята, у! - крикнул он на ребят, направляясь как будто на них, и, обогнув меня, взошел на тротуар.

Старик этот на Арбате поражает своею старостью, слабостью и нищетой. Здесь это был веселый работник, возвращающийся с дневного труда.

Я пошел за стариком. Он загнул за угол налево в Проточный переулок и, пройдя весь дом и ворота, скрылся в двери трактира.

На Проточный переулок выходят двое ворот и несколько дверей: трактира, кабака и нескольких съестных и других лавочек. Это - самая Ржанова крепость. Все здесь серо, грязно, вонюче - и строения, и помещения, и дворы, и люди. Большинство людей, встретившихся мне здесь, были оборванные и полураздетые. Одни проходили, другие перебегали из дверей в двери. Двое торговались о каком-то тряпье. Я обошел все строение с Проточного переулка и Берегового проезда и, вернувшись, остановился у ворот одного ни домов. Мне хотелось зайти посмотреть, что делается там, в середине, но жутко было. Что я скажу, когда меня спросят, что мне нужно? Поколебавшись, я вошел-таки. Как только я вошел во двор, я почувствовал отвратительную вонь. Двор был ужасно грязный. Я повернул за угол и в ту же минуту услыхал налево от меня, наверху, на деревянной галерее, топот шагов бегущих людей, сначала по доскам галереи, а потом по ступеням лестницы. Прежде выбежала худая женщина с засученными рукавами, в слинявшем розовом платье и ботинках на босу ногу. Вслед за ней выбежал лохматый мужчина в красной рубахе и очень широких, как юбка, портках, в калошах. Мужчина под лестницей схватил женщину.

- Не уйдешь! - проговорил он, смеясь.

- Вишь, косоглазый черт! - начала женщина, очевидно польщенная этим преследованием, но увидала меня и злобно крикнула: - Кого надо?

Так как мне никого не надо было, я смутился и ушел. Удивительного тут ничего не было; но случай этот, поеле того, что я видел с той стороны двора ругающуюся старуху, веселого старика и катавшихся мальчишек, вдруг совершенно с новой стороны показал мне то дело, которое я затевал. А затевал я облагодетельствовать этих людей с помощью московских богачей. Я понял тут в первый раз, что у всех тех несчастных, которых я хотел благодетельствовать, кроме того времени, когда они, страдая от холода и голода, ждут впуска в дом, есть еще время, которое они на что-нибудь да употребляют, есть еще 24 часа каждые сутки, есть еще целая жизнь, о которой я прежде не думал. Я понял здесь в первый раз, что все эти люди, кроме желания укрыться от холода и насытиться, должны еще жить как-нибудь те 24 часа каждые сутки, которые им приходится прожить так же, как и всяким другим. Я понял, что люди эти должны и сердиться, и скучать, и храбриться, и тосковать, и веселиться. Я, как ни странно это сказать, в первый раз ясно понял, что дело, которое я затевал, не может состоять в том только, чтобы накормить и одеть тысячу людей, как бы накормить и загнать под крышу 1000 баранов, а должно состоять в том, чтобы сделать доброе людям. И когда я понял, что каждый из этой тысячи людей такой же точно человек, с таким же прошедшим, с такими же страстями, соблазнами, заблуждениями, с такими же мыслями, такими же вопросами, - такой же человек, как и я, то затеянное мною дело вдруг представилось мне так трудно, что я почувствовал свое бессилие. Но дело было начато, и я продолжал его.

V

В первый назначенный день студенты-счетчики пошли с утра, а я, благотворитель, пришел к ним часов в 12. Я не мог прийти раньше, потому что встал в 10, потом пил кофе и курил, ожидая пищеварения. Я пришел в 12 часов к воротам Ржановского дома. Городовой указал мне трактир с Берегового проезда, в который счетчики велели приходить всем, кто будет их спрашивать. Я вошел в трактир. Трактир очень темный, вонючий и грязный. Прямо стойка, налево комнатка со столами, покрытыми грязными салфетками, направо большая комната с колоннами и такие же столики у окон и по стенам. Кое-где у столов за чаем мужчины, оборванные и прилично одетые, как рабочие или мелкие торговцы, и несколько женщин. Трактир очень грязный; но сейчас видно, что трактир торгует хорошо. Деловитое выражение лица приказчика за стойкой и расторопная готовность молодцов. Не успел я войти, как уже один половой готовился снять пальто и подать, что прикажут. Видно, что заведена привычка спешной и отчетливой работы. Я спросил про счетчиков.

- Ваня! - крикнул маленький, по-немецки одетый человек, что-то устанавливающий в шкафу за стойкой.

Это был хозяин трактира, калужский мужик Иван Федотыч, снимающий и половину квартир Зиминских домов и сдающий их жильцам. Подбежал половой, мальчик лот 18, худой, горбоносый, с желтым цветом лица.

- Проводи барина к счетчикам; они в большой корпус, над колодцем, пошли.

Мальчик бросил салфетку и надел пальто сверх белой рубахи и белых штанов и картуз большой с козырьком и, быстро семеня белыми ногами, повел меня чрез задние двери с блоком. В сальной, вонючей кухне и сенях мы встретили старуху, которая бережно несла куда-то очень вонючую требуху в тряпке. Из сеней мы спустились на покатый двор, весь застроенный деревянными, на каменных нижних этажах, постройками. Вонь на всем дворе была очень сильная. (Центром этой вони был нужник, около которого всегда, сколько раз я ни проходил мимо него, толпились люди. Нужник не был сам местом испражнения, но он служил указанием того места, около которого принято было обычаем испражняться. Проходя по двору, нельзя было не заметить этого места; всегда тяжело становилось, когда входил в едкую атмосферу отделяющегося от него зловония.)

Мальчик, оберегая свои белые панталоны, осторожно провел меня мимо этого места по замерзшим и незамерзшим нечистотам и направился к одной из построек. Проходившие по двору и по галереям люди все останавливались посмотреть на меня. Очевидно, чисто одетый человек был в этих местах в диковинку.

Мальчик спросил одну женщину, не видала ли она, где счетчики, и человека три сразу отвечали на его вопрос; одни говорили: над колодцем, а другие говорили, что были, но вышли и пошли к Никите Ивановичу. Старик в одной рубахе, оправляющийся около нужника, сказал, что в 30-м номере. Мальчик решил, что это сведение самое вероятное, и повел меня в 30-й номер, под навес подвального этажа, в мрак и вонь, другую, чем та, которая была на дворе. Мы сошли вниз и пошли по земляному полу темного коридора. Когда мы проходили по коридору, одна дверь порывисто отворилась, и из нее высунулся пьяный старик в рубахе, вероятно не из мужиков. Человека этого с пронзительным визгом гнала и толкала прачка засученными мыльными руками. Ваня, мой провожатый, отстранил пьяного и сделал ему выговор.

- Не годится скандальничать так, - сказал он. - Еще офицер!

И мы пришли к двери 30-го номера. Ваня потянул ее. Дверь, чмокнув, отлипла, отворилась, и на нас пахнуло мыльными парами, едким запахом дурной еды и табаку, и мы вошли в совершенный мрак. Окна были на противоположной стороне, а тут шли дощатые коридоры направо и налево и дверки под разными углами в комнаты, неровно забранные крашенным водяной белой краской тесом. В темной комнате, налево, виднелась стирающая в корыте женщина. Из одной дверки направо выглядывала старушка. В другую отворенную дверь виден был обросший краснорожий мужик в лаптях, сидевший на нарах; он держал руки на коленях, помахивая ногами, обутыми в лапти, и мрачно смотрел на них.

В конце коридора была дверка, ведшая в ту комнатку, где были счетчики. Это была комнатка хозяйки всего 30-го номера; она снимала весь номер от Ивана Федотыча и сдавала его уже жильцам и ночлежникам. В этой крошечной ее комнатке, под фольговым образом, сидел студент-счетчик с карточками и, точно следователь, допрашивал мужчину в рубахе и жилете. Это был приятель хозяйки, за нее отвечавший на вопросы. Тут же была хозяйка, старая женщина, и двое любопытных из жильцов. Когда я вошел, то комната стала уже совершенно полна. Я протискался к столу. Мы поздоровались с студентом, и он продолжал свой опрос. А я стал оглядывать и опрашивать жителей этой квартиры для моей цели.

Оказалось, что в этой первой квартире я не нашел ни одного человека, на которого могла бы излиться моя благотворительность. Хозяйка, несмотря на поразившую меня после тех палат, в которых я живу, бедность, малость и грязь квартиры, жила достаточно сравнительно даже с городскими бедными жителями; в сравнении же с деревенской бедностью, которую я знал твердо, она жила роскошно. У ней была пуховая постель, стеганое одеяло, самовар, шуба, шкаф с посудой. Такой же достаточный вид имел и друг хозяйки. У него были часы с цепочкой. Жильцы были беднее, но не было ни одного такого, который бы требовал немедленной помощи. Просили помощи: стиравшая белье в корыте, брошенная мужем женщина с детьми, старушка вдова без средств к жизни, как она сказала, и тот мужик в лаптях, который сказал мне, что он не ел нынче. Но по расспросам оказалось, что все эти лица не особенно нуждаются и что для того чтобы помочь им, надо с ними хорошенько познакомиться.

Когда я предложил женщине, брошенной мужем, поместить детей в приют, она смешалась, задумалась, очень благодарила, но, очевидно, не желала этого; она желала бы лучше денежное пособие. Старшая девочка помогает ей в стирке, а средняя нянчит мальчика. Старушка очень просилась в богадельню, но, оглядев ее угол, я увидал, что старушка не бедствует. У нее был сундучок с имуществом, был чайник с жестяным носком, две чашки и коробочки от монпансье с чаем и сахаром. Она вязала чулки и перчатки и получала месячное пособие от благотворительницы. Мужик же, очевидно, нуждался не столько в еде, сколько в похмелье, и все, что ему бы дали, пошло бы в кабак. Так что в этой квартире не было таких, какими, я полагал, переполнен весь дом, таких, которых бы я мог осчастливить, дав им денег. А были бедные, как мне показалось, сомнительные. Я записал старушку, женщину с детьми и мужика и решил, что надо будет заняться и ими, но после того, как я займусь теми особенно несчастными, которых я ожидал встретить в этом доме.

Я решил, что в помощи, которую мы будем подавать, нужна очередь: сначала самым несчастным, а потом уже этим. Но в следующей и следующей квартире было то же самое, все такие, которых надо было подробнее исследовать, прежде чем помогать им. Несчастных же, таких, которым выдать деньги и они из несчастных сделались бы счастливыми, таких не было. Как ни совестно это мне сказать, я начал испытывать разочарование в том, что я не находил в этих домах ничего похожего на то, чего я ожидал. Я ожидал найти здесь особенных людей, но когда я обошел все квартиры, я убедился, что жители этих домов совсем не особенные люди, а точь-в-точь такие же люди, как и те, среди которых я жил. Точно так же как и среди нас, точно так же и между ними были более или менее хорошие, были более или менее дурные, были более или менее счастливые, были более или менее несчастные. Несчастные были точно такие же несчастные, как и несчастные среди нас, то есть такие несчастные, несчастие которых не во внешних условиях, а в них самих, несчастие такое, которое нельзя поправить какой бы то ни было бумажкой.

VI

Жители этих домов составляют низшее городское население, такое, которого в Москве, вероятно, больше ста тысяч. Тут, в этом доме, есть представители этого населения всякого рода; тут маленькие хозяева и мастера, сапожники, щеточники, столяры, токари, башмачники, портные, кузнецы; тут извозчики, сами по себе живущие барышники и торговки, прачки, старьевщики, ростовщики, поденные и люди без определенных занятий, и тут же нищие и распутные женщины.

Здесь много тех самых людей, которых я видел у входа в Ляпинский дом, но эти люди разбросаны здесь между рабочим народом. Да и кроме того, тех я видел в самое их несчастное время, когда проедено и пропито все, и они, холодные, голодные, гоняемые из трактиров, ждут, как манны небесной, впуска в бесплатный ночлежный дом и оттуда в обетованный острог для отправления на место жительства; здесь же я видел этих среди большинства рабочих и в то время, когда этим или другим средством приобретены 3 или 5 копеек на ночлег и иногда рубли для пищи и питья.

И, как ни странно это сказать, я не испытал здесь не только ничего похожего на то чувство, которое я испытал в Ляпинском доме, но, напротив, во время первого обхода, и я и студенты, мы испытывали чувство почти приятное. Да и зачем я говорю: "почти приятное"? Это неправда; чувство, вызванное общением с этими людьми, как ни странно это сказать, было прямо очень приятное чувство.

Первое впечатление было то, что большинство живущих здесь все рабочие люди и очень добрые люди.

Большую половину жителей мы заставали за работой: прачек над корытами, столяров за верстаками, сапожников на своих стульях. Тесные квартиры были полны народом, и шла энергическая, веселая работа. Пахло рабочим потом, у сапожника кожей, у столяра стружками, слышалась часто песня и виднелись засученные мускулистые руки, быстро и ловко делавшие привычные движения. Встречали нас везде весело и ласково. Почти везде наше вторжение в обыденную жизнь этих людей не только не вызывало тех амбиций, желания показать свою важность и отбрить, которое появление счетчиков производило в большинстве квартир зажиточных людей, не только не вызывало этого, но, напротив, на все вопросы паши отвечали, как следовало, не приписывая им никакого особенного значения. Вопросы наши только служили для них поводом повеселиться и подшутить о том, как кого в счет класть, кого за двоих и где двоих за одного, и т. п.

Многих мы заставали за обедом или чаем, и всякий раз, на привет наш: "хлеб да соль" или "чай да сахар", они отвечали: "просим милости" и даже сторонились, давая нам место. Вместо того притона постоянно переменяющегося населения, которое мы думали найти здесь, оказалось, что в этом доме было много квартир, в которых живут подолгу. Один столяр с рабочими и сапожник с мастерами живут по десяти лет. У сапожника было очень грязно и тесно, но народ весь за работой был очень веселый. Я попытался поговорить с одним из рабочих, желая выпытать от него бедственность его положения, задолжания хозяину, но рабочий не понял меня и с самой хорошей стороны отозвался о хозяине и о своей жизни.

На одной квартире жили старичок со старушкой. Они торгуют яблоками. Комнатка их тепла, чиста и полна добром. На полу постланы соломенные щиты (плетенки); они берут их в яблочном складе. Сундуки, шкаф, самовар, посуда. В углу образов много, теплятся две лампады; на стене завешены простыней крытые шубы. Старушка и звездообразными морщинками, ласковая, говорливая, очевидно, сама радуется на свое тихое, благообразное житье.

Иван Федотыч, хозяин трактира и квартир, пришел из трактира и ходил с нами. Он ласково шутил со многими хозяевами квартир, называя всех по имени и отчеству, и делал нам их краткие характеристики. Все были люди как люди Мартыны Семеновичи, Петры Петровичи, Марьи Ивановны - люди, не считавшие себя несчастными, а считавшие себя и действительно бывшие людьми, как все люди.

Мы готовились увидать только одно ужасное. И вдруг вместо этого ужасного нам представилось не только но ужасное, но хорошее, такое, которое невольно вызывало наше уважение. И этих хороших людей было так много, что оборванные, погибшие, праздные люди, которые изредка попадались среди них, не нарушали главного впечатления.

Студентам это было не так поразительно, как мне. Они просто шли исполнять дело полезное, как они думали, для науки и между тем делали свои случайные наблюдения; но я был благотворитель - я шел с тем, чтобы помочь несчастным, погибшим, развращенным людям, которых я предполагал встретить в этом доме. И вдруг вместо несчастных, погибших, развращенных я видел большинство трудящихся, спокойных, довольных, веселых, ласковых и очень хороших людей.

Особенно живо почувствовалось это мною, когда я встречал в этих квартирах ту самую вопиющую нужду, которой я собирался помогать.

Когда я встречал эту нужду, я всегда находил, что она уже была покрыта, уже была подана та помощь, которую я хотел подать. Помощь эта была подана прежде меня и подана кем же? Теми самыми несчастными, развращенными созданиями, которых я собирался спасать, и подана так, как я бы не мог подать.

В одном подвале лежал одинокий старик, больной тифом. У старика никого не было. Женщина-вдова с девочкой, чужая ему, но соседка по углу, ходила за ним и поила его чаем и покупала на свои деньги лекарства. В другой квартире лежала женщина в родильной горячке.

Женщина, жившая распутством, качала ребенка, делала ему соску и два дня не выходила на свой промысел и должность. Девочка, оставшаяся сиротой, была взята в семью портного, у которого своих было трое. Так что оставались те несчастные, праздные люди, чиновники, писаря, лакеи без мест, нищие, пьяницы, распутные женщины, дети, которым нельзя было помочь сразу деньгами, но которых надо было узнать хорошенько, обдумать и пристроить. Я искал просто несчастных, несчастных от бедности, таких, которым можно помочь, поделившись с ними нашим избытком, и, как мне казалось, по какой-то особенной неудаче, таких не попадалось, а все попадались такие несчастные, которым надо посвятить много времени и заботы.

VII

Несчастные, которых я записывал, сами собой разделились в моем представлении на три отдела, именно: люди, потерявшие свое прежнее выгодное положение и ожидающие возвращения к нему (такие люди были и из низшего и из высшего сословия); потом распутные женщины, которых очень много в этих домах, и третий отдел - дети. Больше всех я нашел и записал людей первого разряда, людей, потерявших прежнее выгодное положение и желающих возвратиться к нему. Людей таких, особенно из господского, чиновничьего мира, очень много в этих домах. Почти во всех квартирах, в которые мы входили с хозяином, Иваном Федотычем, он говорил нам: "Тут можно не записывать самим квартирной карты;

тут есть человек, который все это может, если только он нынче не выпивши".

И Иван Федотыч вызывал по имени и отчеству этого человека, который и был всегда один из этих падших людей высшего состояния. На вызовы Ивана Федотыча где-нибудь из темного угла вылезал бывший богатый дворянин или чиновник, большею частью пьяный и всегда раздетый. Если он не был пьян, он всегда охотно брался за предлагаемое ему дело, значительно кивал головой, хмурил брови, вставлял свои замечания с учеными терминами и с осторожной нежностью держал в трясущихся грязных руках чистенькую печатную карту на красной бумаге и с гордостью и презрением оглядывался на своих сожителей, как бы торжествуя теперь перед ними, столько раз унижавшими его, свое превосходство образования. Он, видимо, радовался общению с тем миром, в котором печатаются карты на красной бумаге, с тем миром, в котором он сам был когда-то. Почти всегда на мои расспросы о его жизни человек этот не только охотно, но с увлечением начинал рассказывать затверженную, как молитву, историю про те несчастия, которым он подвергся, и, главное, про то прежнее свое положение, в котором он по своему воспитанию должен бы был находиться.

Таких людей очень много разбросано по всем углам Ржановского дома. Одна же из квартир сплошь занята одними ими, мужчинами и женщинами. Когда мы еще подходили к ним, Иван Федотыч сказал нам: "Ну, вот теперь дворянская". Квартира была вся полна: почти все, человек сорок, были дома. Более падших, несчастных и Старых, обрюзгших, и молодых, бледных, растерянных лиц не было во всем доме. Я поговорил с некоторыми из них. Почти все одна и та же история, только в разных степенях развития. Каждый из них был богат; или отец, или брат, или дядя его были или теперь еще богаты, или отец его или сам он имели прекрасное место. Потом случилось несчастье, в котором виноваты или завистники, или собственная доброта, или особенный случай, и вот он потерял все и должен погибать в этой несвойственной, ненавистной ему обстановке - во вшах, оборванный, с пьяницами и развратниками, питаясь печенкой и хлебом и протягивая руку. Все мысли, желания, воспоминания этих людей обращены только к прошедшему. Настоящее представляется им чем-то неестественным, отвратительным и не заслуживающим внимания. У каждого из них нет настоящего. Есть только воспоминания прошедшего и ожидания будущего, которые могут всякую минуту осуществиться и для осуществления которых нужно очень малого, но этого-то малого нет, негде взять, и вот погибает напрасно жизнь - у одного первый год, у другого пятый, у третьего тридцатый. Одним нужно вот только одеться прилично, чтобы явиться к известному лицу, расположенному к нему; другому только одеться, расплатиться и доехать до Орла; третьему нужно выкупить только заложенное и хоть маленькие средства для продолжения процесса, который должен решиться в его пользу, и тогда все будет опять хорошо. Они все говорят, что им нужно только что-то внешнее для того, чтобы снова стать в то положение, которое они считают для себя естественным и счастливым.

Если бы я не был отуманен своей гордостью добродетели, мне стоило бы только немножко вглядеться в их молодые и старые, большей частью слабые, чувственные, по добрые лица, чтобы понять, что несчастие их непоправимо внешними средствами, что они ни в каком положении не могут быть счастливы, если взгляд их на жизнь останется тот же, что они не какие-нибудь особенные люди, а люди, которыми мы окружены со всех сторон, какие мы сами. Я помню, что мне особенно тяжело было общение с этого рода несчастными. Теперь я понимаю, отчего это было: я в них, как в зеркале, видел самого себя. Если б я вдумался в свою жизнь и в жизнь людей нашего круга, я бы увидел, что между теми и другими нет существенной разницы.

Если те, которые вокруг меня живут теперь на больших квартирах и в своих домах на Сивцевом Вражке и на Дмитровке, а не в Ржановском доме, едят и пьют еще сладко, а не одну печенку и селедку с хлебом, то это не мешает им быть точно такими же несчастными. Точно так же они недовольны своим положением, жалеют о прошедшем и желают лучшего, и то лучшее положение, которого они желают, точно такое же, как и то, которого желают жители Ржановского дома, т. е. такое, при котором можно меньше трудиться и больше пользоваться трудами других. Разница только в степени и времени. Если б я вдумался тогда, я бы понял это; но я не вдумывался, а спрашивал этих людей и записывал их, предполагая, узнав подробности из разных условий и нужд, помочь им после. Я не понимал того, что помочь такому человеку можно только тем, чтоб переменить его миросозерцание. А чтобы переменить миросозерцание другого человека, надо самому иметь свое лучшее миросозерцание и жить сообразно с ним, а у меня было такое же, как у них, и я жил сообразно с тем миросозерцанием, которое должно быть изменено для того, чтобы люди эти перестали быть несчастными.

Я не видел того, что люди эти несчастны не потому, что у них нет, так сказать, питательной пищи, а потому, что их желудок испортился и что они уж требуют не питательной, а раздражающей аппетит пищи, я не видел того, что, для того чтобы помочь им, надо им дать не пищу, а надо вылечить их испорченные желудки.

Хоть этим я забегаю вперед, по скажу здесь, что из всех этих людей, которых я записал, я действительно не помог никому, несмотря на то, что для некоторых из них было сделано то, чего они желали, и то, что, казалось, могло бы поднять их. Из них мне особенно известны три человека. Все три после многократных подъемов и падений теперь точно в таком же положении, в каком они были три года тому назад.

VIII

Второй разряд несчастных, которым я тоже надеялся помочь после, были распутные женщины; таких женщин в Ржановском доме очень много всяких сортов от молодых и похожих на женщин до старых, страшных и ужасных, потерявших образ человеческий. Надежда эта на помощь этим женщинам, которую я сначала и не имел в виду, возникла во мне после следующего случая.

Это было в середине нашего обхода. У нас уже выработалась некоторая механическая сноровка обращения.

Входя в новое помещение, мы тотчас же спрашивали хозяина квартиры; один из нас садился, очищая себе какое-нибудь место для записывания, а другой ходил по углам и отдельно спрашивал каждого человека по углам квартиры и передавал эти сведения записывающему.

Войдя в одну из квартир подвального этажа, студент пошел отыскивать хозяина, а я стал опрашивать всех, бывших в квартире. Квартира расположена так: в середине квадратной в 6 аршин комнаты - печка. От печки идут звездой четыре перегородки, образующие четыре каморки. В первой, проходной каморке с четырьмя койками было два человека - старик и женщина. Прямо после этой длинненькая каморка, в ней хозяин, молодой, в серую суконную поддевку одетый, благообразный, очень бледный мещанин. Налево от первого угла третья каморка, там один спящий, вероятно, пьяный мужчина и женщина в розовой блузе, распущенной спереди и стянутой сзади. Четвертая каморка за перегородкой, в нее ход из каморки хозяина.

Студент прошел в каморку хозяина, а я остановился во входной каморке и расспросил старика и женщину. Старик был мастеровой, печатник, теперь не имеет средств к жизни. Женщина - жена повара. Я прошел в третью каморку и спросил у женщины в блузе про спящего человека. Она сказала, что это гость. Я спросил женщину, кто она. Она сказала, что московская крестьянка.

- Чем занимаетесь?

Она засмеялась, не отвечая мне.

- Чем кормитесь? - повторил я, думая, что она не поняла вопроса.

- В трактире сижу, - сказала она.

Я не понял и вновь спросил:

- Чем вы живете?

Она не отвечала и смеялась. Из четвертой каморки, в которой мы еще не были, тоже засмеялись женские голоса. Мещанин, хозяин, вышел из своей каморки и подошел к нам. Он, очевидно, слышал мои вопросы и ответы женщины. Он строго посмотрел на женщину и обратился ко мне.

- Проститутка, - сказал он, очевидно довольный тем, что он знает это слово, употребляемое в правительственном языке, и правильно произносит его. И, сказав это, с чуть заметной почтительной улыбкой удовольствия, обращенной ко мне, он обратился к женщине. И как только он обратился к ней, так все лицо его изменилось. Особенной презрительной скороговоркой, как говорят с собакой, не глядя на нее, он сказал ей:

- Что болтать зря: "в трактире сижу!" В трактире сидишь, значит, и говори дело, проститутка, - еще раз повторил он это слово. - Себе имени не знает, тоже...

Тон этот оскорбил меня.

- Нам ее срамить не приходится, - сказал я. - Кабы мы все по-божьи жили, и их бы не было.

- Да, уж это такое дело, - сказал хозяин, неестественно улыбаясь.

- Так нам их не укорять, а жалеть надо. Разве они виноваты?

Не помню, как я именно сказал, но помню, что меня возмутил презрительный тон этого молодого хозяина квартиры, полной женщинами, которых он называл проститутками, и мне жалко стало этой женщины, и я выразил и то и другое. Только что я сказал это, как из той каморки, из которой слышался смех, заскрипели доски кроватей, и над перегородкой, не доходившей до потолка, поднялась одна спутанная женская курчавая голова с маленькими запухшими глазами и глянцевито-красным лицом, а вслед за ней другая и еще третья. Они, видно, встали на свои кровати и все три вытянули шеи и, сдерживая дыхание, с напряженным вниманием, молча смотрели на нас.

Произошло смущенное молчание. Студент, улыбавшийся перед этим, стал серьезен; хозяин смутился и опустил глаза. Женщины все не переводили дыхания, смотрели на меня и ждали. Я был смущен более всех. Я никак не ожидал, чтобы случайно брошенное слово произвело такое действие. Точно поло смерти, усыпанное мертвыми костями, дрогнуло бы от прикосновения духа, а мертвые кости бы зашевелились. Я сказал необдуманное слово любви и сожаления, и слово это подействовало на всех так, как будто все только и ждали этого слова, чтобы перестать быть трупами и ожить. Они все смотрели на меня и ждали, что будет дальше. Они ждали, чтоб я сказал те слова и сделал те дела, от которых кости бы эти стали сближаться, обрастать плотью и оживляться. Но я чувствовал, что у меня нет таких слов, нет таких дел, которыми бы я мог продолжать начатое; я чувствовал в глубине души, что я солгал, что мне дальше говорить нечего, и я стал записывать в карточки имена и звания всех лиц в этой квартире. Этот случай навел меня на мысль о том, что можно помочь и этим несчастным. Мне тогда в моем самообольщении казалось, что это очень легко. Я говорил себе: вот мы запишем и этих женщин, и после мы (кто такие эти мы, я не отдавал себе отчета), когда все запишем, займемся этим. Я воображал, что мы, те самые, которые приводили и приводим этих женщин в это состояние в продолжение нескольких поколений, в один прекрасный день вздумаем и сейчас же поправим все это. А между тем, хоть вспомнив только мой разговор с той распутной женщиной, которая качала ребенка больной родильницы, я бы мог понять все безумие такого предположения.

Когда мы увидали эту женщину с ребенком, мы думали, что это ее ребенок. Она на вопрос, кто она, прямо сказала, что она девка. Она не сказала: проститутка. Только мещанин, хозяин квартиры, употребил это страшное слово. Предположение о том, что у нее есть ребенок, дало мне мысль вывести ее из ее положения. Я спросил:

- Это ребенок ваш?
- Нет, это вот той женщины.
- Отчего же вы его качаете?
- Да просила; она умирает.

Хотя предположение мое оказалось несправедливым, я продолжал говорить с нею в том же духе. Я стал расспрашивать ее, кто она и как попала в такое положение. Она охотно и очень просто рассказала мне свою историю. Она московская мещанка, дочь фабричного. Она осталась сиротой, ее взяла тетка. От тетки и пошла ходить по трактирам. Тетка теперь умерла. Когда я ее спросил, не хочет ли она переменить жизнь, вопрос мой, очевидно, нисколько даже не заинтересовал ее. Как же может интересовать человека предложение чего-нибудь совершенно невозможного? Она усмехнулась и сказала:

- Да кто ж меня возьмет с желтым билетом?
- Ну да если бы найти место в кухарки или куда? - сказал я.

Мне пришла эта мысль потому, что она женщина сильная, русая, с добрым и глуповатым, круглым лицом. Такие бывают кухарки. Мои слова, очевидно, ей не понравились. Она повторила:

- Кухарки? Да я не умею хлебы-то печь, - сказала она и засмеялась. Она сказала, что не умеет, но я видел по выражению ее лица, что она и не хочет быть кухаркой, что она считает положение и звание кухарки низкими.

Женщина эта, самым простым образом пожертвовавшая, как евангельская вдова, всем, что у ней было, для больной, вместе с тем, так же как и другие ее товарки, считает положение рабочего человека низким и достойным презрения. Она воспиталась так, чтобы жить не работая, а тою жизнью, которая считается для нее естественной ее окружающими. В этом ее несчастие. И этим несчастием она попала и удерживается в своем положении. Это привело ее сидеть в трактире. Кто же из нас - мужчин или женщин - будет исправлять ее от этого ее ложного взгляда на жизнь? Где среди нас те люди, которые убеждены в том, что всякая трудовая жизнь уважительнее праздной, - убеждены в этом и живут сообразно этому убеждению и сообразно этому убеждению ценят и уважают людей? Если б я подумал об этом, я бы мог понять, что ни я и никто из тех, кого я знаю, не может лечить от этой болезни.

Я бы мог понять, что эти высунувшиеся из-за перегородки, изумленные и умиленные головы выражали только изумление от высказанного к ним сочувствия, но никак не надежду на исправление их от безнравственности. Они не видят безнравственности своей жизни. Они видят, что их презирают и ругают, но за что их так презирают, им невозможно понять. Их жизнь так шла с детства среди точно таких же женщин, которые, они знают очень хорошо, всегда были и есть, которые необходимы в обществе - так необходимы, что существуют правительственные чиновники, заботящиеся об их правильном существовании. Кроме того, они знают, что они имеют власть над людьми и покоряют их и владеют часто ими больше, чем другие женщины. Они видят, что положение их в обществе, несмотря на то, что всегда их ругают, признается и женщинами, и мужчинами, и начальством, и потому не могут даже понять, в чем им раскаиваться и в чем им исправляться. В один из обходов студент рассказал мне, что в одной из квартир есть женщина, торгующая своей 13-тилетней дочерью. Желая спасти эту девочку, я нарочно пошел в эту квартиру. Мать и дочь живут в большой бедности. Мать маленькая, черненькая, лет сорока, проститутка, не только безобразная, но неприятно безобразная. Дочь такая же неприятная. На все мои окольные вопросы об их жизни мать недоверчиво и враждебно, коротко отвечала мне, очевидно чувствуя во мне врага, имеющего злые намерения; дочь ничего не отвечала, не взглянув на мать, и, очевидно, вполне доверялась матери. Жалости сердечной они не возбудили во мне, скорее отвращение. Но я решил, что надо спасти дочь - заинтересовать дам, сочувствующих жалкому положению этих женщин, и прислать сюда. Но если бы я подумал о всем том длинном прошлом матери, о том, как она родила, выкормила и воспитала эту дочь в своем положении, наверное, уже без малейшей помощи от людей и с тяжелыми жертвами, если бы я подумал о том взгляде на жизнь, который образовался у этой женщины, я бы понял, что в поступке матери нет решительно ничего дурного и безнравственного: она делала и делает для дочери все, что может, т. е. то, что она считает лучшим для себя. Отнять насильно можно эту дочь от матери, но убедить мать, что она делает дурное, продавая свою дочь, нельзя. Если уж спасать, то спасать надо было эту женщину-мать и гораздо прежде, спасать от того взгляда на жизнь, одобряемого всеми, при котором женщина может жить без брака, т. е. без рождения детей и без работы, служа только удовлетворению чувственности. Если бы я подумал об этом, то я бы понял, что большинство тех дам, которых я хотел прислать сюда для спасения этой девочки, не только сами живут без рождения детей и без работы, служа только удовлетворению чувственности, но и сознательно воспитывают своих девочек для этой самой жизни: одна мать ведет дочь в трактир, другая - ко двору или на балы. Но у той и у другой матери миросозерцание одно и то же, именно - что женщина должна удовлетворять, похоть мужчины и за это ее должны кормить, одевать и жалеть. Так как же паши дамы будут исправлять эту женщину и ее дочь?

IX

Еще чуднее было мое отношение к детям. Я в роли благодетеля обращал внимание и на детей, желая спасать погибающие в этом вертепе разврата невинные существа, и записывал их, чтобы заняться ими после.

Из числа детей особенно поразил меня 12-летний мальчик Сережа. Этого умного, бойкого мальчика, жившего у сапожника и оставшегося без приюта, потому что хозяин его попал в острог, я пожалел от души и хотел сделать ему доброе.

Расскажу теперь, чем кончилось мое благотворение ему, потому что история с этим мальчиком лучше всего показывает мое ложное положение в роли благодетеля. Я взял мальчика к себе и поместил его на кухне. Нельзя же было вшивого мальчика из вертепа разврата взять к своим детям. Я и за то, что он стеснял не меня, а нашу прислугу на кухне, и за то, что кормил его тоже не я, а наша кухарка, и за то, что я отдал ему какие-то обноски надеть, считал себя очень добрым и хорошим. Мальчик пробыл с неделю. В эту неделю я раза два, проходя мимо него, сказал ему несколько слов и во время прогулки зашел к знакомому сапожнику, предлагая ему мальчика в ученики. Один мужик, гостивший у меня, звал его в деревню, в работники, в семью; мальчик отказался и через неделю исчез. Я пошел в Ржанов дом справиться о нем. Он вернулся туда, и в то время, как я приходил, его дома не было. Он второй день уже ходил на Пресненские пруды, где нанимался по 30 копеек в день в процессию каких-то дикарей, в костюмах водивших слона. Там представлялось что-то для публики. Я заходил и другой раз, но он, очевидно, избегал меня. Если бы я вдумался тогда в жизнь этого мальчика и в свою, я бы понял, что мальчик испорчен тем, что он узнал возможность веселой жизни без труда, что он отвык работать. И я, чтобы облагодетельствовать и исправить его, взял его в свой дом, где он видел что же? Моих детей и старше его, и моложе, и ровесников, которые никогда ничего для себя не только не работали, но всеми средствами доставляли работу другим: пачкали, портили все вокруг себя, объедались жирным, вкусным и сладким, били посуду, проливали и бросали собакам такую пищу, которая для этого мальчика представлялась лакомством. Если я из вертепа взял его и привел в хорошее место, то он и должен был усвоить те взгляды, которые существуют на жизнь в хорошем месте; и по этим взглядам он понял, что в хорошем месте надо так жить, чтобы ничего не работать, а есть, пить сладко и жить весело. Правда, он не знал того, что дети мои несут тяжелые труды для изучения исключений латинской и греческой грамматики, и не мог бы понять цели этих трудов. Но нельзя не видеть, что если бы он понял это, то воздействие на него примера моих детей было бы еще сильнее. Он понял бы тогда, что мои дети воспитываются так, чтобы, ничего не работая теперь, быть в состоянии и впредь, пользуясь своим дипломом, работать как можно меньше и пользоваться благами жизни как можно больше. Он и понял это и не пошел к мужику убирать скотину и есть с ним картошки с квасом, а пошел в зоологический сад в костюме дикого водить слона за 30 копеек.

Я мог бы понять, как нелепо было мне, воспитывающему своих детей в полнейшей праздности и роскоши, исправлять других людей и их детей, погибающих от праздности в называемом мною вертепом Ржановом доме, где, однако, три четверти людей работают для себя и для других. Но я ничего не понимал этого.

Детей в самом жалком положении было очень много в Ржановом доме: были дети и проституток, были сироты, были дети, носимые нищими по улицам. Все они были очень жалки. Но опыт мой с Сережей показал мне, что я, живя своей жизнью, не в состоянии помочь им. В то время как Сережа жил у нас, я заметил за собой старание скрыть от него нашу жизнь, и особенности жизнь наших детей. Я чувствовал, что все мои старания направить его на хорошую, трудовую жизнь уничтожались примерами жизни нашей и наших детей. Взять ребенка от проститутки, от нищей, очень легко. Очень легко, имея деньги, вымыть, вычистить его и одеть в чистое платье, откормить его и даже научить разным наукам, но научить его зарабатывать свой хлеб нам, не зарабатывающим свой хлеб, а делающим обратное, не только трудно, но невозможно, потому что мы и примером своим, и даже теми материальными, ничего не стоящими нам улучшениями его жизни учим его противному. Щенка можно взять, выхолить, накормить и научить носить поноску и радоваться на него; но человека недостаточно выхолить, выкормить и научить по-гречески: надо научить человека жить, то есть меньше брать от других, а больше давать; а мы не можем не научить его делать обратное, возьмем ли мы его в свой дом или в учрежденный для этого приют.

X

Того чувства сострадания к людям и отвращения к себе, которое я испытал в Ляпинском доме, я уже не испытывал; я весь был переполнен желанием исполнить затеянное мною дело - делать добро тем людям, которых я здесь встречу. И странное дело! - казалось бы, делать добро - давать деньги нуждающимся - очень хорошее дело и должно располагать к любви к людям, выходило же наоборот: это дело вызывало во мне недоброжелательность и осуждение людей. В первый же обход вечером произошла сцена совершенно такая же, как и в Ляпинском доме, но сцена эта не произвела на меня того же впечатления, как в Ляпинском доме, а вызвала совсем другое чувство.

Началось это с того, что в одной из квартир я нашел именно такого несчастного, которому нужна была немедленная помощь. Я нашел голодную, не евшую два дня женщину.

Это было так: в одной очень большой, почти пустой ночлежной квартире я спросил у одной старушки, есть ли очень бедные здесь, такие, которым есть нечего. Старушка подумала и назвала мне двоих, а потом как будто вспомнила.

- Да вот, никак, здесь лежит, - сказала она, вглядываясь в одну из занятых коек, - так эта, я чай, и точно не ела.

- Неужели? Да кто она?

- Была распутная, теперь никто не берет, так и неоткуда взять. Хозяйка жалела все, а теперь согнать хочет... Агафья, а Агафья! - окликнула старуха.

Мы подошли, и на койке поднялось что-то. Это была полуседая, растрепанная, худая, как скелет, женщина в одной грязной, разорванной рубахе, с особенно блестящими и остановившимися глазами. Она смотрела остановившимися глазами мимо нас, ловила худой рукой за собой кофту, чтобы прикрыть открывшуюся из-за разорванной грязной рубахи костлявую грудь, и как бы взлаивала:

- Чего? Чего?

Я спросил ее, как она живет. Она долго не понимала и сказала:

- Я сама не знаю, гонят.

Я спросил ее, - совестно, рука не пишет, - я спросил ее, правда ли, что она не ела. Она той же лихорадочной скороговоркой сказала, все не глядя на меня:

- Вчерась не ела и нынче не ела.

Вид этой женщины тронул меня, но совсем не так, как это было в Ляпинском доме: там мне от жалости к этим людям тотчас же стало стыдно за себя, здесь же я обрадовался тому, что нашел наконец то, чего искал, - голодного человека.

Я дал ей рубль и помню, что очень был рад, что другие видели это. Старушка, увидав это, попросила у меня тоже денег. Мне так было приятно давать, что я, уже не разбирая, нужно или не нужно давать, дал и старушке. Старушка проводила меня за дверь, и стоявшие в коридоре люди слышали, как она благодарила меня. Вероятно, вопросы, которые я делал о бедности, возбудили ожидания, и за нами ходили некоторые. В коридоре еще у меня стали просить денег. Были из просящих очевидные пьяницы, которые возбуждали во мне неприятное чувство; но я, раз дав старушке, не имел права отказывать и этим, и я стал давать. Пока я давал, подошли еще и еще. И во всех квартирах произошло волнение. На лестницах и на галереях появились люди, следившие за мной. Когда я вышел на двор, с одной из лестниц быстро сбегал мальчик, проталкивая народ. Он не видал меня и быстро проговорил: "Агашке рублевку дал". Сбежав вниз, мальчик присоединился к толпе, шедшей за мной. Я вышел на улицу; разного рода люди шли за мной и просили денег. Я роздал, что было мелочью, и зашел в открытую лавочку, прося торговца разменять мне 10 рублей. И тут сделалось то же, что в Ляпинском доме. Тут произошла страшная путаница. Старухи, дворяне, мужики, дети жались у лавочки, протягивая руки; я давал и некоторых расспрашивал об их жизни и записывал в свою записную книжку. Торговец, заворотив внутрь меховые углы воротника своей шубы, сидел как истукан, изредка взглядывал на толпу и опять устремлял глаза мимо.

В Ляпинском доме меня ужаснула нищета и унижение людей, и я почувствовал себя в этом виноватым, почувствовал желание и возможность быть лучше. Теперь же точно такая же сцена произвела на меня совсем другое: я испытывал, во-первых, недоброжелательное чувство ко многим из тех, которые осаждали меня, и, во-вторых, беспокойство о том, что думают обо мне лавочники и дворники.

Вернувшись домой в этот день, мне было нехорошо на душе. Я чувствовал, что то, что я делал, было глупо. Но, как всегда бывает вследствие путаницы внутренней, я много говорил про затеянное дело, как будто нисколько не сомневался в его успехе.

На другой день я пошел один к тем из записанных мною лиц, которые мне показались жалче всех и которым легче, мне показалось, помочь. Как я говорил уже, никому из этих лиц я не помог. Помогать им оказалось труднее, чем я думал. И потому ли, что я не умел или нельзя, я только подразнил этих людей и никому существенно не помог. Я несколько раз до окончательного обхода был в Ржановом доме, и всякий раз происходило одно и то же: меня осаждала толпа просящих людей, в массе которых я совершенно терялся. Я чувствовал невозможность что-нибудь сделать, потому что их было слишком много, и потому чувствовал недоброжелательность к ним за то, что их так много; но, кроме этого, и каждый из них порознь не располагал к себе. Я чувствовал, что каждый из них говорит мне неправду или не всю правду и видит во мне только кошель, из которого можно вытянуть деньги. И очень часто мне казалось, что те самые деньги, которые он вымогает от меня, не улучшат, а ухудшат его положение. Чем чаще я ходил в эти дома, чем в большее общение входил с тамошними людьми, тем очевиднее мне становилось невозможным что-нибудь сделать, но я все не отставал от своей затеи до последнего ночного обхода переписи.

Мне особенно совестно вспомнить этот последний обход. То я ходил один, а тут мы пошли 20 человек вместе. В 7 часов стали ко мне собираться все те, которые хотели участвовать в этом последнем ночном обходе. Это были почти все незнакомые: студенты, один офицер и два моих светских знакомых, которые, сказав обычное "c'est tres interessant!" [это очень интересно! (фр.)], просили меня принять их в число счетчиков.

Светские знакомые мои оделись особенно, в какие-то охотничьи курточки и высокие дорожные сапоги, в костюм, в котором они ездили в дорогу, на охоту и который, по их мнению, подходил к поездке в ночлежный дом. Они взяли с собой особенные записные книжки и необыкновенные карандаши. Они находились в том особенно возбужденном состоянии, в котором собираются на охоту, на дуэль или на воину. На них яснее видна была глупость и фальшь нашего положения, но и все мы остальные были в таком же фальшивом положении. Перед отъездом произошло между нами совещание, вроде военного совета, о том, как, с чего начинать, как разделиться и т. п. Совещание было совершенно такое же, как в советах, собраниях и комитетах, т. е. каждый говорил не потому, что ему нужно было что-нибудь сказать или узнать, а потому, что каждый выдумывал, что бы и ему сказать, чтобы не отстать от других. Но в числе этих разговоров никто не упоминал о благотворительности, о которой я всем столько раз говорил. Как мне ни совестно было, я почувствовал, что мне необходимо опять напомнить о благотворительности, т. е. о том, чтобы во время обхода замечать и записывать всех тех, находящихся в бедственном положении, которых мы найдем во время этого обхода. И всегда мне было совестно говорить про это, но тут, среди нашего возбужденного приготовления к походу, я насилу мог это выговорить. Все выслушали меня, как мне показалось, с грустью, и при этом все согласились на словах, но видно было, что все знали, что из этого ничего не выйдет, и все опять тотчас же начали говорить о другом. Продолжалось это до тех пор, пока пришло время ехать, и мы поехали.

Мы приехали в темный трактир, подняли половых и стали разбирать свои папки. Когда нам объявили, что народ узнал об обходе и уходит из квартир, мы попросили хозяина запереть ворота, а сами ходили на двор уговаривать уходивших людей, уверяя их, что никто не спросит их билетов. Помню странное и тяжелое впечатление, произведенное на меня этими встревоженными ночлежниками: оборванные, полураздетые, они все мне показались высокими при свете фонаря в темноте двора; испуганные и страшные в своем испуге, они стояли кучкой, слушали наши уверения и не верили нам и, очевидно, готовы были на все, как травленый зверь, чтобы только спастись от нас. Господа в разных видах: и как полицейские, городские и деревенские, и как следователи, и как судьи, всю жизнь травят их и по городам, и по деревням, и по дорогам, и по улицам, и по трактирам, и по ночлежным домам, и теперь вдруг эти господа приехали и заперли ворота только затем, чтобы считать их; им этому так же трудно было поверить, как зайцам тому, что собаки пришли не ловить, а считать их. Но ворота были заперты, и встревоженные ночлежники вернулись, мы же, разделившись на группы, пошли. Со мною были два светских человека и два студента. Впереди нас, во мраке, шел Ваня в пальто и белых штанах с фонарем, а за ним и мы. Шли мы в знакомые мне квартиры. Помещения были мне знакомы, некоторые люди тоже, но большинство людей было новое, и зрелище было новое и ужасное, еще ужаснее того, которое я видел у Ляпинского дома. Все квартиры были полны, все койки были заняты, и не одним, а часто двумя. Ужасно было зрелище по тесноте, в которой жался этот народ, и по смешению женщин с мужчинами. Женщины, не мертвецки пьяные, спали с мужчинами. Многие женщины с детьми на узких койках спали с чужими мужчинами. Ужасно было зрелище по нищете, грязи, оборванности и испуганности этого народа. И, главное, ужасно по тому огромному количеству людей, которое было в этом положении. Одна квартира, и потом другая такая же, и третья, и десятая, и двадцатая, и нет им конца. И везде тот же смрад, та же духота, теснота, то же смешение полов, те же пьяные до одурения мужчины и женщины и тот же испуг, покорность и виновность на всех лицах; и мне стало опять совестно и больно, как в Ляпинском доме, и я понял, что то, что я затевал, было гадко, глупо и потому невозможно. И я уже никого не записывал и не спрашивал, зная, что из этого ничего не выйдет.

Мне было очень больно. В Ляпинском доме я был как человек, который случайно увидал страшную язву на теле другого человека. Ему жалко другого, ему совестно за то, что он прежде не пожалел его, и он еще может надеяться помочь больному, но теперь я был как врач, который пришел с своим лекарством к больному, обнажил его язву, разбередил ее и должен сознаться перед собой, что все это он сделал напрасно, что лекарство его не годится.

XI

Это посещение нанесло последний удар моему самообольщению, мне стало несомненно, что затеянное мною не только глупо, но и гадко.

Но, несмотря на то, что я знал это, мне казалось, что я не мог тотчас же бросить все дело; мне казалось, что я обязан продолжать еще это занятие, во-первых, потому, что я своей статьей, своими посещениями и обещаниями вызвал ожидание бедных; во-вторых, потому, что я тоже своей статьей, разговорами вызвал сочувствие благотворителей, из которых многие обещали мне содействие и личными трудами и деньгами. И я ожидал обращения к себе и тех и других с тем, чтобы, как я мог и умею, ответить на это.

Со стороны обращения ко мне нуждающихся произошло следующее: писем и обращений ко мне я получил более сотни; обращения эти были все от богатых бедных, если можно так выразиться. К некоторым из них я ходил, некоторых оставлял без ответа. Нигде я ничего не успел сделать. Все обращения ко мне были от лиц, находившихся когда-то в положении привилегированном (я называю так то положение, при котором люди больше получают от других, чем дают), потерявших его и вновь желающих занять его. Одному необходимо было 200 рублей, чтоб поддержать падающую торговлю и окончить начатое воспитание детей, другому фотографическое заведение, третьему - чтоб заплатить долги, выкупить приличное платье, четвертому нужно было фортепьяно, чтобы усовершенствоваться и уроками кормить свою семью. Большинство же, не определяя нужного количества денег, просило просто помочь, но когда приходилось вникать в то, что требовалось, то оказывалось, что потребности равномерно возрастали по мере помощи, и не было и не могло быть удовлетворения. Я повторяю, - очень может быть, что это произошло оттого, что я не умел; но я никому не помог, несмотря на то, что иногда старался сделать это.

Со стороны же содействия, мне благотворителей произошло очень для меня странное и неожиданное. Изо всех тех лиц, которые обещали мне денежное содействие и даже определяли число рублей, ни один не передал мне для раздачи бедным ни одного рубля. По тем обещаниям, которые мне были даны, я мог рассчитывать тысячи на три рублей, и из всех этих людей ни один не вспомнил прежних разговоров и не дал мне ни одной копейки. Дали только студенты те деньги, которые причитались им за работу по переписи, кажется, 12 рублей. Так что вся моя затея, долженствовавшая выразиться в десятках тысяч рублей, пожертвованных богатыми людьми, в сотнях и тысячах людей, которые должны были быть спасены от нищеты и разврата, свелась на то, что я наобум роздал несколько десятков рублей тем людям, которые выпросили их у меня, и что у меня осталось на руках 12 рублей, пожертвованные студентами, и 25 рублей, присланные мне Думой за работу распорядителя, которые я решительно не знал, кому отдать.

Все дело кончилось. И вот перед отъездом в деревню, в воскресенье под масленицу, я пошел в Ржанов дом утром, чтобы перед отъездом из Москвы освободиться от этих 37 рублей и раздать их бедным. Я обошел знакомых в квартирах и там нашел только одного больного человека, которому дал 5 рублей, кажется. Больше же там давать было некому. Разумеется, многие стали просить меня. Но я, как не знал их сначала, так не знал их и теперь, и решил, что я посоветуюсь с Иваном Федотычем, хозяином трактира, кому дать оставшиеся 32 рубля. Был первый день масленицы. Все были нарядны, все сыты и многие уже пьяны. На дворе, у угла дома, стоял в оборванном зипуне и лаптях старик ветошник, бодрый еще, и, перебирая в корзине свою добычу, выкидывал по кучкам кожу, железо и другое и заливался прекрасным, сильным голосом веселою песнью. Я разговорился с ним. Ему 70 лет, он одинокий, кормится своим ремеслом ветошника и не только не жалуется, но говорит, что и сыт и пьян. Я спросил у него об особенно нуждающихся; он рассердился и прямо сказал, что никого пет нуждающихся, кроме пьяниц и лежебоков, но, узнав мою цель, попросил у меня пятачок на выпивку и побежал в трактир. Я тоже пошел в трактир к Ивану Федотычу, чтобы ему поручить раздать оставшиеся у меня деньги. Трактир был полон; нарядные пьяные девки сновали из двери в дверь; все столы были заняты; пьяных уже было много, и в маленькой комнатке играла гармония и плясали двое. Иван Федотыч велел из уважения ко мне прекратить пляску и подсел ко мне, к свободному столику. Я сказал ему, что, так как он знает своих жильцов, - не укажет ли он мне самых нуждающихся, что вот мне поручили раздать немного денег, так не укажет ли он? Добродушный Иван Федотыч (покойник, он умер через год после этого), хотя и был занят торговлей, отвлекся от нее на время, чтобы услужить мне. Он задумался и, очевидно, пришел в недоумение. Один пожилой половой слышал нас и вступил в совещание.

Они стали перебирать лиц, из которых и я знал некоторых, и все не могли согласиться.

- Парамоновна, - предлагал половой.

- Да, так. Бывают и не емши. Да ведь загуливают.

- Ну, что ж? Все-таки.

- Ну, Спиридону Ивановичу - дети. Это так. Но Иван Федотыч и к Спиридону Ивановичу прибавил сомнение.

- Акулина, да она получает! Ну, вот нешто слепому. На это уж я возразил. Я видел его сейчас. Это был слепой 80-ти лет, без роду и племени. Казалось бы, какое положение может быть тяжелее, а я сейчас видел его, он лежал на пуховиках высокой кровати, пьяный, и, не видя меня, страшным басом ругал самыми скверными словами свою относительно молодую сожительницу. Еще они назвали безрукого мальчика с матерью. Я видел, что Иван Федотыч очень затрудняется, именно по добросовестности, потому что знает, что теперь, что ни дадут, все пойдет к нему же в трактир. Но мне надо было отделаться от моих 32 рублей, я настаивал, и кое-как, именно с грехом пополам, мы распределили их и отдали. Те, которые получили их, были одеты большей частью хорошо, и ходить за ними не далеко было, - они были тут же, в трактире. Безрукий мальчик пришел в сапогах со складками, в красной рубахе и жилете.

Этим закончилась вся моя благотворительная деятельность, и я уехал в деревню, раздраженный на других, как это всегда бывает, за то, что я сам делал глупо. Благотворительность моя сошла на нет и совсем прекратилась, но ход мыслей и чувств, который она вызвала во мне, не только не прекратился, но внутренняя работа пошла с удвоенной силой.

XII

Что же такое было?

Я жил в деревне и там имел отношения с деревенскими бедными. Не из смирения, которое паче гордости, по для того, чтобы сказать правду, которая необходима для понимания всего хода моих мыслей и чувств, говорю, что в деревне я делал очень мало для бедных, но требования, предъявляемые мне, были так скромны, что и это малое приносило пользу людям и образовывало вокруг меня атмосферу любви и единения с людьми, среди которой возможно было успокаивать грызущее чувство сознания незаконности своей жизни. Переехав в город, я надеялся жить точно так же. Но здесь я встретился с нуждою совсем другого свойства. Нужда городская была и менее правдива, и более требовательна, и более жестока, чем нужда деревенская. Главное же, ее было в одном месте так много, что она произвела на меня ужасное впечатление. Испытанное мною в Ляпинском доме впечатление в первую минуту заставило меня почувствовать безобразие моей жизни. Чувство это было искренно и очень сильно. Но, несмотря на искренность и силу его, я в первое время был настолько слаб, что испугался того переворота своей жизни, к которому призывало это чувство, и пошел на сделки. Я поверил тому, что мне говорили все, и тому, что говорят все с тех пор, что свет стоит, о том, что в богатстве и роскоши нет ничего дурного, что оно от бога дано, что можно, продолжая жить богато, помогать нуждающимся. Я поверил этому и захотел это делать. И написал статью, в которой призывал всех богатых людей к помощи. Богатые люди все признали себя нравственно обязанными согласиться со мною, но, очевидно, или не желали, или не могли ничего ни делать, ни давать для бедных. Я стал ходить по бедным и увидал то, чего я никак не ожидал. С одной стороны, я увидал в этих вертепах, как я называл их, людей таких, каким немыслимо было мне помогать, потому что они были рабочие люди, привыкшие к труду и лишениям и потому стоящие гораздо тверже меня в жизни; с другой стороны, я увидал несчастных, которым я не мог помогать, потому что они были точно такие же, как я. Большинство несчастных, которых я увидал, были несчастные только потому, что они потеряли способность, охоту и привычку зарабатывать свой хлеб, т. е. их несчастие было в том, что они были такие же, как и я.

Таких же несчастных, которым можно было бы сейчас же помочь, больных, холодных, голодных, я никого не нашел, кроме одной голодной Агафьи. И я убедился, что при моем отдалении от жизни тех людей, которым я хотел помогать, найти таких несчастных было почти невозможно, потому что всякая истинная нужда всегда уже была покрыта теми же самыми людьми, среди которых живут эти несчастные, и, главное, я убедился в том, что деньгами не мог изменить той несчастной жизни, которую ведут эти люди. Я убедился во всем этом, но из ложного стыда бросить начатое, из-за самообольщения своей добродетелью я довольно долго продолжал это дело; продолжал его до тех пор, пока оно само сошло бы на нет, так что я насилу-насилу, кое-как отделался с помощью Ивана Федотыча в трактире Ржанова дома от тех 37 рублей, которые я считал не своими.

Конечно, я бы мог продолжать это дело и сделать из него подобие благотворительности; я бы мог, приставая к тем, которые обещали мне деньги, заставить их отдать их мне; мог бы собрать еще, мог бы раздавать эти деньги и утешаться своей добродетелью, но я видел, с одной стороны, что мы, богатые люди, и не хотим, да и не можем уделять бедным часть своего избытка (так много у нас своих нужд), что и давать деньги некому, если точно желать добра, а не желать только раздавать деньги кому попало, как я и сделал это в Ржановом трактире. И я бросил все дело и с отчаянием в сердце уехал в деревню.

В деревне я хотел написать статью обо всем том, что я испытал, и рассказать, почему не удалось мое предприятие; мне хотелось и оправдаться в тех упреках, которые мне делали за мою статью о переписи, хотелось обличить и общество в его равнодушии и хотелось высказать те причины, по которым зарождается эта городская бедность, и ту необходимость противодействия ей, и те средства, которые я для этого вижу.

Я тогда же начал статью, и мне казалось, что я скажу в ней очень много важного. Но сколько я ни бился над ней, несмотря и на обилие материала, несмотря на излишек его, от раздражения, под влиянием которого я писал, и оттого, что я не выжил всего того, что нужно было, чтобы правдиво отнестись к этому делу, и, главное, оттого, что я ясно и просто не сознавал причину всего этого, причину очень простую, коренившуюся во мне, я не мог справиться с статьей и так и не кончил ее до нынешнего года.

В области нравственной происходит одно удивительное, слишком мало замечаемое явление.

Если я расскажу человеку, не знавшему этого, то, что мне известно из геологии, астрономии, истории, физики, математики, человек этот получит совершенно новые сведения, и никогда не скажет мне: "Да что ж тут нового? Это всякий знает, и я давно знаю". Но сообщите человеку самую высокую, самым ясным, сжатым образом, так, как она никогда не выражалась, выраженную нравственную истину, - всякий обыкновенный человек, особенно такой, который не интересуется нравственными вопросами, или тем более такой, которому эта нравственная истина, высказываемая вами, не по шерсти, непременно скажет: "Да кто ж этого не знает? Это давно и известно и сказано". Ему действительно кажется, что это давно и именно так сказано. Только те, для которых важны и дороги нравственные истины, знают, как важно, драгоценно и каким длинным трудом достигается уяснение, упрощение нравственной истины - переход ее из туманного, неопределенного сознаваемого предположения, желания, из неопределенных, несвязных выражений в твердое и определенное выражение, неизбежно требующее соответствующих ему поступков.

Мы все привыкли думать, что нравственное учение есть самая пошлая и скучная вещь, в которой не может быть ничего нового и интересного; а между тем вся жизнь человеческая, со всеми столь сложными и разнообразными, кажущимися независимыми от нравственности деятельностями, - и государственная, и научная, и художественная, и торговая - не имеет другой цели, как большее и большее уяснение, утверждение, упрощение и общедоступность нравственной истины.

Помню, шел я раз в Москве по улице и впереди себя вижу, вышел человек, внимательно посмотрел на камни тротуара, потом выбрал один камень, присел над ним и стал его (как мне показалось) скоблить или тереть с величайшим напряжением и усилием. "Что такое он делает с этим тротуаром?" - подумал я. Подойдя вплоть, я увидал, что делал этот человек; это был молодец из мясной лавки; он точил свой нож о камни тротуара. Он вовсе не думал о камнях, рассматривая их, и еще менее думал о них, делая свое дело, - он точил свой нож. Ему нужно было выточить свой нож для того, чтоб резать мясо; мне показалось, что он делает какое-то дело над камнями тротуара. Точно так же только кажется, что человечество занято торговлей, договорами, войнами, науками, искусствами; одно дело только для него важно, и одно только дело оно делает - оно уясняет себе те нравственные законы, которыми оно живет. Нравственные законы уже есть, человечество только уясняет их себе, и уяснение это кажется неважным и незаметным для того, кому не нужен нравственный закон, кто не хочет жить им. Но это уяснение нравственного закона есть не только главное, но единственное дело всего человечества. Это уяснение незаметно точно так же, как незаметно различие тупого ножа от острого. Нож - все нож, и для того, кому не нужно ничего резать этим ножом, незаметно различие тупого от острого. Для того же, кто понял, что вся жизнь его зависит от более или менее тупого или острого ножа, для того важно всякое увострение его, и тот знает, что конца нет этому увострению, и что нож только тогда нож, когда он острый, когда он режет то, что нужно резать.

Это случилось со мной, когда я начал писать статью. Мне казалось, что я все знаю, все понимаю относительно тех вопросов, которые вызвали во мне впечатления Ляпинского дома и переписи; но когда я попробовал сознать и изложить их, оказалось, что нож не режет, что нужно точить его. И только теперь, через три года, я почувствовал, что нож мой отточен настолько, что я могу разрезать то, что хочу. Узнал я нового очень мало. Все мысли мои те же, но они были тупее, все разлетались и не сходились к одному; не было в них жала, все не свелось к одному, к самому простому и ясному решению, как оно свелось теперь.

XIII

Я помню, что во все время моего неудачного опыта помощи

несчастным городским жителям я сам представлялся себе человеком, который бы желал вытащить другого из болота, а сам стоял на такой же трясине. Всякое мое усилие заставляло меня чувствовать непрочность той почвы, на которой я стоял. Я чувствовал, что я сам в болоте; но это сознание не заставило меня тогда посмотреть ближе под себя, чтобы узнать, на чем я стою; я все искал внешнего средства помочь вне меня находящемуся злу.

Я чувствовал тогда, что моя жизнь дурна и что так жить нельзя. Но из того, что моя жизнь дурна и так нельзя жить, я не вывел тот самый простой и ясный вывод, что надо улучшить свою жизнь и жить лучше, а сделал тот странный вывод, что для того, чтобы мне было жить хорошо, надо исправить жизнь других; и я стал исправлять жизнь других. Я жил в городе и хотел исправить жизнь людей, живущих в городе, но скоро убедился, что я этого никак не могу сделать; и я стал вдумываться в свойства городской жизни и городской бедности.

Что же такое городская жизнь и городская бедность? "Отчего, живя в городе, я не мог помочь городским бедным?" - спрашивал я себя. И я ответил себе, что я не мог сделать для них ничего, во-первых, оттого, что здесь их было слишком много в одном месте; во-вторых, потому, что все эти бедные были совсем не такие, как деревенские. Отчего же их здесь много и в чем же состоит их особенность от деревенских бедных? Ответ был один на оба эти вопроса. Много их тут потому, что здесь собираются около богатых все те люди, которым нечем кормиться в деревне, и особенность их в том, что это все люди, пришедшие из деревни кормиться в город (если есть городские бедные, такие, которые родились здесь, и такие, которых отцы и деды родились здесь, то эти отцы и деды пришли сюда тоже, чтобы кормиться).

Что же такое значит: кормиться в городе? В словах "кормиться в городе" есть что-то странное, похожее на шутку, когда вдумаешься в смысл их. Как, из деревни, т. е. из тех мест, где и леса, и луга, и хлеб, и скот, где все богатство земли, из этих мест люди приходят кормиться в то место, где нет ни дерев, ни травы, ни земли даже, а только один камень и пыль? Что же значат эти слова: "кормиться в городе", которые так постоянно употребляются и теми, которые кормятся, и теми, которые кормят, как что-то вполне ясное и понятное?

Вспоминаю все сотни и тысячи людей городских, - и хорошо живущих, и бедствующих, - с которыми я говорил о том, зачем они пришли сюда, и все без исключения говорят, что они пришли сюда из деревни кормиться, что Москва не сеет, не жнет, а богато живет, что в Москве всего много и что потому только в Москве можно добыть те деньги, которые им нужны в деревне, на хлеб, на избу, на лошадь, на предметы первой необходимости. Но ведь в деревне источник всяческого богатства, там только есть настоящее богатство: и хлеб, и лес, и лошади, и все. Зачем же идти в город, чтобы добыть то, что есть в деревне? И зачем, главное, увозить из деревни в город то, что нужно деревенским жителям, - муку, овес, лошадей, скотину?

Сотни раз я разговаривал про это с крестьянами, живущими в городе, и из разговоров моих с ними, и из наблюдений мне уяснилось то, что скопление деревенских жителей по городам отчасти необходимо потому, что они не могут иначе прокормиться, отчасти произвольно, и что в город их привлекают городские соблазны. Справедливо то, что положение крестьянина таково, что для удовлетворения требований, предъявленных к нему в деревне, ему нельзя иначе справиться, как продав тот хлеб, ту скотину, которые, он знает, ему будут необходимы, и он волей-неволей принужден идти в город, чтобы выручить там назад свой хлеб. Но справедливо и то, что сравнительно легче добываемые деньги и роскошь жизни в городе привлекают его туда, и, под видом кормиться в городе, он идет туда для того, чтобы работать легче, а есть лучше, пить чай три раза, щеголять и даже пьянствовать и распутничать. Причина того и другого одна: переход богатств производителей в руки непроизводителей и скопление их в городах. И действительно: пришла осень, все богатства собраны в деревне. И тотчас же заявляются требования податей, солдатчины, оброков; тотчас же выставляются соблазны водки, свадеб, праздников, мелких торговцев, разъезжающих по деревням, и всякие другие, и не тем, так другим путем богатства эти в самых разнообразных видах: овец, телят, коров, лошадей, свиней, кур, яиц, масла, пеньки, льна, ржи, овса, гречихи, гороха, семени конопляного и льняного, переходят в руки чужих людей и перевозятся в города, а из городов к столицам. Деревенский житель вынужден отдать все это для удовлетворения заявленных к нему требований и соблазнов и, отдав свои богатства, остается с нехваткой, и ему надо идти .туда, куда свезены его богатства, и там он отчасти старается выручить деньги, необходимые ему на его первые потребности в деревне, отчасти сам, увлекаясь соблазнами города, пользуется вместе с другими собранными богатствами.

Везде по всей России, да, я думаю, и не в одной России, а во всем мире происходит одно и то же. Богатства сельских производителей переходят в руки торговцев, землевладельцев, чиновников, фабрикантов, и люди, получившие эти богатства, хотят пользоваться ими. Пользоваться же вполне этими богатствами они могут только в городе. В деревне, во-первых, трудно найти, по раскинутости жителей, удовлетворение всех потребностей богатых людей, нет всякого рода мастерских, лавок, банков, трактиров, театров и всякого рода общественных увеселений. Во-вторых, одно из главных удовольствий, доставляемых богатством, - тщеславие, желание уловить и перещеголять других, опять по раскинутости населеления, с трудом может быть удовлетворяемо в деревне. В деревне мало ценителей роскоши, некого удивлять. Какие бы деревенский житель ни завел себе украшения жилища, картины, бронзы, какие бы ни завел экипажи, туалеты, мужики не знают во всем этом толку. И, в-третьих, роскошь даже неприятна и опасна в деревне для человека, имеющего совесть и страх. Неловко и жутко в деревне делать ванны из молока или выкармливать им щенят, тогда как рядом у детей молока нет; неловко и жутко строить павильоны и сады среди людей, живущих в обвалянных навозом избах, которые топить нечем. В деревне некому держать в порядке глупых мужиков, которые по своему необразованию могут расстроить все это.

И поэтому богатые люди скопляются вместе и пристраиваются к таким же богатым людям с одинаковыми потребностями в городе, где удовлетворение всяких роскошных вкусов заботливо охраняется многолюдной полицией. Коренные такие жители в городах - это государственные чиновники; около них уже пристроились всякого рода мастера и промышленники, к ним присоединяются и богачи. Там богатому человеку стоит только вздумать, и все у него будет. Там богатому человеку приятнее жить еще и потому, что там он может удовлетворить тщеславию, есть с кем поравняться роскошью, есть кого удивить, есть кого затмить. Главное же, богатому человеку уже потому лучше в городе, что прежде ему неловко и жутко было за его роскошь в деревне, теперь же, напротив, ему неловко становится не жить роскошно, не жить так, как все сверстные ему люди вокруг него. То, что казалось страшным и неловким в деревне, здесь ему кажется, что так и должно быть. Богатые люди собираются в городе и там, под охраной власти, спокойно потребляют все то, что привезено сюда из деревни. Деревенскому же жителю отчасти необходимо идти туда, где происходит этот непрестающий праздник богачей и потребляется то, что взято у него, с тем, чтобы кормиться от тех крох, которые спадут со стола богатых, отчасти же, глядя на беспечную, роскошную и всеми одобряемую и охраняемую жизнь богачей, и самому желательно устроить свою жизнь так, чтобы меньше работать и больше пользоваться трудами других.

И вот и он тянется в город и пристраивается около богачей, всякими средствами стараясь выманить у них назад то, что ему необходимо, и подчиняясь всем тем условиям, в которые поставят его богачи. Он содействует удовлетворению всех их прихотей; он служит богачу и в бане, и в трактире, и извозчиком, и проституткой, и делает ему экипажи, и игрушки, и моды, и понемногу научается у богатого жить так же, как и он, не трудом, а разными уловками, выманивая у других собранные ими богатства, - и развращается и погибает. И вот это-то развращенное городским богатством население и есть та городская бедность, которой я хотел и не мог помочь.

И в самом деле, надо только вдуматься в положение этих деревенских жителей, приходящих в город для того, чтобы заработать на хлеб или на подати, когда они видят повсюду вокруг себя безумно швыряемые тысячи и самым легким способом добываемые сотни, тогда как они сами тяжелым трудом должны вырабатывать копейки, чтобы удивляться, как остаются из этих людей еще рабочие люди, а не все они берутся за более легкую добычу денег: торговлю, прасольничество, нищенство, разврат, мошенничество, грабеж даже. Ведь это мы, участники той непрестающей оргии, происходящей в городах, можем так привыкнуть к своей жизни, что нам кажется очень натуральным жить одному в пяти огромных комнатах, отапливаемых количеством березовых дров, достаточным для варения пищи и согревания 20 семей, ездить за полверсты на двух рысаках с двумя людьми, обивать паркетный пол ковром и тратить, не говорю уж на бал, 5, 10 тысяч, но на елку 25 и т. п. Но человек, которому необходимо 10 рублей на хлеб для семьи или у которого отбирают последнюю овцу за 7 рублей податей и который не может сбить этих 7 рублей тяжелым трудом, человек этот не может привыкнуть к этому. Мы думаем, что все это кажется естественным бедным людям; есть даже такие наивные люди, которые серьезно говорят, что бедные очень благодарны нам за то, что мы кормим их этою роскошью. Но бедные люди не лишаются человеческого рассудка оттого, что они бедные, и рассуждают точь-в-точь так же, как и мы. Как нам, при известии о том, что вот такой-то человек проиграл, промотал 10, 20 тысяч, приходит первая мысль о том, какой глупый и дрянной человек тот, который промотал без пользы такие деньги, и как я мог хорошо бы употребить эти деньги на постройку, которая мне давно нужна, на улучшение хозяйства и т. п., точно так же рассуждают и бедные, видя перед собой безумно швыряемые богатства, и тем настоятельнее рассуждают так, что деньги эти им нужны не на фантазии, а на удовлетворение насущных потребностей, которых часто они лишены. Мы очень заблуждаемся, думая, что бедные могут рассуждать так и равнодушно смотреть на окружающую их роскошь.

Никогда они не признавали и не признают того, чтобы было справедливо одним людям постоянно праздничать, а другим постоянно постничать и работать, а они сначала удивляются и оскорбляются этим, потом приглядываются к этому и, видя, что эти порядки признаются законными, стараются сами освободиться от работы и принять участие в празднике. Одним удается, и они становятся такими же вечно пирующими, другие понемногу подбираются к этому положению, третьи обрываются, не достигнув цели, и, потеряв привычку работать, наполняют непотребные и ночлежные дома.

Третьего года мы взяли из деревни крестьянского малого в буфетные мужики. Он что-то не поладил с лакеем, его разочли; он поступил к купцу, угодил хозяевам и теперь ходит в жилете с цепочкой и щегольских сапогах. На его место взяли другого мужика, женатого; он спился и потерял деньги; взяли третьего он запил и, пропив с себя все, долго бедствовал в ночлежном доме. Старик повар спился в городе и заболел. В прошлом году лакей, пивший прежде запоем и в деревне державшийся без вина 5 лет, в Москве, живя без жены, поддерживавшей его, запил и испортил всю свою жизнь. Молодой мальчик из пашей деревни живет в буфетных мужиках у моего брата. Дед его, старик слепой, пришел ко мне в бытность мою в деревне и просил меня усовестить этого внука, чтоб он выслал 10 рублей денег на подати, без которых придется продать корову. "Все говорит: одеться надо прилично, - сказал старик. - Ну, сшил сапоги, и буде; а то что ж он, часы, что ли, завести хочет?" - сказал дед, словами этими выразив самое безумное предположение, которое только можно сделать. Предположение, действительно, безумное, если знать, что старик весь пост ел без масла и что у старика пропадают нарезанные дрова, потому что нечем доплатить 1 руб. 20 коп.; но оказалось, что безумная шутка старика была действительность. Малый пришел ко мне в черном тонком пальто, в сапогах, за которые он заплатил 8 рублей. На днях он взял у брата 10 рублей и извел на сапоги. И дети мои, которые знают мальчика с детства, сообщили мне, что действительно он считает необходимым завести часы. Он очень добрый мальчик; но он считает, что ему будут смеяться, пока у него не будет часов. И часы нужно. Нынешний год горничная, девушка 18 лет, вошла у нас в доме в связь с кучером. Ее разочли. Старушка няня, с которой я говорил об этой несчастной, напомнила мне о девушке, которую я забыл. Она также 10 лет тому назад, во время короткого пребывания нашего в Москве, вошла в связь с лакеем. Ее тоже разочли, и она кончила в распутном доме и умерла, не дожив до 20 лет, в больнице от сифилиса. Стоит только оглянуться вокруг себя, чтобы ужаснуться перед той заразой, которую, не говоря уже о фабриках и заводах, служащих нашей же роскоши, мы прямо, непосредственно своею роскошною жизнью в городе разносим между теми самыми людьми, которым мы потом хотим помогать.

И вот, вникнув в свойства городской бедности, которой я не мог помочь, я увидал, что причина ее первая та, что я отбираю необходимое у деревенских жителей и привожу все это в город. Вторая же причина та, что здесь, в городе, пользуясь тем, что я собрал в деревне, я своею безумною роскошью соблазняю и развращаю тех деревенских жителей, которые приходят сюда за мной, чтоб как-нибудь вернуть то, что у них отобрано в деревне.

XIV

Совершенно с другой стороны я пришел к тому же заключению. Вспоминая все мои отношения к городским бедным за это время, я увидал, что одна из причин, по которой я не мог помогать городским бедным, была и та, что бедные были неискренни, неправдивы со мной. Они все смотрели на меня не как на человека, а как на средство. Сблизиться с ними я не мог, может быть, думал я, не умел; но без правдивости невозможна была помощь. Как помочь человеку, который не говорит всего своего положения? Я сначала упрекал в этом их (это так естественно - упрекать другого), но одно слово замечательного человека, именно Сютаева, гостившего у меня в то время, разъяснило мне дело и показало мне, в чем была причина моей неудачи. Я помню, что и тогда слово, сказанное Сютаевым, сильно поразило меня; но все значение его я понял только впоследствии. Это было в самый разгар моего самообольщения. Я сидел у моей сестры, и у нее же был Сютаев, и сестра расспрашивала меня про мое дело. Я рассказывал ей, и, как это всегда бывает, когда не веришь в свое дело, я с большим увлечением, жаром и многословием рассказывал ей и то, что я делаю, и то, что может выйти из этого; я говорил все: как мы будем следить за всей нуждой в Москве, как мы будем призревать сирот, старых, высылать из Москвы обедневших здесь деревенских, как будем облегчать путь исправления развратным, как, если только это дело пойдет, в Москве не будет человека, который бы не нашел помощи. Сестра сочувствовала мне, и мы говорили. Среди разговора я взглядывал на Сютаева. Зная его христианскую жизнь и значение, которое он приписывает милосердию, я ожидал от него сочувствия и говорил так, чтобы он понял; я говорил сестре, а обращал свою речь больше к нему. Он сидел неподвижно в своем, черной дубки, тулупчике, который он, как и все мужики, носил и на дворе, и в горнице, и как будто не слушал нас, а думал о своем. Маленькие глазки его не блестели, а как будто обращены были в себя. Наговорившись, я обратился к нему с вопросом, что он думает про это.

- Да все пустое дело, - сказал он.

- Отчего?

- Да вся ваша эта затея пустая, и ничего из этого добра не выйдет, - с убеждением повторил он.

- Как не выйдет? Отчего же пустое дело, что мы поможем тысячам, хоть сотням несчастных? Разве дурно по-евангельски голого одеть, голодного накормить?

- Знаю, знаю, да не то вы делаете. Разве так помогать можно?

Ты идешь, у тебя попросит человек 20 копеек. Ты ему дашь. Разве это милостыня? Ты дай духовную милостыню, научи его; а это что же ты дал? Только, значит, "отвяжись".

- Нет, да ведь мы не про то. Мы хотим узнать нужду и тогда помогать и деньгами и делом. И работу найти.

- Да ничего этому народу так не сделаете.

- Так как же, им так и умирать с голода и холода?

- Зачем же умирать? Да много ли их тут?

- Как, много ли их? - сказал я, думая, что он так легко смотрит на это потому, что не знает, какое огромное количество этих людей.

- Да ты знаешь ли? - сказал я. - Их в Москве, этих голодных, холодных, я думаю, тысяч 20. А в Петербурге и по другим городам?

Он улыбнулся.

- Двадцать тысяч! А дворов у нас в России в одной сколько? Миллион будет?

- Ну так что же?

- Что ж? - и глаза его заблестели, и он оживился. - Ну, разберем их по себе. Я не богат, а сейчас двоих возьму. Вон малого-то ты взял на кухню; я его звал к себе, он не пошел. Еще десять раз столько будь, всех по себе разберем. Ты возьмешь, да я возьму. Мы и работать пойдем вместе; он будет видеть, как я работаю, будет учиться, как жить, и за чашку вместе за одним столом сядем, и слово он от меня услышит и от тебя. Вот это милостыня, а то эта ваша община совсем пустая.

Простое слово это поразило меня, я не мог не сознать его правоту. Мне казалось тогда, что, несмотря на справедливость этого, все-таки, может быть, полезно и то, что я начал; но чем дальше я вел это дело, чем больше я сходился с бедными, тем чаще мне вспоминалось это слово и тем большее оно получало для меня значение.

В самом деле, я приду в дорогой шубе или приеду на своей лошади, или увидит мою двухтысячную квартиру тот, которому нужны сапоги; увидит хотя только то, что я сейчас, не жалея их, дал 5 рублей только потому, что мне так вздумалось; ведь он знает, что если я даю так рубли, то это только потому, что я набрал их так много, что у меня их много лишних, которые я не только никому не давал, но которые я легко отбирал от других. Что же он может видеть во мне другого, как не одного из тех людей, которые завладели тем, что должно бы принадлежать ему? И какое другое чувство он может иметь ко мне, как не желание выворотить у меня как можно больше этих отобранных у него и у других рублей? Я хочу сблизиться с ним и жалуюсь, что он не откровенен; да ведь я боюсь сесть к нему на кровать, чтобы не набраться вшей, не заразиться, и боюсь пустить его к себе в комнату, а он, голый, приходя ко мне, ждет, еще хорошо, что в передней, а то и в сенях. И я говорю что он виноват в том, что я не могу сблизиться с ним, что он не откровенен.

Пусть попытается самый жестокий человек объедаться обедом из 5 блюд среди людей, которые мало ели или едят один черный хлеб. Ни у одного недостанет духу есть и видеть, как облизываются вокруг него голодные. Стало быть, для того чтобы есть сладко среди недоедающих, первая необходимость спрятаться от них и есть это так, чтобы они не видали. Это самое и это первое, что мы делаем.

И я проще взглянул на нашу жизнь и увидал, что сближение с бедными не случайно трудно нам, но что умышленно мы устраиваем свою жизнь так, чтобы это сближение было трудно.

Мало того, со стороны посмотрев на нашу жизнь, на жизнь богатых, я увидал, что все то, что считается благом в этой жизни, состоит в том или, по крайней мере, неразрывно связано с тем, чтобы как можно дальше отделить себя от бедных. В самом деле, все стремления нашей богатой жизни, начиная с пищи, одежды, жилья, нашей чистоты и до нашего образования, - все имеет главною целью отличение себя от бедных. И на это-то отличение, отделение себя непроходимыми стенами от бедных тратится, мало сказать, 0,9 нашего богатства.

Первое, что делает разбогатевший человек, - он перестает есть из одной чашки, он устраивает приборы и отделяет себя от кухни и прислуги. Он сытно кормит и прислугу, чтобы у нее не текли слюни на его сладкую еду, и ест один; а так как есть одному скучно, он придумывает, что может, чтобы улучшить пищу, украсить стол; и самый способ принятия пищи (обеды) делается уж у него делом тщеславия, гордости, и принятие пищи делается у него средством отделения себя от других людей. Богатому уже немыслимо пригласить за стол бедного человека. Надо уметь вести даму к столу, кланяться, сидеть, есть, полоскать рот, и только богатые умеют все это.

То же происходит и с одеждой. Если бы богатый человек носил обыкновенное платье, только прикрывающее тело от холода, - полушубки, шубы, валяные и кожаные сапоги, поддевки, штаны, рубахи, ему бы очень мало было нужно, и он не мог бы, заведя две шубы, не отдать одну тому, у кого нет ни одной; но богатый человек начинает с того, что шьет себе такую одежду, которая вся состоит из отдельных частей и годится только для отдельных случаев и потому не годится для бедного. У него фраки, жилеты, пиджаки, лаковые сапоги, ротонды, башмаки с французскими каблуками, платья, ради моды изрезанные на мелкие куски, охотничьи, дорожные куртки и т. п., которые могут иметь употребление только в отдаленном от бедности быту, И одежда становится тоже средством отделения себя от бедных. Является мода, именно то, что отделяет богатых от бедных.

То же, и еще яснее, в жилье. Чтобы жить одному в 10 комнатах, надо, чтоб этого не видали те, которые живут десятеро в одной. Чем богаче человек, тем труднее добраться до него, тем больше швейцаров между ним и небогатыми людьми, тем невозможнее провести по коврам и посадить на атласные кресла бедного человека.

То же с способом передвижения. Мужику, едущему в телеге или на розвальнях, надо быть очень жестоким, чтобы не подвезти пешехода, - и место и возможность на это есть. Но чем богаче экипаж, тем дальше он от возможности посадить кого бы то ни было. Даже прямо говорят, что самые щеголеватые экипажи - эгоистки.

То же со всем образом жизни, который выражается словом чистота.

Чистота! Кто не знает людей, в особенности женщин, которые ставят себе эту чистоту в высокую добродетель, и кто не знает выдумок этой чистоты, не имеющих никаких пределов, когда она добывается чужим трудом? Кто из разбогатевших людей не испытывал на себе, с каким трудом он старательно приучал себя к этой чистоте, подтверждающей только пословицу: белые ручки чужие труды любят? Нынче чистота в том, чтобы менять рубашку каждый день, завтра менять два раза в день. Нынче мыть каждый день шею и руки, завтра - ноги, еще завтра - каждый день все тело, да еще особенными притираниями. Нынче скатерть на два дня, завтра каждый день и две в день. Нынче чтобы руки у лакея были чисты, завтра чтобы он был в перчатках и в чистых перчатках подавал бы письмо на чистом подносе. И нет пределов этой никому и ни для чего не нужной чистоты, как только для того, чтобы отделить себя от других и сделать невозможным общение с ними, когда чистота эта добывается чужими трудами.

Мало того, когда я вникнул в это, я убедился, что и то, что называется вообще образованием, есть то же самое. Язык не обманет; он называет тем настоящим именем то, что люди под этим именем разумеют. Образованием называет народ: модное платье, политичный разговор, чистые руки, известного рода чистоту. Про такого человека говорят в отличие от других, что он человек образованный. В кругу немного повыше образованием называют то же, что и народ, но к условиям образования прибавляют еще игру на фортепиано, знание по-французски, письмо по-русски без орфографических ошибок и еще большую внешнюю чистоту. В кругу еще повыше образованием называют все это с прибавкой еще английского языка и диплома из высшего учебного заведения и еще большую чистоту. Но образование и то, и другое, и третье по существу своему одно и то же. Образование - это те формы и знания, которые должны отличать человека от других. И цель его та же, как и чистоты: отделить себя от толпы бедных для того, чтобы они, голодные и холодные, не видали, как мы празднуем. Но спрятаться нельзя, и они видят.

И вот я убедился, что причина невозможности нам, богатым, помочь бедным городским была еще и в невозможности сблизиться с ними, а что невозможность сближения с ними мы делаем сами всей своей жизнью, всем употреблением наших богатств. Я убедился, что между нами, богатыми, и бедными стоит воздвигнутая нами же стена чистоты и образования, сложившаяся из нашего богатства, и чтобы быть в состоянии помогать бедным, нам надо прежде всего разрушить эту стену, сделать то, чтобы было возможно применение способа Сютаева - по себе разобрать бедных.

И с другой стороны я пришел к тому же самому, к чему привел меня ход рассуждения о причинах городской бедности: причина была наше богатство.

XV

Я стал разбирать дело еще с третьей, с чисто личной стороны. В числе явлений, особенно поразивших меня во время этой моей благотворительной деятельности, было еще одно, очень странное, которому я долго не мог найти объяснения. Это было вот что: всякий раз, как мне случалось на улице или дома давать бедному, не разговаривая с ним, какую-нибудь мелкую монету, я видел или мне казалось, что я видел, удовольствие и благодарность на лице бедного, и сам я испытывал при этой форме благотворительности приятное чувство. Я видел, что я сделал то, чего желал и ожидал от меня человек. Но если я останавливался с бедным и с участием расспрашивал его о его прежней и теперешней жизни, более или менее входил в подробности его жизни, я чувствовал, что нельзя уже дать 3 или 20 копеек, и я начинал перебирать в кошельке деньги, сомневаясь, сколько дать, давал всегда больше и всегда видел, что бедный уходит от меня недовольный. Если же я входил в еще большее общение с бедным, то еще больше увеличивалось мое сомнение о том, сколько дать, и, сколько бы я ни давал, бедный становился еще мрачнее и недовольнее. Как общее правило, выходило всегда так, что если я давал после сближения с бедным три рубля и больше, то почти всегда я видел мрачность, недовольство, злобу даже на лице бедного, и случалось, что, взяв десять рублей, он уходил, не сказав даже спасибо, так, как будто я обидел его. И при этом мне всегда бывало неловко, совестно, и я всегда чувствовал себя виноватым. Если же я неделями, месяцами, годами следил за бедным, и помогал ему, и высказывал ему свои взгляды, и сближался с ним, то отношения с ним становились мукой, и я видел, что бедный презирает меня. И я чувствовал, что он прав.

Если я иду по улице, а он, стоя на этой улице, просит у меня в числе других прохожих и проезжих три копейки, и я даю их ему, то я для него прохожий, и добрый, хороший прохожий, такой, который дает ту нитку, из которой составляется рубашка голому; он больше нитки ничего не ждет, и если я даю ее, он искренно благословляет меня. Но если я остановился с ним, поговорил с ним, как с человеком, показал ему, что я хочу быть больше, чем прохожий, если, как это часто случалось, он поплакал, рассказывая мне свое горе, то он видит во мне уже не прохожего, а то, что я хочу, чтобы он видел: доброго человека. Если же я добрый человек, то доброта моя не может остановиться ни на двугривенном, ни на 10 рублях, ни на 100 рублях. Положим, я дал ему много, я оправил его, одел, поставил на ноги, так что он мог жить без чужой помощи; но по чему бы то ни было, по несчастию или по его слабости, порочности, у него опять нет и того пальто, и того белья, и тех денег, которые я дал ему, он опять голоден и холоден, и он опять пришел ко мне, - почему я откажу ему? И если он 20 раз пропил все, что вы ему дали, и он опять холоден и голоден, если вы добрый человек, вы не можете не дать ему еще, не можете никогда перестать давать ему, если у вас больше, чем у пего. А если вы попятились, то вы этим самым показали, что все, что вы ни делали, вы делали не потому, что вы добрый человек, а потому, что перед людьми, перед ним хотели показаться добрым человеком.

И вот тут-то, с такими людьми, с которыми мне приходилось пятиться, переставать давать и этим отрекаться от добра, я испытывал мучительный стыд.

Что такое был этот стыд? Стыд этот испытывал я в Ляпинском доме, и прежде, и после в деревне, когда мне приходилось давать деньги или другое что бедным, и в моих похождениях по городским бедным.

Один недавно бывший со мною случай стыда живо напомнил мне и привел меня к разъяснению причины того стыда, который я испытывал при давании денег бедным.

Это было в деревне. Мне нужно было двадцать копеек, чтобы подать страннику; я послал сына, чтобы занять у кого-нибудь; он принес страннику двугривенный и сказал мне, что он занял у повара. Через несколько дней опять пришли странники, и мне опять понадобился двугривенный; у меня был рубль; я вспомнил, что должен был повару, пошел в кухню, надеясь, что у повара найдется еще мелочь. Я сказал; "Я у вас брал двугривенный, так вот рубль". Я еще не договорил, как повар вызвал из другой комнаты жену. "Параша, возьми", - сказал он. Я, полагая, что она поняла, что мне нужно, отдал ей рубль. Надо сказать, что повар жил у нас с неделю, и жену его я видал, но никогда не говорил с ней. Только я хотел сказать ей, чтобы она дала мне мелочи, как она быстро нагнулась к моей руке и хотела поцеловать ее, очевидно, полагая, что я ей даю рубль. Я что-то пробормотал и вышел из кухни. Мне стало стыдно, мучительно стыдно, как давно не было. Меня корчило, я чувствовал, что делал гримасы; и я стонал от стыда, выбегая из кухни. Этот ничем не заслуженный, как мне казалось, и неожиданный стыд поразил меня особенно потому, что я давно уже так не стыдился, и потому, что я, как старый человек, как мне казалось, жил так, что не заслуживал такого стыда. Меня это очень поразило. Я рассказал это домашним, рассказал знакомым, и все согласились, что и они испытали бы то же. И я стал думать: отчего же это мне было стыдно? Ответ на это мне дал случай, бывший со мною прежде в Москве.

Я вдумался в этот случай, и мне объяснился этот стыд, испытанный мною с поваровой женой, и все те ощущения стыда, которые я испытывал во время моей московской благотворительности и который испытываю теперь постоянно, когда мне приходится давать людям что-нибудь, кроме той маленькой милостыни нищим и странникам, которую я привык давать и считаю делом не благотворительности, а благопристойности - учтивости. Если человек просит у вас огня, надо зажечь ему спичку, если есть. Если человек просит 3 или 20 копеек или даже несколько рублей, надо дать их, если есть. Это дело учтивости, а но благотворительности.

Случай был такой: я говорил уже о двух мужиках, с которыми я третьего года пилил дрова. Один раз вечером в субботу, сумерками, я пошел с ними вместе в город. Они шли к хозяину получать плату. Подходя к Дорогомиловскому мосту, мы встретили старика. Он попросил милостыни, и я дал ему 20 копеек. Я дал и подумал о том, как моя милостыня должна хорошо подействовать на Семена, с которым мы говаривали о божественном. Семен, тот владимирский мужик, у которого была в Москве жена и двое детей, остановился, тоже заворотил полу кафтана и достал кошель и из кошелька, поискав в нем, достал три копейки, дал их старику и спросил две копейки сдачи.

Старик показал на руке две трехкопеечные и одну копейку. Семен посмотрел, хотел взять копейку, но потом раздумал, снял шапку, перекрестился и пошел, оставив старику три копейки. Я знал все имущественное положение Семена. У него не было дома и не было никакой собственности. Денег он сбил по тот день, в который он подал 3 копейки, 6 рублей 50 копеек. Стало быть, 6 рублей 50 копеек было все его сбережение. Мое сбережение равнялось приблизительно 600-м тысячам. У меня были жена и дети, у Семена были жена и дети. Он был моложе меня, и детей у него было меньше; но дети у него были малые, у меня же уж было двое в возрасте работников, так что наше положение, кроме сбережения, было равное; пожалуй, даже мое несколько выгоднее. Он дал 3 копейки, я дал 20. Что же дал он и что я? Что бы я должен был дать, чтобы сделать то, что сделал Семен? У него было 600 копеек; он дал из них одну и потом еще две. У меня было 600 тысяч. Чтобы дать то, что Семен, мне надо было дать 3000 рублей и просить 2000 сдачи и, если бы по было сдачи, оставить и эти две тысячи старику, перекреститься и пойти дальше, спокойно разговаривая о том, как живут на фабриках и почем печенка на Смоленском. Я тогда же подумал об этом; но только долго после того я был в состоянии сделать из этого случая тот вывод, который неизбежно из него вытекает. Вывод этот так необыкновенен и странен кажется, что, несмотря на его математическую несомненность, нужно время, чтобы привыкнуть к нему. Все кажется, что тут должна быть какая-нибудь ошибка, но ошибки нет. Есть только страшная тьма заблуждений, в которой мы живем.

Этот-то вывод, когда я пришел к нему и признал его несомненность, объяснил мне мой стыд перед женой повара и перед всеми бедными, которым я давал и даю деньги.

В самом деле, что же такое те деньги, которые я даю бедным и которые поварова жена думала, что я даю ей? В большей части случаев это такая доля моих денег, которую невозможно даже выразить цифрой для Семена и для поваровой жены, - это большею частью одна миллионная или около того. Я даю так мало, что давание мною денег не есть и не может быть для меня лишением; оно есть только потеха, которой я забавляюсь, как и когда мне вздумается. И так и поняла меня поварова жена. Если я даю приходящему с улицы рубль или 20 копеек, то отчего же мне не дать и ей рубль? Для поваровой жены такое раздавание денег есть то же, что швыряние господами пряников в народ; это забава людей, имеющих много дурашных денег. Мне стыдно было оттого, что ошибка поваровой жены прямо показала мне тот взгляд, который она и все небогатые люди должны иметь на меня: "Швыряет дурашные, т. е. не трудовые, деньги".

В самом деле, какие мои деньги и откуда завелись они у меня? Часть их я собрал за землю, полученную мною от отца. Мужик продал последнюю овцу, корову, чтобы отдать мне их. Другая часть моих денег - это деньги, которые я получил за мои сочинения, за книги. Если книги мои вредны, то я только соблазном сделал то, что их покупают, и деньги, которые за них я получаю, - дурно добытые деньги; но если книги мои полезны людям, то выходит еще хуже. Я не даю их людям, а говорю: дайте мне 17 рублей, и тогда я дам вам их. И как там мужик продает последнюю овцу, здесь бедный студент, учитель, всякий бедный человек лишает себя нужного, чтобы дать мне эти деньги. И вот я набрал много таких денег, и что же я делаю с ними? Я привожу эти деньги в город и отдаю их бедным только тогда, когда они будут исполнять мои прихоти и придут сюда в город чистить для меня тротуары, лампы, сапоги, работать для меня на фабриках. И за эти деньги я выторговываю у них все, что могу, т. е. стараюсь как можно меньше дать им и как можно больше получить от них. И вдруг я совершенно неожиданно начинаю так, просто задаром, давать эти самые деньги этим же бедным - не всем, но тем, кому мне вздумается. Как же не ожидать каждому бедному, что, может, и на него выпадет нынче счастье быть одним из тех, с которыми я забавляюсь, раздавая мои дурашные деньги? Так и смотрят на меня все, так посмотрела и поварова жена.

И я до такой степени заблудился, что это отбирание у бедных одной рукой тысячей, а другой швыряние копеек тем, кому вздумается, я называл добром. Не мудрено, что мне было стыдно.

Да, прежде чем делать добро, мне надо самому стать вне зла, в такие условия, в которых можно перестать делать зло. А то вся жизнь моя - зло. Я дам 100 тысяч и все не стану еще в то положение, в котором можно делать добро, потому что у меня еще останутся 500 тысяч. Только когда у меня ничего не будет, я буду в состоянии сделать хоть маленькое добро, хоть то, что сделала проститутка, ухаживая три дня за больною и ее ребенком. А мне казалось это так мало! И я смел думать о добре! То, что с первого раза сказалось мне при виде голодных и холодных у Ляпинского дома, именно то, что я виноват в этом и что так жить, как я жил, нельзя, нельзя и нельзя, - это одно была правда.

XVI

Трудно мне было дойти до этого сознания; но когда я дошел до него, я ужаснулся тому заблуждению, в котором я жил. Я стоял по уши в грязи и других хотел вытаскивать из этой грязи.

В самом деле, чего я хочу? Я хочу сделать добро другим, хочу сделать так, чтобы люди не были холодны и голодны, чтобы люди могли жить так, как это свойственно людям,

Я хочу этого и вижу, что вследствие насилий, вымогательств и различных уловок, в которых я принимаю участие, отбирается у трудящихся необходимое и нетрудящиеся люди, к которым принадлежу и я, пользуются с излишком трудом других людей.

Я вижу, что пользование это чужим трудом распределяется так, что чем хитрее и сложнее уловка, которую употребляет сам человек или употреблял тот, от кого он получил наследство, тем больше он пользуется трудами других людей и тем меньше сам прилагает труда.

Сначала идут Штиглицы, Дервизы, Морозовы, Демидовы,

Юсуповы, потом крупные банкиры, купцы, землевладельцы, чиновники. Потом средние банкиры, купцы, чиновники, землевладельцы, к которым принадлежу и я, Потом низшие - вовсе мелкие торговцы, кабатчики, ростовщики, становые, урядники, учителя, дьячки, приказчики; потом дворники, лакеи, кучера, водовозы, извозчики, разносчики и под конец уже рабочий народ - фабричные и крестьяне, число которых относится к первым, как 10:1. Я вижу, что жизнь девяти десятых рабочего народа по своему существу требует напряжения и труда, как и всякая естественная жизнь, но что вследствие уловок, отбирающих у этих людей необходимое и ставящих их в тяжелые условия, жизнь эта с каждым годом становится труднее и полнее лишений; жизнь же наша, не рабочих людей, благодаря содействию наук и искусств, направленных на эту цель, становится с каждым годом избыточнее, привлекательнее и обеспеченнее. Я вижу, что в наше время жизнь рабочего человека, и в особенности жизнь стариков, женщин и детей рабочего населения, прямо гибнет от усиленной, несоответственной питанию работы, и что жизнь эта не обеспечена даже в своих первых потребностях, и что рядом с этим жизнь нерабочего сословия, к которому я принадлежу, с каждым годом все более и более переполняется избытком и роскошью, и делается все более и более обеспеченною, и дошла, наконец, в своих счастливцах, к которым принадлежу и я, до такой степени обеспеченности, о которой в старину мечтали только в волшебных сказках, - до состояния владельца кошелька с неразменным рублем, т. е. такого положения, при котором человек не только освобождается совершенно от закона труда для поддержания жизни, но и получает возможность пользоваться без труда всеми благами жизни и передавать своим детям или кому вздумается этот кошелек с неразменным рублем. Я вижу, что произведения труда людей все более и более переходят от массы трудового народа к нетрудовому, что пирамида общественного здания как бы перестраивается так, что камни основания переходят в вершину, и быстрота этого перехода увеличивается в какой-то геометрической прогрессии. Я вижу, что происходит подобное тому, что произошло бы в муравейной куче, если бы общество муравьев потеряло чувство общего закона, если бы одни муравьи из основания кучи стали бы перетаскивать произведения труда на верх кучи и всё суживали бы основание и расширяли вершину и тем заставили бы и остальных муравьев перебираться из основания на вершину. Я вижу, что перед людьми вместо идеала трудовой жизни возник идеал кошелька с неразменным рублем. Богатые, и я в том числе, разными уловками мы устраиваем себе этот неразменный рубль и для пользования им переезжаем в город, в то место, где ничего не производится и все поглощается. Бедный трудовой человек, обобранный для того, чтобы у богатого был этот неразменный рубль, стремится за ним в город и там тоже борется за уловки или устраивает себе такое положение, при котором он может, мало работая, многим пользоваться, тем самым еще более отягощая положение трудового народа, или, не достигнув этого положения, погибает и попадает в то с необычайной быстротой увеличивающееся число холодных и голодных золоторотцев.

Я принадлежу к разряду тех людей, которые разными уловками отбирают от трудящегося народа необходимое и которые устроили себе этими уловками волшебный неразменный рубль, соблазняющий этих же несчастных. Я хочу помогать людям, и потому ясно, что прежде всего я должен, с одной стороны, не обирать их, как я это делаю, с другой стороны - не соблазнять их. А то я самыми сложными, и хитрыми, и злыми, веками накопившимися уловками устроил себе положение владельца неразменного рубля, т. е. такое, при котором я могу, никогда ничего не работая, заставлять работать на себя сотни и тысячи людей, что я и делаю; и я воображаю себе, что я жалею людей и хочу помогать им. Я сижу на шее у человека, задавил его и требую, чтобы он вез меня, и, не слезая с него, уверяю себя и других, что я очень жалею и хочу облегчить его положение всеми возможными средствами, но только не тем, чтобы слезть с него.

Ведь это так просто. Если я хочу помогать бедным, т. е. сделать бедных не бедными, я не должен производить этих самых бедных. А то я даю по своему выбору бедным, сбившимся с пути жизни, рубли, десятки, сотни; а на эти самые рубли я отбираю тысячи у людей, не сбившихся еще с пути, и этим делаю их бедными и их же еще развращаю.

Это очень просто; но мне было ужасно трудно понять это вполне без всяких сделок и оговорок, которые оправдывали бы мое положение; но стоило мне признать свою вину, и все, что прежде казалось странно, сложно, неясно, неразрешимо, все стало совершенно понятно и просто. Главное же - путь моей жизни, вытекавший из этого объяснения, вместо прежнего, запутанного и неразрешимого и мучительного, стал прост, ясен и приятен.

Кто такой я, тот, который хочет помогать людям? Я хочу помогать людям, и я, встав в 12 часов после винта с 4-мя свечами, расслабленный, изнеженный, требующий помощи и услуг сотен людей, прихожу помогать - кому же? Людям, которые встают в пять, спят на досках, питаются капустой с хлебом, умеют пахать, косить, насадить топор, тесать, запрягать, шить, - людям, которые в силой, и выдержкой, в искусством, и воздержностью в сто раз сильнее меня, и я им прихожу помогать! Что же, кроме стыда, я и мог испытывать, входя в общение с этими людьми? Самый слабый из них - пьяница, житель Ржанова дома, тот, которого они называют лентяем, во сто раз трудолюбивее меня; его баланс, так сказать, т. е. отношение того, что он берет от людей, и того, что дает им, стоит в тысячу раз выгоднее, чем мой баланс, если я сочту, что я беру от людей и что даю им.

И этим-то людям я иду помогать. Я иду помогать бедным. Да кто бедный-то? Беднее меня нет ни одного. Я весь расслабленный, ни на что не годный паразит, который может только существовать при самых исключительных условиях, который может существовать только тогда, когда тысячи людей будут трудиться на поддержание этой никому не нужной жизни. И я, та вошь, пожирающая лист дерева, хочу помогать росту и здоровью этого дерева и хочу лечить его.

Я всю свою жизнь провожу так: ем, говорю в слушаю; ем, пишу или читаю, т. е. опять говорю и слушаю; ем, играю, ем, опять говорю в слушаю, ем в опять ложусь спать, в так каждый день, и другого ничего не могу и не умею делать. И для того, чтобы я мог это делать, нужно, чтобы с утра до вечера работали дворник, мужик, кухарка, повар, лакей, кучер, прачка; не говорю уже о тех работах людей, которые нужны для того, чтобы эти кучера, повара, лакеев в прочие имели те орудия и предметы, которыми в над которыми они для меня работают: топоры, бочки, щетки, посуду, мебель, стекла, воск, ваксу, керосин, сено, дрова, говядину. И все эти люди тяжело работают целый день и каждый день для того, чтобы я мог говорить, есть и спать. И я-то, этот убогий человек, вообразил себе, что я могу помогать другим и тем самым людям, которые кормят меня.

Удивительно не то, что я не помог никому и почувствовал стыд, но удивительно то, что могла мне прийти такая нелепая мысль. Та женщина, которая служила больному старику, та помогла ему; та хозяйка, которая отрезала ломоть от своего выработанного от земли хлеба, та помогла нищему; Семен, давший три выработанные копейки, помог нищему, потому что эти три копейки представляли действительно его труд; но я никому но служил, ни для кого не работал и хорошо знал, что деньги мои не представляют мой труд.

И я почувствовал, что в деньгах, в самых деньгах, в обладании ими есть что-то гадкое, безнравственное, что самые деньги и то, что я имею их, есть одна из главных причин тех зол, которые я видел перед собой, и я спросил себя: что такое деньги?

XVII

Деньги! Что ж такое деньги?

Деньги представляют труд. Я встречал образованных людей, которые утверждали даже то, что деньги представляют труд того, кто ими владеет. Каюсь, что я прежде как-то неясно разделял такое мнение. Но мне надо было узнать основательно, что такое деньги. И, чтобы узнать это, я обратился к науке.

Наука говорит, что деньги не имеют в себе ничего несправедливого и вредного, что деньги есть естественное условие общественной жизни, необходимое: 1) для удобства обмена, 2) для установления мер ценности, 3) для сбережения и 4) для платежей.

То очевидное явление, что если у меня есть три лишних, не нужных для меня рубля в кармане, то я, свистнув, могу набрать в каждом городе цивилизованном сотню людей, готовых за эти три рубля сделать по моей воле самые тяжелые, отвратительные и унизительные дела, происходит не от денег, а от очень сложных условий экономической жизни народов.

Властвование одних людей над другими происходит не от денег, а оттого, что рабочий получает неполную стоимость своего труда. Неполную же стоимость своего труда он получает от свойств капитала, ренты и заработной платы и сложных отношений между ними и между самым производством, распределением и потреблением богатств. По-русски выходит, что люди, у которых есть деньги, могут вить веревки из тех, у кого нет денег.

Но наука говорит, что дело не в том.

Наука говорит: во всякого рода произведениях участвуют три фактора: земля, запасы труда (капитал) я труд. И вот от различных отношений между собою этих факторов производства, оттого, что два первые фактора - земля и капитал находятся не в руках рабочих, а других лиц, от этого и вытекающих из этого весьма сложных комбинаций происходит порабощение одних людей другими.

Отчего происходит порабощение одних людей другими? Отчего происходит то денежное царство, которое поражает нас всех своею несправедливостью и жестокостью? Отчего одни люди посредством денег властвуют над другими? Наука говорит: от деления факторов производства и происходящих от того комбинаций, угнетающих рабочего. Ответ этот мне всегда казался странным не только тем, что оставляет в стороне одну часть вопроса - именно о значении при этом денег, но и тем делением факторов производства, которое свежему человеку всегда представляется искусственным и не отвечающим действительности.

Утверждается, что в каждом производстве участвуют три фактора: земля, капитал и труд, и при этом делении подразумевается, что богатства (или ценность их - деньги) естественно подразделяются между теми, кто владеет тем или другим фактором: рента - ценность земли - принадлежит землевладельцу, процент - капиталисту, а заработная плата за труд - рабочему.

Так ли это?

Во-первых, справедливо ли то, что в каждом производстве

участвуют три фактора?

Вот вокруг меня, в то время как я пишу это, совершается производство сена. Из чего слагается это производство? Мне говорят: из земли, которая вырастила сено, из капитала - кос, грабель, вил, телег, нужных для уборки сена, и из труда. Но я вижу, что это неправда. Кроме земли, принимают участие в производстве сена: солнце, вода, общественное устройство, оберегавшее эти луга от потравы, знание рабочих, их умение говорить и понимать слова и еще много других факторов производства, которые почему-то не принимаются политической экономией.

Сила солнца - такой же фактор всякого производства, еще более необходимый, чем земля. Я могу себе представить положение людей, при котором (в городе, например) одни люди признают за собой право заслонять стенами или деревьями от других солнце; почему же оно не включено в факторы производства? Вода другой, столь же необходимый, как и земля, фактор. Воздух. И я тоже могу представить себе людей, лишенных воды и чистого воздуха, потому что другие люди признают за собой право владеть исключительно водою и воздухом, необходимыми для других. Общественная безопасность - такой же необходимый фактор. Пища, одежда для рабочих - также факторы производства, как и признается это некоторыми экономистами. Образование, дающее возможность прилагать различную работу, - такой же фактор. Я бы мог наполнить целый том такими пропущенными факторами производства. Почему же выбраны три именно эти фактора производства и положены в основу науки?

Почему лучи солнца, вода, пища, знания не признаются отдельными факторами производства, а признаются таковыми только земля, орудия труда и труд? Разве только потому, что на право одних людей пользоваться лучами солнца, водою, пищею, на право говорить и слушать в редких только случаях заявляются притязания людей; на право же пользования землею и орудиями труда эти притязания постоянно заявляются в нашем обществе. Другого основания нет, и потому, во-первых, я вижу, что деление факторов производства на три только фактора совершенно произвольно и не лежит в самой сущности вещей.

Но, может быть, деление это так свойственно людям, что там, где слагаются экономические отношения, тотчас же выделяются именно эти и только эти три фактора производства?

Посмотрим, так ли это.

Смотрю ближе всего вокруг себя на русских поселенцев, которых миллион было и есть. Поселенцы приходят на землю, садятся на нее и начинают работать, и никому в голову не приходит, чтобы человек, не пользующийся землею, мог иметь какие-нибудь права на нее, и земля не заявляет никаких отдельных прав; напротив, поселенцы сознательно признают землю общим достоянием и считают справедливым, чтобы каждый косил, пахал, где кто хочет и сколько осилит. Поселенцы для обработки земли, для садов, для постройки домов заводят орудия труда, и тоже никому в голову не приходит, чтобы орудия труда могли сами по себе приносить доход, и капитал тоже не заявляет никаких прав, а, напротив, поселенцы сознательно признают, что всякий рост за орудия труда, за ссужаемый хлеб, за капитал есть несправедливость. Поселенцы на вольной земле работают своими или ссуженными им без роста орудиями, каждый для себя или все вместе на общее дело, и в такой общине невозможно найти ни ренты, ни процента с капитала, ни заработной платы.

Говоря о такой общине людей, я не фантазирую, а описываю то, что происходило всегда и происходит теперь не у одних поселенцев русских, а везде, пока не нарушено чем-нибудь естественное свойство людей. Я описываю то, что представляется каждому естественным и разумным. Люди поселяются на земле и берутся каждый за свойственное ему дело, и каждый, выработав, что ему нужно для работы, работает свою работу. Если же людям удобнее работать вместе, они сходятся артелью; но ни в отдельном хозяйстве, ни в артелях факторов производства не будет раздельных, а будет труд и необходимые условия труда: солнце, которое всех греет, воздух, которым дышат люди, вода, которую пьют, земля, на которой работают, одежда на теле, пища в брюхе, кол, лопатка, соха, плуг, машина, которой работают люди, и очевидно, что ни лучи солнца, ни воздух, ни вода, ни земля, ни одежа на теле, ни кол, которым работают, ни заступ, ни плуг, ни машина, которой работают в артели, не могут никому принадлежать, кроме тех, которые пользуются лучами солнца, дышат воздухом, пьют воду, едят хлеб, закрывают свое тело и работают заступом или машиной, потому что все это нужно только тем, которые все это употребляют. И когда люди поступают так, мы все видим, что они поступают так, как свойственно поступать людям, т. е. разумно.

Итак, наблюдая слагающиеся экономические отношения людей, я не вижу того, чтобы разделение на три фактора производства было свойственно людям. Я вижу, напротив, что оно несвойственно людям и неразумно.

Но, может быть, разделение этих трех факторов не происходит только в первобытных обществах людей, при увеличении же населения и развитии культуры оно неизбежно, и что разделение это совершилось в европейском обществе, и мы не можем не признавать этот совершившийся факт.

Посмотрим, так ли это.

Нам говорят, что в европейском обществе деление факторов производства совершилось, т. е. что одни люди владеют землею, другие орудиями труда, а третьи лишены и земли и орудий труда. Рабочий лишен земли и орудий труда.

Мы так привыкли к этому утверждению, что нас уже не поражает странность его. Если же мы вдумаемся в это выражение, то тотчас увидим несправедливость и даже бессмысленность его. В выражении этом лежит внутреннее противоречие.

Понятие рабочего включает в себя понятие земли, на которой он живет, и орудий, которыми он работает.

Если бы он не жил на земле и не имел орудий работы, он не был бы работник. Такого рабочего, который бы был лишен земли и орудий труда, никогда не было и не может быть. Не может быть земледельца без земли, на которой он работает, и без косы, телеги, лошади; не может быть и сапожника без дома на земле, без воды, воздуха и орудий труда, которыми он работает.

Если у мужика нет земли, лошади и косы, у сапожника дома, воды и шила, то это значит только то, что кто-нибудь согнал его с земли и отнял или выманил у него косу, телегу, лошадь, шило, но никак не значит то, что могут быть земледельцы без сохи и сапожники без инструмента.

Как немыслим рыбак на суше и без снастей иначе, как если кто-нибудь согнал его с воды и отнял у него снасть, так точно немыслим мужик, сапожник без земли, на которой он живет, и без орудий труда, как только в том случае, если кто-нибудь согнал его с земли и отнял у него его орудия. Могут быть такие люди, которых гонят с одного места земли на другое, и такие, у которых отнимали и отняли их орудия труда и которых заставляют насильно работать чужими орудиями труда ненужные им предметы, но это не значит, что таково свойство производства; это значит только то, что бывают случаи, когда нарушается естественное свойство производства. Если же принимать факторами производства все то, чего может быть лишен рабочий насилием другого, то почему не считать притязания на личность раба фактором производства? Почему не считать притязаний на лучи солнца, на воздух, на воду такими же факторами?

Может появиться человек, который, выстроив стену, заслонит соседа от солнца; может появиться человек, который отведет воду реки в пруд и заразит этим воду; может появиться человек, который признает всего человека своею вещью; но ни то, ни другое, ни третье притязание, если бы даже оно приводилось в исполнение насилием, не может быть признаваемо основой деления факторов производства, и потому так же неверно принимать вымышленное право на землю и орудия труда за отдельные факторы производства, как рассматривать вымышленное право на пользование лучами солнца, воздухом, водою и личностью другого человека за отдельные факторы производства.

Могут быть люди, заявляющие право на землю и орудия труда рабочего, как были люди, заявлявшие притязания на личность рабочего, и как могут быть люди, заявляющие притязания на исключительное пользование лучами солнца, водою, воздухом; могут быть люди, сгоняющие рабочего с места на место и силою отнимающие у него произведения его труда по мере их изготовления и самые орудия этого труда и заставляющие его работать но на себя, а на хозяина, как это происходит на фабриках, - все это может быть; но работника без земли и орудий все-таки не может быть, точно так же, как не может быть человек вещью другого, несмотря на то, что люди очень долго утверждали это.

И как утверждение права собственности на личность другого человека не могло лишить раба его прирожденного свойства искать блага своего, а не хозяина, так и теперь утверждение права собственности на землю и на орудия труда других не может лишить работника прирожденного свойства каждого человека жить на земле и работать своими личными или общими орудиями то, что он для себя считает полезным.

Все, что может сказать наука, рассматривая настоящее экономическое положение, это то, что существуют притязания одних людей на землю и орудия труда рабочих, вследствие которых для некоторой части этих рабочих (никак не всех) нарушаются свойственные людям условия производства, так что рабочих лишают земли и орудий труда и пригоняют к чужим орудиям труда, но никак не то, что это случайное нарушение закона производства и есть самый закон производства. Утверждая то, что деление факторов производства и есть основной закон производства, экономист делает то же, что сделал бы зоолог, который видал бы очень много чижиков в домиках, с обстриженными крылышками, и заключил бы из этого, что домик и ведрышко с водой, поднимающееся по рельсам, есть самое существенное условие жизни птиц и что жизнь птиц слагается из этих трех факторов.

Как бы много ни было чижиков в картонных домиках, с обстриженными крылышками, зоолог не может признать картонные домики естественным свойством птиц.

Как бы много ни было рабочих, сгоняемых с места на место и лишаемых и произведений и орудий своего труда, естественное свойство рабочего жить на земле и работать своими орудиями то, что ему нужно, будет все то же. Есть притязания одних людей на землю и орудия труда рабочего, точно так же как были в древнем мире притязания одних людей на личность других; но никак не может быть разделения людей на господ и рабов, как это хотели установить в древнем мире, и никак не может быть разделения факторов производства на землю и капитал, как это хотят установить экономисты в современном обществе.

А эти-то незаконные притязания одних людей на свободу других людей наука называет естественными свойствами производства.

Вместо того чтобы взять основы свои в естественных свойствах человеческих обществ, наука взяла их в частном случае и, желая оправдать этот частный случай, признала право одного человека на землю, которою кормится другой, и на орудия труда, которыми работает другой, т. е. признала такое право, которого никогда не было и не может быть и которое в самом выражении своем носит противоречие, потому что право на землю человека, не работающего на земле, в сущности есть не что иное, как право человека пользоваться землею, которою он не пользуется; право же на орудия труда есть не что иное, как право работать орудиями, которыми он не работает.

Наука своим делением факторов производства утверждает то, что естественное состояние рабочего есть то неестественное состояние, в котором он находится; точно так же, как в древнем мире делением людей на граждан и рабов утверждали, что неестественное положение рабов есть естественное свойство человека. Это-то деление, принятое наукой только для того, чтобы оправдать существующее ало, поставленное ею в основу всех своих исследований, и сделало то, что наука тщетно пытается дать какие-нибудь объяснения существующих явлений и, отрицая самые ясные и простые ответы на представляющиеся вопросы, дает ответы, не имеющие никакого содержания. Вопрос экономической науки в следующем: какая причина того, что одни люди, имеющие землю и капитал, могут поработить тех людей, у которых нет земли и капитала?

Ответ, представляющийся здравому смыслу, тот, что это происходит от денег, имеющих свойство поработить людей. Но наука отрицает это и говорит: это происходит не от свойства денег, а оттого, что одни имеют землю и капитал, а другие не имеют их. Мы спрашиваем: отчего люди, имеющие землю и капитал, поработят неимущих? Нам отвечают! оттого, что они имеют землю и капитал.

Да ведь мы про это же самое и спрашиваем. Лишение земли и орудий труда и есть порабощение. Ведь это ответ: facit dormire quia habet virtutein dormitivain [усыпляет, потому что обладает снотворной силой (лат.).].

Но жизнь не перестает ставить свой существенный вопрос, и даже самая наука видит его и старается ответить на него, но никак не может этого сделать, выходя из своих основ, и вертится в своем заколдованном кругу. Для того чтобы сделать это, наука должна прежде всего отказаться от своего ложного деления факторов производства, т. е. от признания последствий явлений за причину их, и должна искать сначала ближайшую, а потом и более отдаленную причину тех явлений, которые составляют предмет ее исследований.

Наука должна отвечать на вопрос: какая причина того, что одни люди лишены земли и орудий труда, а другие владеют ими? или; какая причина производит отчуждение земли и орудий труда у тех, которые обрабатывают землю и работают орудиями?

И как только наука поставит себе этот вопрос, так явятся совершенно новые соображения, перевертывающие все положения прежней quasi-науки, вертящейся в безвыходном кругу утверждений, что бедственное положение рабочего происходит оттого, что оно бедственно.

Простым людям кажется несомненным, что ближайшая причина порабощения одних людей другими - это деньги. Но наука, отрицая это, говорит, что деньги есть только орудие обмена, не имеющее ничего общего с порабощением людей.

Посмотрим, так ли это.

XVIII

Откуда берутся деньги? При каких условиях у народа всегда бывают деньги и при каких условиях мы знаем народы, не употребляющие деньги?

Живет народец в Африке, в Австралии, как жили в старину скифы, древляне. Живет этот народец, пашет, водит скотину, сады. Мы узнаем о нем тогда, когда начинается история. История же начинается с того, что наезжают завоеватели. Завоеватели же делают всегда одно и то же: отбирают от народца все, что только могут взять у него: скотину, хлеб, ткани, даже пленников и пленниц, и увозят с собой. Через несколько лет завоеватели приезжают опять, но народец еще не оправился от разорения и взять у него почти нечего, и завоеватели придумывают другой, лучший способ пользования силами этого народца. Способы эти очень просты и естественно приходят в голову всем людям. Первый способ - это рабство личное. Способ этот имеет неудобства распоряжения всеми рабочими силами народца и прокормление всех, и представляется естественно второй способ: оставления народца на его земле, признание этой земли своею и раздача этой земли дружине, с тем чтобы через посредство дружины пользоваться трудом народа. Но и этот способ имеет свои неудобства. Дружине неудобно распоряжаться всеми произведениями народца, и вводится третий, столь же первобытный, как и первые два способа, - способ обязательного требования с подвластных известной срочной дани.

Цель завоевателя состоит в том, чтобы взять с завоеванных как можно больше произведений их труда. Очевидно, что для того, чтобы можно было взять как можно больше завоевателю, нужно взять те предметы, которые имеют высшую ценность между людьми этого народца и вместе с тем не громоздки и удобны для хранения, - шкуры, золото. И завоеватели накладывают обыкновенно срочную дань шкурами или золотом на семью или племя и посредством этой дани самым удобным для себя способом пользуются орудиями труда народа. Шкуры и золото почти всё отобрали от народца, и потому покоренные должны продавать друг другу и завоевателю и дружине за золото все то, что они имеют: и имущество и труд. Это самое происходило в древности и в средние века, происходит и теперь. В древнем мире, при частых завоеваниях одних народов другими и при отсутствии сознания человеческого равенства людей, личное рабство было самым распространенным средством порабощения одних людей другими, и на личном рабстве лежал центр тяжести этого порабощения. В средние века феодальная система, т. е. поземельная собственность, связанная с нею, и крепостное право заменяют отчасти личное рабство, и центр тяжести порабощения переносится с личности на землю; в новое время, с открытием Америки и развитием торговли и наплывом золота, принятого общим денежным знаком, денежная подать с усилением государственной власти становится главным орудием порабощения людей, и на ней зиждутся все экономические отношения людей.

В литературном сборнике есть статья профессора Янжула, описывающая недавнюю историю островов Фиджи. Если бы я старался придумать самую резкую иллюстрацию того, каким образом в наше время обязательное требование денег стало главным орудием порабощения одних людей другими, я бы не мог выдумать ничего более яркого и убедительного, чем эта правдивая история, основанная на документах и происходившая на днях.

Живет на островах Южного океана, в Полинезии, народец Фиджи. Вся группа островов, говорит профессор Янжул, состоит из мелких островов, занимающих вместе приблизительно 40000 англ. квадр. миль. Лишь половина островов обитаема населением в 150000 туземцев и 1500 белых. Туземные жители уже довольно давно вышли из дикого состояния, выдаются своими способностями между другими туземцами Полинезии и представляют собой народ, способный к труду и развитию, что и доказали, сделавшись в короткое время хорошими земледельцами и скотоводами. Жители благоденствовали, но в 1859 году новое королевство очутилось в отчаянном положении: народу Фиджи и его представителю Какабо понадобились деньги. Деньги 45000 долларов понадобились королевству Фиджи для уплаты контрибуции, или вознаграждения, требуемого Соединенными Американскими Штатами за насилия, будто бы нанесенные фиджианцами некоторым гражданам Американской республики. С этою целью американцы прислали эскадру, которая захватила внезапно несколько лучших островов, как залог, и угрожала даже бомбардированием и разрушением колоний, если контрибуция не будет в известный срок вручена представителям Америки. Американцы были одни из первых колонистов, которые вместе с миссионерами появились на Фиджи. Выбирая или захватывая под теми или другими предлогами лучшие куски земли на островах и устраивая там хлопчатобумажные и кофейные плантации, американцы нанимали целые толпы туземцев, связывая их незнакомыми для дикарей контрактами или действуя через особых подрядчиков или поставщиков живого товара. Столкновения между такими хозяевами-плантаторами и туземцами, на которых они смотрели как на рабов, были неминуемы, и вот некоторые-то из них и послужили поводом к американской контрибуции. Несмотря на свое благосостояние, на Фиджи почти до настоящего времени уцелели формы так называемого натурального хозяйства, имевшие место в Европе лишь в средние века: деньги между туземцами не обращались, и вся торговля имела исключительно меновой характер; товар менялся на товар, а немногие общественные и государственные сборы взимались прямо сельскими продуктами. Что было делать фиджианцам с их королем Какабо, когда американцы категорически потребовали 45000 долларов под угрозой самых тяжелых последствий в случае их невзноса? Для фиджианцев самая эта цифра представляла нечто непостижимое, не говоря уже о деньгах, которых они никогда не видали в таких размерах. Какабо, посоветовавшись с другими вождями, решился обратиться к английской королеве и сначала стал просить ее принять острова мод свой протекторат, а позднее прямо под свое подданство. Но англичане отнеслись осторожно к этой просьбе и не спешили выручить полудикого монарха из его затруднения. Вместо прямого ответа снарядили в 1860 году специальную экспедицию с целью исследования островов Фиджи, чтобы решить, стоит ли их присоединять к британским владениям и тратить деньги на удовлетворение американских кредиторов.

Между тем американское правительство продолжало настаивать на уплате и удерживало в качестве залога и своем фактическом владении несколько лучших пунктов, а присмотревшись к народным богатствам, прежние 45000 долларов повысило на 90000 и угрожало еще повысить, если Какабо не уплатит их скоро. Тогда, теснимый со всех сторон, бедный Какабо, незнакомый с европейскими способами кредитных сделок, по совету европейских колонистов начал искать денег в Мельбурне, у купцов, во что бы то ни стало и на каких угодно условиях, хотя бы пришлось уступить частным лицам все королевство. И вот в Мельбурне, на вызов Какабо, составляется торгован компания. Эта акционерная компания, принявшая название Полинезийского общества (Polinesian company), заключила с владетелями Фиджи договор на самых выгодных для себя условиях. Принявши на себя долг американскому правительству и обязавшись уплатить его взносом в известные сроки, компания получила за это по первому уговору 100, а затем 200 тысяч акров лучшей земли по своему выбору, свободу на вечные времена от всяких налогов и пошлин для всех своих факторий, операций и колоний и исключительное право на продолжительное время заводить в Фиджи эмиссионные банки с привилегией неограниченного выпуска билетов. Со времени этого договора, заключенного окончательно в 1868 году, у фиджиан, рядом с их местным правительством с Какабо во главе, очутилась другая власть - могущественная торговая фактория с обширными земельными владениями по всем островам и решительным влиянием в управлении.

До сих пор правительство Какабо довольствовалось для своих потребностей теми материальными средствами, которые заключались в различных натуральных сборах и небольшой таможенной пошлине с привозных товаров. С заключением договора и основанием могущественной Полинезийской компании его финансовые обстоятельства изменились. Значительная часть лучших земель во владениях отошла к компании, следовательно, сборы уменьшились; с другой стороны, компания, как мы знаем, выговорила себе беспошлинный, свободный привоз и вывоз всяких товаров, а чрез это и доход от пошлин также упал. Туземцы, т. е. 0,99 всего населения, всегда были плохими плательщиками таможенных налогов, так как ничего почти не потребляют из европейских товаров, кроме немногих тканей и металлических изделий, теперь же, чрез освобождение вместе с Полинезийской компанией наиболее состоятельных европейцев от таможенного налога, доход короля Какабо делался окончательно ничтожным, и он должен был позаботиться о его дополнении. И вот Какабо начинает совещаться со своими белыми друзьями о том, каким образом отвратить беду, и получает от них совет ввести первый прямой налог в стране и, чтобы менее утруждать себя, вероятно, в форме денежного сбора. Налог был установлен в форме всеобщей или подушной подати в размере 1 фунта стерлингов на всякого мужчину и 4 шиллингов на всякую женщину по всем островам.

Как мы уже говорили, даже до сих пор на островах Фиджи существует еще натуральное хозяйство и меновая торговля. Очень немногие туземцы владеют деньгами. Их богатство состоит исключительно из различных сырых продуктов и стад, а не в деньгах. Между тем новый налог требовал в известные периоды времени во что бы то ни стало денег, для семейного туземца весьма значительных в общей сложности. До сих пор туземец не привык ни к каким индивидуальным тягостям в пользу правительства, кроме личных повинностей; все сборы, какие случались, уплачивались общиной или деревней, к которой он принадлежал, и с общих полей, с которых получает он свой главный доход. Ему оставался один исход: искать денег у белых колонистов, т. е. обратиться или к торговцу, или к плантатору. Первому он должен был продать свой продукт по какой" угодно цене, так как сборщик податей требовал деньги к известному определенному сроку, или даже занять денег под будущий продукт, чем, конечно, торговец пользовался, чтобы брать безбожные проценты; или же он должен был обратиться к плантатору и продать ему свой труд, т. е. поступить в рабочие. Но заработная плата оказалась на о. Фиджи, вследствие, вероятно, единовременного большого предложения, очень низкою, не более, согласно показанию настоящей администрации, одного шиллинга в неделю для взрослого мужчины, или 2 фунтов 12 шиллингов в год, и, следовательно, лишь для того, чтобы получить деньги, необходимые только для уплаты за самого себя, не говоря о семействе, фиджианец должен бросить свой дом, семью, собственные земли и хозяйство и, переселившись часто далеко, на другой остров, закабалить себя плантатору, по крайней мере, на полгода, чтобы выручить 1 фунт стерлингов, необходимый для уплаты нового налога; для уплаты же налога за все семейство он должен был искать других средств. Понятен результат такого порядка: с полутораста тысяч подданных Какабо собирал всего 6 тысяч фунтов стерлингов. И вот начинается усиленное вымогательство податей, дотоле незнакомое, и ряд принудительных мер. Местная администрация, прежде неподкупная, весьма скоро стакнулась с белыми плантаторами, которые начали вертеть страною. За неплатеж фиджианцы притягиваются к суду и приговариваются, кроме судебных издержек, к заключению в тюрьму на сроки не менее как на полгода. Роль этой тюрьмы играют плантации первого белого, который пожелает внести налог и судебные издержки за приговоренного. Таким образом белые получают в изобилии дешевый труд в каком угодно количестве. Первоначально дозволялась эта принудительная отдача на работы сроком на полгода, но затем подкупленные судьи находили возможность назначать на работы даже на восемнадцать месяцев и потом свой приговор возобновлять вновь. Весьма быстро, в несколько лет, картина экономического положения жителей Фиджи совершенно изменилась. Целые цветущие зажиточные округа наполовину обезлюдели и крайне обеднели. Все мужское население, кроме стариков и слабосильных, работало на стороне, у белых плантаторов, чтобы добыть деньги, нужные для уплаты налога или по приговору суда. Женщины в Фиджи почти но несут никаких земледельческих работ, а потому в отсутствие мужчин хозяйства были запущены или совсем брошены. В несколько лет половина населения Фиджи превратилась в рабов белых колонистов. Чтобы облегчить свое положение, фиджианцы опять обратились к Англии. Появилось новое прошение, покрытое множеством подписей именитейших лиц и вождей, о принятии их в английское подданство и было вручено британскому консулу. К этому времени Англия, благодаря своим ученым экспедициям, успела не только изучить, но даже измерить острова и должным образом оценить природные богатства этого прекрасного уголка земного шара. По всем этим причинам переговоры на этот раз увенчались полным успехом, и в 1874 году, к большому неудовольствию американских плантаторов, Англия официально вступила во владение островами Фиджи, присоединивши их к своим колониям. Какабо умер, и его наследникам назначена маленькая пенсия. Управление островов было поручено сэру Робинзону, губернатору Южного Валлиса.

В первый год своего присоединения к Англии Фиджи не имело своего управления, а находилось под влиянием сэра Робинзона, который назначил сюда администратора. Принимая в свои руки острова, английское правительство должно было разрешить трудную задачу - удовлетворить разнообразным ожиданиям, на него возлагаемым. Туземцы, конечно, прежде всего рассчитывали на уничтожение ненавистного для них подушного налога, белые же колонисты (частью американцы) относились к британскому владычеству с недоверием, частью же (английского происхождения) рассчитывали на всякие блага - признание, например, своего владычества над туземцами, освящение своих прав на земельные захваты и т. д. Английское управление оказалось, однако, вполне на высоте своей задачи, и первым его действием было уничтожение навсегда подушного налога, создававшего рабство туземцев для выгод немногих колонистов. Но тут сэру Робинзону представлялась тотчас же трудная дилемма. Необходимо было уничтожить подушный налог, спасаясь от которого фиджианцы обратились к английскому правительству, а вместе с тем, по правилу английской колониальной политики, колонии должны содержать себя сами, т. е. находить свои собственные средства на удовлетворение расходов по управлению. Между тем с уничтожением подушного налога все доходы на Фиджи (с таможенных пошлин) не превышали 6 тысяч фунтов, тогда как расходы по управлению требовали по меньшей мере 70000 фунтов в год. И вот Робинзон, уничтожив денежный налог, придумывает labour tax, т. е. барщину, на которую должны были ходить фиджианцы; но барщина не выручила 70000 фунтов, нужных для корма Робинзона и его помощников. И дело не пошло до назначения нового губернатора Гордона, который, для того чтобы достать с жителей деньги, нужные на содержание его и его чиновников, догадался не требовать денег до тех пор, пока деньги в нужном количестве не распространятся на островах, а отбирать у туземцев их произведения и самому продавать их.

Трагический эпизод этот из жизни фиджианцев есть самое ясное и лучшее указание того, что есть деньги и в чем их значение. Тут выразилось все: и первое основное условие порабощения - пушка, угроза, убийство, и захваты земли, и главное средство - деньги, которые заменили все другие.

То, что в историческом очерке экономического развития пародов надо прослеживать в продолжение веков, тут, когда уже все формы денежного насилия выработались вполне, сконцентрировано в одном десятилетии. Драма начинается с того, что американское правительство посылает корабли с заряженными пушками к берегам островов, жителей которых оно хочет поработить. Предлог этой угрозы денежный, но начало драмы с пушек, направленных на всех жителей: жен, детей, стариков, да и мужчин, ни в чем даже не виноватых, - явление, теперь же повторяющееся в Америке, в Китае, в Средней Азии. Это начало драмы: кошелек или жизнь, повторенное в истории всех завоеваний всех народов; 45000, а потом 90000 долларов или побоище. Но 90 тысяч нет. Они у американцев. И вот начинается второй акт драмы: надо отсрочить побоище, разменять кровавое побоище, страшное, сосредоточенное в короткий промежуток времени, на страдания менее заметные, хотя и более продолжительные. И народец со своим представителем ищет средств заменить побоище рабством денег. Он занимает деньги, и выработанные формы закрепощения людей деньгами тотчас же начинают действовать, как дисциплинированная армия, и в пять лет дело готово: люди не только лишились права пользоваться своею землею, лишились своего имущества, но и свободы; люди - рабы.

Начинается третий акт. Положение слишком тяжело, и до несчастных доходят слухи, что можно переменить хозяина и отдаться в рабство другому. (Об освобождении от рабства, наложенного деньгами, уж нет и мысли.) И народец зовет к себе другого хозяина, которому он отдается с просьбою улучшить свое положение. Англичане приходят, видят, что владение этими островами дает им возможность кормить разведшихся слишком много дармоедов, и английское правительство берет себе эти острова с жителями, но не берет их в форме рабов личных, не берет даже земли и не раздает ее своим помощникам. Эти старые приемы теперь не нужны. Нужно одно; чтобы они платили дань, и дань такую, которая бы, с одной стороны, была достаточно велика, чтобы рабочие не могли выйти из рабства, и, с другой стороны, которая бы хорошо кормила множество дармоедов.

Жители должны платить 70000 фунтов стерлингов. Это есть коренное условие, при котором Англия соглашается выручить фиджианцев от американского рабства, и это есть вместе с тем единственное, нужное для полного порабощения жителей. Но оказывается, что фиджианцы ни в каком случае не могут в теперешнем своем положении выплатить 70000. Это требование слишком велико. Англичане на время изменяют это требование и берут часть натурой, с тем чтобы в свое время, при распространении денег, довести взимание до положенной нормы. Англия действует уже не как прежняя компания, поступки которой можно сравнить с первым приходом диких завоевателей к диким жителям, когда они хотят только одного - сорвать что можно и уйти, а Англия поступает как более дальновидный поработитель, не убивает сразу курицу с золотыми яйцами, а может и покормить, зная, что курица - несучка. Она сначала отпускает поводья для своей выгоды, чтобы после уже навеки затянуть их, чтобы привести фиджианцев в то положение денежного рабства, в котором находятся европейские и цивилизованные народы и от которого не предвидится освобождения.

Деньги - безобидное средство обмена, но только не тогда, когда они насильно взимаются, когда у берегов страны стоят заряженные пушки, направленные на жителей. Как только, деньги взимаются насильно, из-под пушек, так неизбежно повторится то, что было на островах Фиджи, и повторялось и повторяется всегда и везде; у князей с древлянами и у всех правительств с их народами. Люди, имеющие власть насиловать других, будут это делать посредством насильственного требования такого количества денег, которое заставит людей насилуемых сделаться рабами насильников. И кроме того, всегда произойдет то, что произошло и у англичан с фиджианцами, а именно то, что насильники в своем требовании денег всегда скорее перейдут тот предел, до которого должно быть доведено количество требуемых денег, чтобы порабощение совершилось раньше, чем не дойдут до него. Дойдут они до самого этого предела и не перейдут его только в случае нравственного чувства и своей собственной независимости от денежных требований, перейдут же его всегда, когда у них не будет нравственного чувства, и всегда, когда и будет это чувство, но они сами будут в нужде. Правительства же все всегда перейдут этот предел, во-первых, потому, что для правительства но существует нравственного чувства, а во-вторых, потому, что, как мы знаем, правительства сами находятся в крайней нужде, производимой войнами и необходимостью подачек своим пособникам. Все правительства всегда в неоплатном долгу, и они, если бы и хотели, не могут не исполнить того правила, которое выразил один русский государственный человек XVIII века, что надо стричь мужика, не давать ему обрастать. Все правительства в неоплатном долгу, и долг этот в общей сложности (не считая случайного уменьшения его в Англии и Америке) растет с каждым годом в ужасающей прогрессии. Точно так же растут бюджеты, т. е. необходимость бороться с другими насильниками и давать подачки деньгами и землями своим помощникам насилия, и потому точно так же растет поземельная плата. Не растет же заработная плата не по закону ренты, а потому, что существует с насилием взимаемая дань государственная и поземельная, имеющая целью отбирать от людей все их излишки, так чтобы они для удовлетворения этого требования должны были продавать свой труд, потому что пользование этим трудом и есть цель наложения дани. Пользование же этим трудом возможно только тогда, когда в общей массе требуется больше денег, чем могут отдать рабочие, не лишив себя пропитания. Возвышение заработной платы уничтожило бы возможность рабства, и потому, пока есть насилие, она никогда не может возвыситься. И это-То простое и понятное действие одних людей над другими экономисты называют железным законом; орудие же, которым производится это действие, они называют средством обмена.

Деньги - это безобидное средство обмена - нужны людям в их отношениях между собой. Почему же там, где нет насильственного требования денежных податей, никогда не было и не могло быть денег в их настоящем значении, а было и будет, как это было у фиджианцев, у киргизов, у африканцев, у финикийцев и вообще у людей, не платящих подати, то прямой обмен предметов на предметы, то случайные знаки ценностей: бараны, меха, шкуры, раковины. Известные, какие бы то ни было деньги получают ход между людьми только тогда, когда их насильно требуют со всех. Только тогда каждому они становятся нужны для откупа от насилия, только тогда они получают постоянную меновую ценность. И получает ценность тогда не то, что удобнее для обмена, а то, что требуется правительством. Будет требоваться золото - золото будет иметь ценность, будут требоваться бабки - бабки будут ценность. Если бы это было не так, то отчего же выпуск этого средства обмена всегда составлял и составляет прерогативу власти? Люди - фиджианцы, положим - установили свое средство обмена, ну и оставьте их обмениваться, как и чем они хотят, и вы, люди, имеющие власть, т. е. средства насилия, и не вмешивайтесь в этот обмен. А то вы начеканите эти монетки, никому не позволяя чеканить такие же, а то, как у нас, только напечатаете бумажки, изобразите на них лики царей, подпишете особенной подписью, обставите подделку этих денег казнями, раздадите эти деньги своим помощникам и требуете себе в форме государственных и поземельных податей таких монеток или бумажек, с такими точно подписями, столько, что рабочий должен отдать весь свой труд, чтобы приобресть эти самые бумажки или эти самые монетки, и уверяете нас, что эти деньги нам необходимы как средство обмена.

Люди все свободны, и одни люди не угнетают других, не держат их в рабстве, а только есть деньги в обществе и железный закон, по которому рента увеличивается, а рабочая плата уменьшается до минимума! То, что половина (больше половины) русских мужиков закабаляется за подати и прямые, и косвенные, и поземельные в работы землевладелицам и фабрикантам, это совсем не значит то, что очевидно, что насилие взимания податей подушных, и косвенных, и поземельных, уплачиваемых правительству и его помощникам, землевладельцам, деньгами, заставляют рабочего быть в рабстве у тех, кто взимает деньги, а это значит, что есть деньги - средство обмена - и железный закон!

Когда крепостные люди не были свободны, я мог заставить Ваньку работать всякую работу, и если Ванька отказывался, я посылал его к становому, и становой сек ему ж... до тех пор, пока Ванька не покорялся. Притом же, если я заставлял работать Ваньку сверх силы, не давая ему земли и не давая пищи, дело доходило до начальства, и я должен был отвечать. Теперь же люди свободны, но я могу заставить Ваньку, Сидорку и Петрушку работать всякую работу, и если он откажется, то я не дам ему денег за подати, и ему будут сечь ж... до тех пор, пока он не покорится; кроме того, я могу заставить работать на себя и немца, и француза, и китайца, и индейца тем, что за непокорность его я не дам ему денег, чтобы нанять земли или купить хлеба, потому что у него нет ни земли, ни хлеба. И если я заставлю работать его без пищи, сверх сил, задушу его работой, никто мне слова не скажет; но если я сверх того почитал еще политико-экономических книг, то я могу быть твердо уверен, что все люди свободны и деньги не производят рабства.

Мужики знают давно, что рублем можно бить больнее, чем дубьем. Но только политико-экономы не хотят видеть этого.

Говорить о том, что деньги не производят порабощения, - это все равно что было бы говорить полстолетия тому назад, что крепостное право не производит порабощения. Политико-экономы говорят, что, несмотря на то, что вследствие обладания деньгами один человек может поработить другого, деньги есть безобидное средство обмена. Почему же было не говорить полстолетия тому назад, что, несмотря на то, что крепостным правом можно поработить человека, крепостное право не есть средство порабощения, а безобидное средство взаимных услуг? Одни дают свой грубый труд, другие - заботу о физическом и умственном благосостоянии рабов и об учреждении работы. Даже так, кажется, и говорили.

XIX

Если бы эта воображаемая наука - политическая экономия - не занималась тем же, чем занимаются все юридические науки, - апологией насилия, она не могла бы не видать того странного явления, что распределение богатств и лишение одних людей земли и капитала и порабощение одних людей другими, - все это в зависимости от денег и что только посредством денег теперь одни люди пользуются трудом других, т. е. порабощают их.

Повторяю: человек, у которого есть деньги, может скупить весь хлеб и заморить другого голодом и за хлеб поработить его совершенно. Так и делается на наших глазах в огромных размерах.

Казалось бы, надо бы поискать связи этих явлений порабощения с деньгами, но наука с совершенной уверенностью утверждает, что деньги не имеют с порабощением людей никакой связи.

Наука говорит: деньги есть такой же товар, как и всякий другой, имеющий стоимость своего производства, только с той разницей, что этот товар избран как самое удобное для установления цен, для сбережения и для платежей средство обмена: один наделал сапог, другой напахал хлеб, третий выкормил овец, и вот, чтобы им удобнее меняться, они заводят деньги, представляющие соответствующую долю труда, и посредством их променивают подметки на баранью грудинку и десять фунтов муки.

Люди этой воображаемой науки очень любят представлять себе такое положение дел; но такого положения дел никогда в мире не было. Такое представление об обществе все равно что представление о первобытном, неиспорченном, совершенном человеческом обществе, которое любили делать прежние философы. Но такого положения никогда не было. Во всех человеческих обществах, где были деньги, как деньги, всегда было насилие сильного и вооруженного над слабым и безоружным; а там, где было насилие, знаки ценностей - деньги, какие бы то ни было: скотина, меха, шкуры, металлы - всегда неизбежно должны были терять это значение и получать значение откупа от насилия. Деньги, несомненно, имеют те безобидные свойства, которые перечисляет наука, но свойства эти они имели бы в действительности только в том обществе, в котором не появилось бы насилия одного человека над другим, - в идеальном обществе; но в таком общество и денег, как денег, общей меры ценности, и вовсе бы не было, как не было и не могло их быть во всех обществах, не подвергшихся общему государственному насилию.

Во всех же известных нам обществах, где есть деньги, они получают значение обмена только потому, что служат средством насилия. И главное значение их не в том, чтобы служить средством обмена, а в том, чтобы служить насилию. Так, где есть насилие, деньги не могут служить правильным средством обмена, потому что не могут быть мерою ценностей. Мерою ценностей они не могут быть потому, что как только в обществе один человек может отнять у другого произведение его труда, так тотчас же нарушена эта мера. Если на конную вместе выведут лошадей и коров, выкормленных хозяевами и отнятых силою у других хозяев, то очевидно, что ценность на этом базаре лошадей и коров уже не будет соответствовать труду выкармливания этих животных, и ценности всех других предметов изменятся сообразно этому изменению, и деньги не будут определять ценность этих предметов. Кроме того, если можно насилием приобрести корову, лошадь и дом, то можно тем же насилием приобрести и самые деньги и за деньги приобрести и всякие произведения. Если же и самые деньги приобретаются насилием и употребляются на покупку предметов, то деньги теряют уже совершенно всякое подобие средства обмена. Насильник, отобравший деньги и отдающий их за произведение труда, не обменивает, а только берет посредством денег все то, что ему нужно.

Но если бы даже и существовало такое воображаемое, невозможное общество, в котором без общего государственного насилия над людьми деньги - серебро или золото - имели бы значение мер ценностей и средства обмена, то и в таком обществе деньги при появлении насилия тотчас же потеряли бы свое значение. Является в это общество насильник в виде завоевателя. Насильник этот, положим, захватит и коров, и лошадей, и дома жителей, но ему неудобно владеть этим, и потому, естественно, он догадается захватить у этих людей и то, что среди них составляет всякого рода ценности и обменивается на всевозможные предметы: именно деньги. И тотчас же значение денег, как меры ценностей, перестанет иметь место в таком обществе, потому что мера ценности всяких предметов будет всегда зависеть от произвола насильника. Тот предмет, который будет более нужен насильнику и за который он будет давать больше денег, получит большую ценность, и наоборот. Так что в обществе, подвергшемся насилию, деньги тотчас получают одно преобладающее значение средства насилия для насильника и удержат значение средства обмена для насилуемых только настолько и в таком отношении, которое выгодно для насильника.

Представим себе дело в малом кругу. Крепостные представляют помещику полотна, кур, баранов и поденную работу. Помещик заменяет натуральные повинности деньгами и постановляет цену на различные предметы повинностей. Тот, у кого нет полотна, хлеба, скотины, рабочих рук, может представить известное количество денег. Очевидно, что в обществе крестьян этого помещика ценность предметов будет всегда зависеть от произвола помещика. Помещик употребляет собираемые предметы, и одни ему более, а другие менее нужны, и, смотря по этому, он назначает более или менее высокие цены на предметы. Очевидно, что только произвол или потребность помещика определяет и цепы этих предметов между плательщиками. Если помещику нужен хлеб, он назначает дорогую цепу за право не внести определенное количество хлеба и дешевую цепу за право не внести полотна, скотину и не выставить работу; и потому те, у которых нет хлеба, будут продавать другим свою работу, полотна и скотину, чтобы купить хлеб для отдачи его помещику. Если же помещик захочет перевести все повинности на деньги, то тогда цена предметов опять не будет зависеть от их стоимости труда, а, во-первых, от количества денег, которое будет требовать помещик, и, во-вторых, от того, какие предметы, произведенные крестьянами, более нужны помещику, в потому, за какие из этих предметов он платит более и за какие менее денег. Взыскание с крестьян денег помещиком не имело бы влияния на ценности предметов между крестьянами только тогда, когда бы, во-первых, крестьяне этого помещика жили отдельно от других людей и не имели бы других отношений, кроме как между собой и своим помещиком, и, во-вторых, тогда, когда помещик употреблял бы деньги не на покупку предметов в своей деревне, а вне ее. Только при этих двух условиях ценность предметов, хотя и изменившись номинально, относительно оставалась бы правильною и деньги имели бы значение меры ценностей и обмена; но если крестьяне имеют экономические отношения с окружающими их жителями, то, во-первых, от большего или меньшего требования помещиком денег будет зависеть большая или меньшая ценность их предметов производства в отношении к соседям (если с соседей требование денег меньше, чем с них, то их произведения будут продаваться дешевле, чем произведения их соседей, и наоборот). И, во-вторых, взыскание денег помещиком с крестьян не имело бы влияния на ценность производств только тогда, когда собранные деньги помещик не употреблял бы на покупку произведений своих крестьян. Если же он употребляет деньги на покупку произведений своих крестьян, то очевидно, что самое отношение цен различных предметов между самими крестьянами будет постоянно изменяться по мере покупки помещиком того или другого предмета. Положим, что один помещик назначил очень высокий оброк, а сосед - низкий; очевидно, что в области первого помещика все предметы будут дешевле, чем в области второго, и что цены в той и другой области будут зависеть только от понижения и повышения оброков. Таково одно влияние насилия на цены. Другое влияние, вытекающее из первого, будет состоять в относительной ценности всех предметов. Положим, что один помещик любит лошадей и платит дорого за них; другой же любит полотенца и за них платит дорого. Очевидно, что во владении обоих помещиков будут дороги лошади и полотенца и цена этих предметов будет несоответственна цене коров и хлеба. Завтра же умрет любитель полотенец, и его наследник будет любить кур; очевидно, что и цена полотенец падет и возвысится цена кур.

Там, где в обществе существует насилие одного человека над другим, значение денег, как мерила ценностей, тотчас же подчиняется произволу насильника, и значение их, как средства обмена произведений труда, заменяется другим значением - самого удобного средства пользования чужим трудом. Деньги нужны насильнику не для обмена, - он возьмет, что ему нужно, и без обмена, - и не для установления мер ценностей, - он сам устанавливает их, - а только для удобства насилия, состоящего в том, что деньги сберегаются и деньгами легче всего держать в порабощении наибольшее число людей. Отобрать всю скотину для того, чтобы были всегда и лошади, и коровы, и овцы, сколько когда понадобится, неудобно потому, что их надо кормить; то же самое и с хлебом; он может испортиться; то же и с работой, с барщиной: иногда нужна тысяча работников, а иногда ни одного. Деньги, требуемые с тех, у кого их нет, дают возможность избавиться от всех этих неудобств и иметь всегда все, что нужно, и только для этого нужны насильнику. Кроме того, деньги нужны насильнику еще и для того, чтобы его право пользования чужим трудом не ограничивалось известными людьми, а распространялось бы на всех людей, нуждающихся в деньгах. Когда не было денег, каждый помещик мог пользоваться трудом только своих крепостных; когда же они оба уговорились брать со своих крепостных деньги, которых у тех нет, они оба стали пользоваться безразлично всеми теми силами, которые есть в обоих имениях. И потому насильник находит более удобным все свои требования чужого труда заявлять деньгами, и деньги для этого только и нужны насильнику. Для насилуемого же, для того, у кого отбирается его труд, деньги не могут быть нужны ни для обмена - он обменяется и без денег, как обменивались все народы без правительств; ни для определения мер ценностей, потому что это определение делается помимо его; ни для сбережения, потому что тот, у кого отбирают произведения его труда, не может сберегать; ни для платежей, потому что для насилуемого всегда придется больше платить, чем получать, а когда и придется получать, то и тогда платежи ему будут производиться не деньгами, а товаром, если работник прямо берет за свою работу в лавке своего хозяина, - и точно так же, если он на весь свой заработок покупает в вольных лавках предметы первой необходимости. С него требуют деньги и говорят ему, что если он не заплатит их, то ему не дадут земли, хлеба, или отнимут у него его корову, его дом и отдадут в заработки или посадят в тюрьму. Избавиться от этого он может только тем, что продаст произведения своего труда, свою работу или работу своих детей. Продает же он произведения своего труда и самый труд свой по тем ценам, которые устанавливаются не правильным обменом, а тою властью, которая требует с него деньги. И при этих-то условиях влияния даней или податей на ценности, повторяющихся всегда и везде, у помещиков в малом кругу, а в государствах в большом кругу, при этих условиях, при которых причины изменения ценностей так же очевидны, как очевидны тому, кто смотрит за кулисы, причины, почему у куклы поднимаются и опускаются ноги, - при этих условиях говорить о том, что деньги представляют средство обмена и мерила ценностей, по меньшей мере удивительно.

XX

Всякое порабощение одного человека другим основано только на том, что один человек может лишить другого жизни и, не оставляя этого угрожающего положения, заставить другого исполнять свою волю.

Безошибочно можно сказать: если есть порабощение человека, т. е. исполнение одним против своей воли, по воле другого, известных нежелательных для него поступков, то причина этого есть только насилие, имеющее в основе своей угрозу лишения жизни.

Если человек отдает весь свой труд другим, питается недостаточно, отдает малых детей в тяжелую работу, уходит от земли и посвящает всю свою жизнь ненавистному и ненужному для себя труду, как это происходит на наших глазах, в нашем мире (называемом нами образованным, потому что мы в нем живем), то наверно можно сказать, что он делает это только вследствие того, что за неисполнение всего этого ему угрожают лишением жизни. И потому в нашем образованном мире, где большинство людей при страшных лишениях исполняют ненавистные и ненужные им работы, большинство людей находится в порабощении, основанном на угрозе лишения жизни.

В чем это порабощение? И в чем угроза лишения жизни?

В древние времена способ порабощения и угроза лишения жизни были очевидны: употреблялся первобытный способ порабощения людей, состоящий в прямой угрозе убийства мечом. Вооруженный говорит безоружному: я могу убить тебя, как, ты видел, я сейчас сделал с твоим братом, но я не хочу делать этого, я милую тебя - во-первых, потому что мне неприятно убивать тебя, во-вторых, потому, что мне и тебе будет выгоднее работать на меня, чем быть убиту. Итак, делай все, что я целю, а если откажешься, то я убью тебя; и безоружный подчинялся вооруженному и делал все то, что приказывал вооруженный. Безоружный работал, вооруженный угрожал. Это было то личное рабство, которое первое появляется у всех народов и теперь еще встречается у первобытных народов. Этот способ порабощения людей входит первый, но с усложнением жизни способ этот видоизменяется. Способ этот при усложнении жизни представляет большие неудобства для насильника. Насильнику, чтобы пользоваться трудом слабых, необходимо их кормить и одевать, т. е. содержать их так, чтобы они были способны к работе, и этим самым ограничивается число порабощенных; кроме того, этот способ принуждает насильника беспрестанно с угрозой убийства стоять над порабощенным. И вот вырабатывается другой способ порабощения.

Пять тысяч лет тому назад, как это записано в Библии, был изобретен Иосифом Прекрасным этот новый, более удобный и широкий способ порабощения людей. Способ этот - тот же самый, который употребляют в новое время для укрощения непокорных лошадей и диких зверей в зверинцах. Способ этот - голод.

Вот как описывается это изобретение в Библии:

Бытия гл. 41, ст. 48. - И собрал он всякий хлеб семи лет, которые были (плодородны) в земле Египетской, и положил хлеб в городах; в каждом городе положил хлеб полей, окружающих его.

49. - И скопил Иосиф хлеба весьма много, как песку морского, так что перестал и считать, потому что недостало счета.

53. - И прошли семь лет изобилия, которое было в земле Египетской.

54. - И наступили семь лет голода, как сказал Иосиф, И был голод во всех землях, а во всей земле Египетской был хлеб.

55. - Но когда и земля Египетская начала терпеть голод, то народ начал вопить к фараону о хлебе. И сказал фараон всем египтянам: подите к Иосифу, и что он вам скажет, то делайте.

56. - И голод был во всей земле, и отворил Иосиф все житницы и стал продавать хлеб египтянам. Голод же усиливался в земле Египетской.

57. - И из всех стран приходили покупать хлеб у Иосифа; потому что голод усилился по всей земле.

Иосиф, пользуясь правом первобытного способа порабощения людей угрозою меча, собрал хлеб в хорошие года, ожидая дурных, которые, обыкновенно следуют за хорошими, что знают все люди и без сновидений фараона, и этим средством голодом - сильнее и удобнее для фараона поработил и египтян, и всех других жителей окрестных стран. Когда же народ стал чувствовать голод, он поставил дело так, чтобы навсегда держать народ в своей власти - голодом.

В главе 47-й это описывается так:

Гл. 47, ст. 13. - И не стало хлеба по всей земле, потому что голод весьма усилился, и изнурены были от голода земля Египетская и земля Ханаанская.

14. - И собрал Иосиф все серебро, какое было в земле Египетской и в земле Ханаанской, за хлеб, который покупали, и внес Иосиф серебро в дом фараонов.

15. - И истощилось серебро в земле Египетской и в земле Ханаанской. И пришли все египтяне к Иосифу и говорили: дай нам хлеба; для чего умирать нам перед тобою, потому что вышло серебро?

16. - И сказал Иосиф: отдайте скот ваш, и я дам вам хлеба за скот ваш, если вышло серебро.

17. - И приводили они к Иосифу скот свой; и давал им Иосиф хлеба за лошадей, и за стада мелкого скота, и за стада крупного скота, и за ослов; и снабжал их хлебом в тот год за весь скот их.

18. - И прошел этот год, и пришли к нему на другой год и сказали ему: не скроем от господина нашего, что серебро истощилось и стада скота у господина нашего; ничего не осталось у нас перед господином нашим, кроме тел наших и земель наших.

19. - Для чего нам погибать в глазах твоих, и нам и землям нашим? купи нас и земли наши за хлеб, и мы с землями нашими будем рабами фараону, а ты дай нам семян, чтобы нам жить и не умереть и чтобы не опустела земля.

20. - И купил Иосиф всю землю Египетскую для фараона, потому что продали египтяне каждый свое поле, ибо голод одолевал их. И досталась земля фараону.

21. - А народ переводил он в города от одного конца области Египта до другого конца.

22. - Только земли жрецов не купил он, потому что жрецам от фараонов положен был участок, и они питались своим участком земли, который дал им фараон, потому и не продали земли своей.

23. - И сказал Иосиф народу: вот я купил теперь для фараона вас и землю вашу; вот вам семена, и засевайте землю.

24. - Когда будет жатва, давайте пятую часть фараону; а четыре части останутся вам на засеяние полей, на пропитание вам и тем, кто в домах ваших, и на пропитание детям вашим.

25. - И сказали они: ты спас нам жизнь, да обретем милость в глазах господина нашего и да будем рабами фараону.

26. - И поставил Иосиф закон о земле Египетской, даже до сегодня: пятую часть фараону. Одна только земля жрецов не принадлежала фараону.

Прежде фараону, чтобы пользоваться трудами людей, надо было силою заставить на себя работать; теперь же, когда запасы и земля у фараона, ему нужно только силою беречь эти запасы, и он голодом может заставить их работать на себя.

Земля вся у фараона, и запасы (отбираемая часть) всегда у него, и потому вместо того, чтобы подгонять на работу каждого отдельно мечом, стоит только силою беречь запасы, и люди порабощены уже не мечом, а голодом.

В голодный год все могут быть по воле фараона заморены голодом, а в неголодный год могут быть заморены все те, у которых от случайных невзгод нет запасов хлеба.

И устанавливается второй способ порабощения не прямо мечом, т. е. не тем, что сильный с угрозой убийства гоняет слабого на работу, но тем, что сильный, отобрав запасы и охраняя их мечом, заставляет слабого отдаваться в работу за корм.

Иосиф говорит голодным: я могу заморить вас голодом, потому что хлеб у меня, но я милую вас только с тем, чтобы вы за хлеб, который я буду вам давать, делали все то, что я велю.

Для первого способа порабощения сильному необходимо иметь только воинов, которые бы постоянно разъезжали по жителям и под угрозой смерти приводили бы в исполнение требование сильного. Для первого способа насильнику нужно делиться только с воинами. При втором же способе, кроме воинов, необходимых насильнику для оберегания от голодных земли и запасов хлеба, ему необходимы и другого рода помощники - большие и малые Иосифы - управители и раздатчики хлеба. И насильнику приходится делиться с ними и дать Иосифу парчовую одежду, золотое кольцо и прислугу, и хлеб, и серебро его братьям и родным. Кроме того, по самой сущности дела участниками насилия при этом втором способе становятся не только распорядители и их родные, но и все те, которые имеют запасы хлеба. Как при первом способе, основанном на грубой силе, становился участником насилия всякий, имеющий оружие, так при этом способе, основанном на голоде, участвует в насилии и властвует всякий, имеющий запасы, над не имеющими их. Выгода этого способа перед первым состоит для насильника в том: 1) главное, что он уже более не обязан усилиями принуждать рабочих исполнять его волю, а рабочие сами приходят и продаются ему; 2) в том, что меньшее количество людей ускользает от его насилия; невыгоды же для насильника только в том, что он делится при этом способе с большим числом людей. Выгоды для насилуемого при этом способе в том, что насилуемые не подвергаются более грубому насилию, а предоставляются самим себе и всегда могут надеяться и иногда действительно могут при счастливых условиях перейти из насилуемых в насилующих; невыгоды же их те, что они никогда уже не могут ускользнуть от известной доли насилия. Новый способ этот порабощения входит обыкновенно в употребление вместе с старым, и сильный по мере надобности сокращает один и распространяет другой. Но и этот способ порабощения не удовлетворяет вполне желаниям сильного - как можно больше отобрать произведений труда от наибольшего числа работников и поработить как можно большее число людей - и не соответствует более усложняющимся условиям жизни, и вырабатывается еще новый способ порабощения. Новый и третий способ этот есть способ дани. Способ этот основывается, так же как и второй, на голоде, но к средству порабощения людей лишением хлеба присоединяется еще и лишение их и Других необходимых потребностей. Сильный назначает с рабов такое количество денежных знаков, находящихся у него же, за которые, чтобы приобрести их, рабы обязаны продать не только запасы хлеба в большей мере, чем та пятая часть, которую назначил Иосиф, но и предметы первых потребностей: мясо, кожу, шерсть, одежды, топливо, постройки даже, и потому насильник держит всегда в своей зависимости рабов не только голодом, но и жаждой, и холодом, и всякими другими лишениями.

И устанавливается третья форма рабства - денежного, состоящего в том, что сильный говорит слабому: я с каждым из вас отдельно могу сделать все, что хочу: могу прямо ружьем убить каждого, могу убить тем, что отниму землю, которою вы кормитесь, могу за денежные знаки, которые вы должны мне доставить, купить весь тот хлеб, которым вы кормитесь, и продать его чужим людям и всякую минуту уморить всех вас голодом, могу отобрать все, что у вас есть: и скот, и жилища, и одежды, но мне неудобно это и неприятно, и потому я вам всем предоставляю распоряжаться вашей работой и вашими произведениями труда, как вы хотите; только подавайте мне столько-то денежных знаков, требование которых я распределяю или по головам, или по земле, на которой вы сидите, или по количеству пищи, или питья вашего, или ваших одежд, или построек. Подавайте мне эти знаки, а между собой распоряжайтесь как хотите, но знайте, что я не буду защищать и отстаивать ни вдов, ни сирот, ни больных, ни старых, ни погорелых; я буду защищать только правильность обращения этих денежных знаков. Прав будет передо мной и будет отстаиваться мною только тот, кто правильно подает мне, сообразно требованию, установленное количество денежных знаков. А как они приобретены - мне все равно.

И сильный только выдаст эти знаки, как квитанции в том, что требования его исполнены.

Второй способ порабощения состоит в том, что, отбирая пятую часть урожая и составляя себе запасы хлеба, фараон, кроме личного порабощения мечом, получает вместе с своими помощниками возможность властвования над рабочими людьми во время голода и над некоторыми из них во время постигающих их невзгод. Третий способ - в том, что фараон требует с рабочих денег больше, чем стоит та часть хлеба, которую он брал у них, и получает с своими помощниками новое средство властвования над рабочими не только во время голода и случайных невзгод, но всегда. При втором способе у людей остаются запасы хлеба, помогающие им, не отдаваясь в рабство, переносить небольшие недороды и случайно выпадающие невзгоды; при третьем способе, когда требований предъявлено больше, то отбираются и запасы хлеба, и всякие другие запасы предметов первой необходимости, и при малейшей невзгоде работник, не имея ни запасов хлеба, ни других запасов, которые бы он мог променять на хлеб, подвергается рабству тем, у кого есть деньги. Для первого способа насильнику нужно иметь только воинов и делиться только с ними; для второго ему нужно иметь, кроме охранителей земли и запасов хлеба, еще собирателей и приказчиков для раздачи этого хлеба; для третьего способа ему нельзя уже самому владеть всею землею, а нужно иметь, кроме воинов для сбережения земли и богатств, еще землевладельцев и собирателей дани, распределителей ее по головам или по предметам потребления, наблюдателей, таможенных служителей, распорядителей деньгами и делателей их. Организация третьего способа гораздо сложнее второго: при втором способе собирание хлеба можно отдать и на откуп, как это делалось в старину и теперь делается в Турции; при обложении же рабов податями необходима сложная администрация людей, следящих за тем, чтобы люди или их поступки, обложенные податью, не ускользали от дани. И потому при третьем способе насильнику приходится делиться еще с большим количеством людей, чем при втором способе; кроме того, по самой сущности дела участниками третьего способа становятся все те люди, той же или чужой стороны, которые имеют деньги. Выгоды-этого способа для насильника перед первым и вторым состоят в следующем:

Во-первых, в том, что посредством этого способа может быть отобрано большее количество труда и более удобным способом, так как денежная подать, подобно винту, может быть легко и удобно завинчиваема до того последнего предела, при котором только не убивается золотая курица, так что не нужно дожидаться голодного года, как при Иосифе, а голодный год устроен навсегда.

Во-вторых, в том, что при этом способе насилие распространяется на всех ускользавших прежде безземельных людей, отдававших прежде только часть своего труда за хлеб, теперь же обязанных, кроме той части, которую они отдали за хлеб, отдавать еще часть этого труда за подати насильнику. Невыгода же для насильника в том, что он при этом способе делится с большим количеством людей, не только своих непосредственных помощников, но, во-первых, всех тех частных землевладельцев, которые обыкновенно появляются при этом третьем способе; во-вторых, со всеми теми людьми своего и даже чужого народа, имеющими денежные знаки, которые требуются с рабов.

Выгода для насилуемого сравнительно с вторым способом одна - в том, что он получает еще большую личную независимость от насильника; он может жить где хочет, делать что хочет, сеять и не сеять хлеб, не обязан отдавать отчет в своей работе и, имея деньги, может считать себя совершенно свободным и постоянно надеяться и достигать, хоть на время, когда у него есть лишние деньги или купленная на них земля, положения не только независимого, но и насилующего. Невыгода же его та, что в общей сложности при этом третьем способе положение насилуемых становится гораздо тяжелее, и они лишаются большей части произведений своего труда, так как при этом третьем способе количество людей, пользующихся трудами других людей, становится еще больше, и потому тяжесть содержания их ложится на меньшее число.

Этот третий способ порабощения людей тоже очень старый и входит в употребление вместе с двумя прежними, не исключая их совершенно.

Все три способа порабощения людей никогда не переставали существовать. Все три способа можно сравнить с винтами, прижимающими ту доску, которая наложена на рабочих и давит их. Коренной, основной средний винт, без которого не могут держаться и другие винты, тот, который завинчивается первый и никогда по отпускается, - это винт личного рабства, порабощения одних людей другими посредством угрозы убийства мечом; второй винт, завинчивающийся уже после первого, - порабощение людей отнятием земли и запасов пищи - отнятие, поддерживаемое личной угрозой убийства; и третий винт - это порабощение людей посредством требования денежных знаков, которых у них нет, поддерживаемое тоже угрозой убийства. Все три винта завинчены, и когда туже натягивается один, тогда только слабнут другие. Для полного порабощения рабочего необходимы все три винта, все три способа порабощения, и в нашем обществе всегда употребляются все три способа порабощения, всегда завинчены все три винта.

Первый способ порабощения людей личным насилием и угрозой убийства мечом никогда не уничтожался и не уничтожится до тех пор, пока будет какое бы то ни было порабощение одних людей другими, потому что на нем зиждется всякое порабощение.

Мы все очень наивно уверены, что рабство личное уничтожено в нашем цивилизованном мире, что последние остатки его уничтожены в Америке и России, а что теперь только у варваров есть рабство, а у нас его нет. Мы забываем только про маленькое обстоятельство, про те сотни миллионов постоянного войска, без которого нет ни одного государства и при уничтожении которого неизбежно рушится весь экономический строй каждого государства. А что же эти миллионы солдат, как не личные рабы тех, кто ими управляет? Разве эти люди не принуждены к исполнению всей воли своих владельцев под угрозой истязаний и смерти - угрозой, часто приводимой в исполнение. Разница только в том, что подчинение этих рабов называют не рабством, а дисциплиной, и что те были рабами от рождения до смерти, а эти более или менее короткое время так называемой их службы. Рабство личное не только не уничтожено в наших цивилизованных обществах, но с общей воинской повинностью оно усилилось в последнее время, и как оно было всегда, так и теперь остается, но только несколько изменилось. И оно не может не быть, потому что покуда будет порабощение одного человека другим, будет и это личное рабство, то, которое угрозой мечом поддерживает земельное и податное порабощение людей. Может быть, что это рабство, т. е. войско, очень нужно, как говорят, для защиты и славы отечества, но эта польза его более чем сомнительна, потому что мы видим, как оно часто при неудачных войнах служит для порабощения и посрамления отечества; но совершенно несомненна целесообразность этого рабства для поддержания земельного и податного порабощения. Завладей ирландцы или русские мужики землями владельцев - и придут войска и возьмут их назад. Построй винный или пивоваренный завод и не плати акциза - придут солдаты и прекратят завод. Откажись платить подати - будет то же.

Второй винт - это способ порабощения людей отнятием у них земли и потому их запасов пищи. Способ порабощения этот тоже существовал и существует всегда, где люди порабощены, и как бы ни видоизменялся, он существует везде. Иногда вся земля принадлежит государю, как в Турции, и отбирается 0,1 урожая в казну; иногда часть ее, и собирается с нее подать; иногда вся земля принадлежит малому числу лиц, и за нее взимается доля труда, как в Англии; иногда большая или меньшая часть принадлежит крупным землевладельцам, как в России, Германии и Франции. Но там, где есть порабощение, есть и присвоение земли порабощением. Винт этого порабощения людей ослабляется или притягивается по мере того, как туго натянуты другие винты; так, в России, когда порабощение личное было распространено на большинство рабочих, поземельное порабощение было излишне, но винт личного рабства в России ослаблен был только тогда, когда подтянуты были винты поземельного и податного порабощения. Приписали всех к обществам, затруднили переселение и всякое перемещение, присвоили себе или роздали земли частным людям и потом отпустили на "волю". В Англии, например, действует преимущественно порабощение поземельное, и вопрос национализации земли состоит только в том, чтобы подтянуть винт податной, чтобы ослаб винт поземельного порабощения.

Третий способ порабощения - данью, податью - точно так же существовал и в ваше время, с распространением однообразных в разных государствах денежных знаков и усилением государственной власти, получил только особенную силу. Этот способ в наше время так выработался, что он стремится уже заменить второй способ порабощения - поземельного. Это тот винт, при завинчивании которого ослабляется винт поземельный, как это очевидно на экономическом положении всей Европы. Мы на нашей памяти пережили в России два перехода рабства из одной формы в другую: когда освободили крепостных и помещикам оставляли права на большую часть земли, помещики боялись, что власть их над их рабами ускользнет от них; но опыт показал, что им нужно было только выпустить из рук старую цепь личного рабства и перехватить другую - поземельную.

У мужика не хватало хлеба, чтобы кормиться, а у помещика была земля и запасы хлеба, и потому мужик остался тем же рабом.

Следующий переход был тот, когда правительство подвинтило очень туго своими податями другой винт - податной, и большинство рабочих принуждено продаваться в рабство к помещикам и на фабрики. И новая форма рабства захватила еще туже народ, так что 0,9 русского рабочего народа работают у помещиков и фабрикантов только потому, что их принуждает к тому требование податей государственных и поземельных. Это до такой степени очевидно, что попробуй правительство год не взыскивать податей прямых, косвенных и поземельных, и станут все работы на чужих полях и фабриках.

Девять десятых русского народа нанимаются во время сбора податей и под подати.

Все три способа порабощения людей не переставали существовать и существуют и теперь; но люди склонны не замечать их, как скоро этим способам дают новые оправдания. И что странно, что именно тот самый способ, на котором в данное время все зиждется, гот винт, который держит все, - он-то и не замечается.

Когда в древнем мире весь экономический строй держался на личном рабстве, величайшие умы не могли видеть его. И Ксенофонту, и Платону, и Аристотелю, и римлянам казалось, что это не может быть иначе и что рабство есть неизбежное и естественное последствие войн, без которых немыслимо человечество.

Точно так же в средние века и даже до последнего времени люди не видали значения земельной собственности и вытекающего из него рабства, на котором держался весь экономический строй средних веков. И точно так же теперь никто не видит и даже не хочет видеть того, что в наше время порабощение большинства людей держится на денежных податях государственных и поземельных, собираемых правительствами с их подданных, - податях, собираемых посредством управления и войска, того самого войска и управления, которые содержатся податями.

XXI

Не удивительно то, что сами рабы, с древнейших времен подвергаемые рабству, не сознают своего положения и считают то свое положение рабства, в котором они жили всегда, естественным условием человеческой жизни в видят облегчение в перемене формы рабства. Не удивительно и то, что рабовладельцы иногда искренно думают освобождать рабов, отпуская один винт, когда другой уже затянут туго. И те и другие привыкли к своему положению, и одни - рабы, не зная свободы, ищут только облегчения или хоть только перемены формы рабства; другие - рабовладельцы, желая скрыть свою неправду, стараются приписывать особенное значение тем новым формам рабства, которые они взамен старых налагают на людей. Но удивительно то, каким образом наука, так называемая свободная наука, может, исследуя экономические условия жизни народа, не видеть того, что составляет основу всех экономических условий. Казалось бы, дело науки - отыскивать связь явлений и общую причину ряда явлений. Политическая же экономия как раз делает обратное: она старательно скрывает связь явлений и значение их, старательно избегает ответов на самые простые и существенные вопросы; она, как ленивая, заминающаяся лошадь, идет хорошо только под горку, когда везти нечего; но как только надо везти, так сейчас же закидывается в сторону, притворяясь, что ей нужно идти куда-то в сторону, по своему делу. Как только науке представляется серьезный, существенный вопрос, так тотчас же начинаются научные рассуждения о предметах, не идущих к вопросу и имеющих одну цель - отвлечь внимание от вопроса.

Вы спрашиваете: отчего происходит то неестественное, уродливое, неразумное и не только бесполезное, но вредное для людей явление, что одни люди не могут ни есть, ни работать иначе, как по воле других людей? И наука с серьезнейшим видом отвечает: потому что одни люди распоряжаются работой и питанием других таков закон производства.

Вы спрашиваете: что такое право собственности, на основании которого одни люди присвоивают себе землю, пищу и орудия труда других? Наука с серьезнейшим видом отвечает: это право основано на ограждении своего труда, т. е. что ограждение труда одних людей выражается захватыванием труда других людей.

Вы спрашиваете: что такое те деньги, которые везде чеканятся и печатаются правительством, т. е. властью, и которые в таких огромных количествах взыскиваются насильно с рабочих и в виде долгов государственных накладываются на будущие поколения рабочих? Вы спрашиваете: не имеют ли эти деньги, в размерах, доведенных до последнего предела возможности взыскания, как подати, не имеют ли эти деньги влияния на экономические отношения людей, платящих получателям? И наука с серьезнейшим лицом отвечает: деньги - это товар такой же, как сахар и ситцы, отличающийся от других только тем, что он удобнее для обмена. Влияния же податей на экономические, условия народа нет никаких: законы производства, обмена, распределения богатств - сами по себе, а подати сами по себе.

Вы спрашиваете: не имеет ли влияния на экономические условия то, что правительство по своей воле может возвышать и ронять цены и может, возвысив подати, закабалить всех, не имеющих земли людей в рабство? Наука с серьезнейшим лицом отвечает: нисколько! Законы производства, обмена, распределения - это одна наука - политическая экономия, а подати и вообще хозяйство государственное - это другая наука - финансовое право.

Вы спрашиваете, наконец: то, что весь народ находится в рабстве у правительства, что правительство может по своей воле разорить всех людей, отобрать все произведения труда людей и даже оторвать самих людей от труда, забрав их в солдатское рабство; вы спрашиваете: не имеет ли это обстоятельство какого-нибудь влияния на экономические условия? На это наука даже не трудится отвечать: это дело совсем особенное, это - государственное право. Наука пресерьезно разбирает законы экономической жизни народа, все отправления и вся деятельность которого зависит от воли поработителя, признавая это влияние поработителя естественным условием жизни народа. Наука делает то же, что делал бы исследователь экономических условий жизни личных рабов разных хозяев, не принимая во внимание влияния на жизнь этих рабов воли хозяина, того, который по своему произволу заставляет их работать ту или другую работу, по своему произволу перегоняет их с места на место, по своему произволу кормит или не кормит их, убивает или оставляет жить.

Хочется думать, что это так по глупости делает паука; но стоит только вникнуть и разобрать положение науки, для того чтобы убедиться, что это происходит не от глупости, а от большого ума. Наука эта имеет очень определенную цель и достигает ее. Цель эта - поддерживать суеверие и обман в людях и тем препятствовать человечеству в его движении к истине и благу. Давно уже существовало и теперь еще существует страшное суеверие, сделавшее людям едва ли не больше вреда, чем самые ужасные религиозные суеверия. И это-то суеверие всеми своими силами и всем своим усердием поддерживает так называемая наука. Суеверие это совершенно подобно суевериям религиозным: оно состоит в утверждении того, что, кроме обязанностей человека к человеку, есть еще более важные обязанности к воображаемому существу. Для богословия воображаемое существо это есть бог, а для политических наук воображаемое существо это есть государство.

Религиозное суеверие состоит в том, что жертвы, иногда человеческих жизней, приносимые воображаемому существу, необходимы, и люди могут и должны быть приводимы к ним всеми средствами, не исключая и насилия. Суеверие политическое состоит в том, что, кроме обязанностей человека к человеку, существуют более важные обязанности к воображаемому существу, и жертвы (весьма часто человеческих жизней), приносимые воображаемому существу - государству, тоже необходимы, и люди могут и должны быть приводимы к ним всевозможными средствами, не исключая и насилия.

Это-то суеверие, поддерживавшееся прежде жрецами разных религий, теперь поддерживается так называемой наукой.

Люди повергнуты в рабство самое ужасное, худшее, чем когда-либо; но наука старается уверить людей, что это необходимо и не может быть иначе.

Государство должно существовать для блага народа и исполнять свои дела: управлять народом, защищать его от врагов. Для этого государству нужны деньги и войско. Деньги должны доставлять все граждане государства. И потому все отношения людей должны быть рассматриваемы при необходимых условиях государственности.

Я хочу помогать отцу в крестьянской работе, говорит простой, неученый человек, хочу жениться, а меня берут и отсылают в Казань на 6 лет солдатом. Я выхожу из солдат, желаю пахать землю и кормить семью, но вокруг меня, на 100 верст, меня не пускают пахать без того, чтобы я не заплатил денег, которых у меня нет, тем людям, которые не умеют пахать и требуют за нее столько денег, что я должен отдавать весь свой труд им; но я все-таки наживаю кое-что и желаю весь свой излишек отдать детям; но ко мне приходит становой и отбирает этот излишек в виде податей; я зарабатываю опять, и у меня опять отбирают все. Вся моя экономическая деятельность, вся без остатка, находится в зависимости от государственных требований, и мне представляется, что улучшение положения моего и моих братьев должно произойти от освобождения нашего от государственных требований. Но наука говорит: ваши суждения происходят от вашего невежества. Изучите законы производства, обмена и распределения богатств и не смешивайте вопросов экономических с вопросами государственными. Явления, на которые вы указываете, не суть стеснение вашей свободы, а суть те необходимые жертвы, которые вы вместе с другими несете для своей свободы и для своего блага. Но у меня ведь взяли сына и обещаются отобрать всех моих сыновей, как только я дождусь их, - говорит опять простой человек, - насильно отняли и угнали под пули в какую-то землю, про которую мы никогда не слыхали, и для таких целей, которых мы понять не можем. Но ведь землею, которую нам не дают пахать и от недостатка которой мы мрем с голоду, владеет силою человек, которого мы никогда не видали и пользу которого мы даже понять не можем. Но подати, для удовлетворения которых становой насильно отнял корову от моих ребят, сколько я знаю, пойдут этому же становому, отобравшему у меня корову, и разным членам комиссий и министерств, которых я и не знаю и в пользу которых не верю. Каким же образом все эти насилия могут обеспечивать мою свободу и все это зло может доставлять мне благо?

Можно заставить человека быть рабом и делать то, что он считает для себя злом, но нельзя заставить его думать, что, терпя насилие, он свободен и что то очевидное зло, которое он терпит, составляет его благо. Это кажется невозможным. А это-то и сделали в наше время с помощью науки.

Правительство, т. е. люди, вооруженные и насилующие, решают, что им нужно от тех, которых они насилуют; как англичане по отношению к фиджианцам, они решают, сколько им нужно работы с своих рабов, решают, сколько им нужно помощников для собирания этой работы, организуют своих помощников в виде солдат, в виде поземельных собственников и в виде сборщиков податей. И рабы отдают свой труд и вместе с тем верят, что они отдают его не потому, что этого хотят их хозяева, а потому, что для их свободы и для их блага необходимо служение и кровавые жертвы божеству, называемому "государство", а что, кроме этого служения божеству, они свободны. Они верят в это потому, что так говорили прежде религия, жрецы, а теперь говорит наука - люди ученые. Но стоит только перестать слепо верить тому, что говорят другие люди, называя себя жрецами или людьми учеными, для того чтобы нелепость такого утверждения стала очевидна. Люди, насилующие других, уверяют их, что насилие это необходимо для государства;

государство же необходимо для свободы и блага людей, - выходит, что насилующие люди насилуют людей для их свободы и делают им зло для их блага.

Но люди на то и разумные существа, чтобы понимать, в чем их благо, и свободно делать его. Дела же, благость которых непонятна людям и к которым они бывают принуждаемы насилием, не могут быть для них благом, ибо благом разумное существо может считать только то, что представляется таким его разуму. Если люди по страсти или неразумию своему влекутся к злу, то все, что могут сделать люди, не делающие этого, так это то, чтобы убеждать людей делать то, что составляет их настоящее благо. Можно убеждать людей, что благо их будет больше, если они все будут поступать в солдаты, будут лишены земли, будут отдавать весь свой труд за подати; но до тех пор пока все люди не будут считать этого своим благом и потому делать это охотно, нельзя называть это дело общим благом людей. Единственный признак благости дела есть то, что люди свободно исполняют его. И такими делами полна жизнь людей. Десять работников заводят бондарную снасть, чтобы вместе работать, и, делая это дело, они делают, несомненно, общее для себя благое дело; но никак нельзя даже представить себе того, чтобы эти работники, заставив одиннадцатого человека насильно участвовать в их артели, могли утверждать, что общее их благо будет таким же и для этого одиннадцатого. То же и с господами, которые будут давать обед какому-нибудь своему другу; и так же нельзя утверждать, что для того, с кого насильно возьмут десять рублей на этот обед, обед этот был благое дело. То же и с крестьянами, которые решат выкопать для своего удобства пруд. Для тех, которые будут считать существование этого пруда большим благом, чем труд, затраченный на него, для тех копание его будет общим благом; но для того, кто считает существование этого пруда меньшим благом, чем уборка поля, в которой он опоздал, копание этого пруда не может быть благом. То же и с дорогами, которые построят люди, и с церковью, и с музеем, и со всеми самыми разнообразными общественными и государственными делами. Все эти дела могут быть благом только для тех, которые считают их благом и потому свободно и охотно исполняют их, как покупка снасти для артели, обед, который дают господа, пруд, который копают мужики. Дела же, к которым люди должны быть пригоняемы силою, именно вследствие этого насилия и перестают быть общими и благими.

Все это так ясно и просто, что если бы люди не были так давно обманываемы, не нужно бы было и разъяснять ничего.

Положим, мы живем в деревне, и мы, все жители, решили построить мост через болото, в котором все мы топнем. Мы согласились или обещались дать с каждого двора столько-то денег, или леса, или дней. Мы согласились потому, что постройка этого моста для нас выгоднее, чем траты на него; но среди нас есть люди, для которых выгоднее не иметь моста, чем тратить на него деньги, или которые, по крайней мере, думают, что для них это выгоднее. Может ли принуждение этих людей к постройке моста сделать то, чтобы мост этот был для них благом? Очевидно, нет, потому что люди эти, считавшие свое свободное участие в постройке этого моста невыгодным, тем более будут считать его невыгодным, когда оно станет принудительным. Положим даже, что мы все без исключения согласились строить этот мост и обещались столько-то со двора денег или работы; но случилось, что некоторые из обещавших не выставили уговоренное потому ли, что их обстоятельства в это время изменились и сделали то, что теперь им выгоднее быть без моста, чем тратить на него деньги, или просто они раздумали строить мост, или даже они прямо рассчитывают на то, что другие и без их жертв построят мост, а они будут по нем ездить; может ли принуждение этих людей к участию в постройке моста сделать то, чтобы эти принудительные их жертвы стали бы для них благом? Очевидно, нет, потому что если эти люди не исполнили обещанного по изменившимся обстоятельствам, потому что жертвы на мост стали для них тяжелее, чем отсутствие моста, то принудительные жертвы будут только большим злом. Если же отказавшиеся имели в виду воспользоваться трудами других, то и принуждение их к жертвам будет только наказанием за их умысел, и умысел их, совершенно бездоказательный, будет наказан прежде приведения его в исполнение; но ни в том, ни в другом случае принуждение к участию в нежелательном деле не может быть благом.

Так это будет, когда жертвы приняты для дела всем понятного, очевидного и несомненно полезного, как мост на болоте, чрез который все ездят. Насколько же несправедливее и бессмысленнее будет такое принуждение миллионов людей к жертвам, цель которых непонятна, неосязаема и часто несомненно вредна, как это бывает при солдатчине и податях. По науке же оказывается, что то, что всем представляется злом, есть общее благо; оказывается, что есть люди, крошечное меньшинство людей; которые одни только знают, в чем общее благо, и, несмотря на то, что все остальные люди считают злом это общее благо, меньшинство это, принуждая ко злу всех остальных людей, может считать это зло общим благом.

В этом состоит главное суеверие и главный обман, препятствующий движению человечества к истине и благу. Поддержание этого суеверия и этого обмана составляет цель политических наук вообще и в частности так называемой политической экономии. Цель ее - скрыть от людей то положение угнетения и рабства, в котором они находятся. Средство, употребляемое ею для этой цели, в том, чтобы рассматриванием насилия, обусловливающего всю экономическую жизнь порабощенных, естественным и неизбежным обмануть людей и отвести их глаза от настоящей причины их бедствий.

Рабство давно уже уничтожается. Оно уничтожилось и в Риме, и в Америке, и у нас, но уничтожились только слова, а не дело. Рабство есть освобождение себя одними от труда, нужного для удовлетворения своих потребностей, посредством насилия, которое переносит этот труд на других; и там, где есть человек, не работающий не потому, что на него любовно работают другие, а где он имеет возможность не работать сам, а заставить других на себя работать, - там есть рабство. Там же, где есть, как и во всех европейских обществах, люди, пользующиеся посредством насилия трудами тысяч людей и считающие это своим правом, и другие люди, подчиняющиеся насилию и признающие это своею обязанностью, - там есть рабство в страшных размерах.

Рабство есть. В чем же оно?

В том же, в чем оно всегда было и без чего оно не может быть: в насилии сильного и вооруженного над слабым и безоружным.

Рабство с своими основными тремя приемами личного насилия: солдатства, дани за землю, поддерживаемой солдатством, и дани, облагающей всех жителей прямыми и косвенными податями и поддерживаемой точно так же солдатством, существует точно такое же, как и прежде. Мы только не видим его потому, что каждая из трех форм рабства получила новое оправдание, заслоняющее от нас его значение. Личное насилие вооруженных против безоружных получило оправдание защиты отечества от воображаемых врагов его; в сущности же оно имеет одно старое значение: подчинение покоренных насилующим. Насилие отобрания земли у трудящихся над нею получило оправдание награды за услуги для мнимого общего блага и утверждается правом наследства; в сущности же оно то же обезземеление и порабощение людей, которое произведено было войском (властью). Последнее же, денежное - податное насилие - самое сильное и главное в настоящее время, получило самое удивительное оправдание: лишение людей их имущества, свободы, всего их блага делается во имя свободы, общего блага. В сущности же оно не что иное, как то же рабство, только безличное.

Где будет насилие, возведенное в закон, там будет и рабство. Будет ли насилие выражаться тем, что будут наезжать князья с дружинами, побивать жен и детей и спускать на дым селения, или в том, что рабовладельцы будут взимать работу или деньги за землю с рабов и в случае неуплаты будут призывать вооруженных, или что одни люди будут обкладывать других данями и будут разъезжать с оружием по селам, или министерство внутренних дел будет собирать деньги через губернаторов и становых и в случае отказа от платежа высылать военные команды - словом, покуда будет насилие, поддерживаемое штыками, не будет распределения богатства между людьми, а богатство будет все уходить к насильникам.

Поразительной иллюстрацией истинности этого положения служит проект Джорджа о национализации земли. Джордж предлагает признать всю землю государственной собственностью и поэтому все налоги, как прямые, так и косвенные, заменить земельной рентой. То есть, чтобы всякий, пользующийся землею, платил государству стоимость ее ренты. Что же было бы? Рабство земельное было бы все уничтожено в пределах государства, т. е. земля принадлежала бы государству: Англии - своя, Америке - своя и т. д., т. е. было бы рабство, определяемое количеством пользования землею.

Может быть, и улучшилось бы положение некоторых рабочих (земельных); но как скоро осталось бы насильственное взимание податей за ренту, осталось бы и рабство. Земледелец, после неурожая не будучи в силах заплатить ренту, которую взыскивают с него силою, чтобы не лишиться всего, должен будет для удержания за собой земли закабалиться к тому человеку, у которого будут деньги.

Если течет ведро, то наверно есть в нем дыра. Глядя на дно ведра, нам может казаться, что вода течет из разных дыр; но сколько бы мы ни затыкали этих воображаемых дыр снаружи, вода все будет течь. Чтобы остановить течение, надо найти то место, в которое уходит вода из ведра, и заткнуть его изнутри. То же самое и с предполагаемыми мерами для прекращения неправильного распределения богатств, для затыкания тех дыр, через которые уходит богатство от народа. Говорят; устройте корпорации рабочих, сделайте капитал общественной собственностью, сделайте землю национальной собственностью. Все это - только затыкание снаружи тех мест, из которых нам кажется, что течет вода. Чтобы остановить утекание богатств из рук рабочих в руки нерабочих, нужно найти изнутри ту дыру, через которую происходит это утекание. Дыра эта есть насилие вооруженного над безоружным, насилие войска, посредством которого отбираются и самые люди от труда, и земля от людей, и произведения труда людей. Покуда будет один вооруженный человек с признанием за ним права убить какого бы то ни было другого человека, до тех пор будет неправильное распределение богатств, т. е. рабство.

XXII

Меня всегда удивляют часто повторяемые слова: да, это так по теории, но на практике-то как? Точно как будто теория - это какие-то хорошие слова, нужные для разговора, но не для того, чтобы вся практика, т. е. вся деятельность, неизбежно основывалась на ней. Должно быть, было на свете ужасно много глупых теорий, если пошло в употребление такое удивительное рассуждение. Теория ведь это то, что человек думает о предмете, а практика - это то, что он делает. Как же может быть, чтоб человек думал, что надо делать так, а делал бы навыворот? Если теория печения хлебов та, что их надо прежде замесить, а потом поставить, то, кроме сумасшедших, никто, зная теорию, не может сделать обратного. Но у нас вошло в моду говорить, что это теория, но как на практике?

В предмете, который меня занимал, подтвердилось то, что я всегда думал, что практика неизбежно вытекает на теории, и не то что оправдывает ее, но не может быть никакая иная, что если я понял то дело, о котором думал, то я и не могу делать это дело иначе, как я его понял.

Я захотел помогать несчастным только потому, что у меня были деньги и я разделял общее суеверие о том, что деньги - представители труда или вообще что-то законное и хорошее. Но, начав давать эти деньги, я увидал, что я даю собранные мною векселя на бедных людей, делаю то, что делали многие помещики, заставляя одних крепостных служить другим. Я увидал, что всякое употребление денег: покупка ли чего, передача ли их задаром другому - есть подача ко взысканию векселя на бедных или передача его другому для подачи ко взысканию на бедных же. И потому мне стала ясна та нелепость, которую я хотел делать, помогать бедным посредством взыскания с бедных. Я увидал, что деньги сами по себе не только не добро, но очевидное зло, лишающее людей главного блага труда и пользования этим своим трудом, и что этого-то блага я не могу никому передать, потому что сам лишен его: у меня нет труда и нет счастья пользоваться своим трудом.

Казалось бы, что особенного в этом отвлеченном рассуждении о том, что есть деньги. Но рассуждение это, сделанное мною не как рассуждение для рассуждения, а для того, чтобы разрешить вопрос моей жизни, моего страдания, было для меня ответом на вопрос, что делать?

Как только я понял, что такое богатство, что такое деньги, так мне не только ясно, но несомненно стало, что все другие должны делать, потому что они неизбежно будут это делать. Я понял, в сущности, только то, что я знал давным-давно: ту истину, которая передавалась людям с самых древних времен и Буддой, и Исаией, и Лаодзи, и Сократом, и особенно ясно и несомненно передана нам Иисусом Христом и предшественником его, Иоанном Крестителем. Иоанн Креститель на вопрос людей: что нам делать? - отвечал просто, коротко и ясно: "у кого две одежды, тот дай тому, у кого нет, и у кого есть пища, делай то же" (Луки III, 10, 11). То же и еще с большею ясностью и много раз говорил Христос. Он говорил: блаженны нищие и горе богатым. Он говорил, что нельзя служить богу и мамону. Он запретил ученикам брать не только деньги, но две одежды. Он сказал богатому юноше, что он не может войти в царствие божие потому, что он богат, и что легче верблюду войти в ушко иглы, чем богатому в царство божие. Он сказал, что тот, кто не оставит всего: и дома, и детей, и полей, для того чтобы идти за ним, тот не его ученик. Он сказал притчу о богатом, ничего не делавшем дурного, как и наши богатые, но только хорошо одевавшемся и сладко евшем и пившем и погубившем этим только свою душу, и о нищем Лазаре, ничего не сделавшем хорошего, но спасшемся только оттого, что он был нищий.

Истина эта была мне давно известна, но ложные учения мира так хитро скрыли ее, что она сделалась для меня именно теорией в том смысле, какой любят придавать этому слову, т. е. пустыми словами. Но кок скоро мне удалось разрушить в своем сознании софизмы мирского учения, так теория слилась с практикой, и действительность моей жизни и жизни всех людей стала ее неизбежным последствием.

Я понял, что человек, кроме жизни для своего личного блага, неизбежно должен служить и благу других людей; что если брать сравнения из мира животных, как это любят делать некоторые люди, защищая насилие и борьбу борьбой за существование в мире животных, то сравнение надо брать из животных общественных, как пчелы, и что потому человек, не говоря уже о вложенной в него любви к ближнему, и разумом, и самой природой своей призван к служению другим людям и общей человеческой цели. Я понял, что это естественный закон человека, тот, при котором только он может исполнить свое назначение и потому быть счастлив. Я понял, что закон этот нарушался и нарушается тем, что люди насилием, как грабительницы-пчелы, освобождают себя от труда, пользуются трудом других, направляя этот труд не к общей цели, а к личному удовлетворению разрастающихся похотей, и так же, как грабительницы-пчелы, погибают от этого. Я понял, что несчастия людей происходят от рабства, в котором одни люди держат других людей. Я понял, что рабство нашего времени производится насилием солдатства, присвоением земли и взысканием денег. И, поняв значение всех трех орудий нового рабства, я не мог не желать избавления себя от участия в нем.

Когда я был рабовладельцем, имея крепостных, и понял безнравственность этого положения, я вместе с другими людьми, понявшими то же, в то время старался избавиться от этого положения. Избавление же мое состояло в том, что я, считая его безнравственным, старался сам до тех пор, пока я не мог вполне избавиться от этого положения, как можно менее предъявлять своих прав рабовладельца, а жить и оставлять людей жить так, как будто этих прав не существовало, и вместе с тем всеми средствами внушать другим рабовладельцам незаконность и бесчеловечность их воображаемых прав. То же самое я не могу не делать относительно теперешнего рабства: как можно менее предъявлять своих прав, пока я не могу совсем отказаться от этих прав, даваемых мне земельной собственностью и деньгами, поддерживаемыми насилием солдатства, и вместе с тем всеми средствами внушать другим людям незаконность и бесчеловечность этих воображаемых прав.

Участие в рабстве со стороны рабовладельца состоит в пользовании чужим трудом, все равно, зиждется ли рабство на моем праве на раба или на моем владении землею или деньгами. И потому если человек точно не любит рабство и не хочет быть участником в нем, то первое, что он сделает, будет то, что не будет пользоваться чужим трудом ни посредством владения землею, ни посредством службы правительству, ни посредством денег. Отказ же от всех употребительных средств пользоваться чужим трудом неизбежно приведет такого человека к необходимости, с одной стороны, умерить свои потребности, с другой стороны, делать для себя самому то, что прежде делали для него другие.

И этот такой простой вывод сразу уничтожает все те три причины невозможности помощи бедным, к которым я пришел, отыскивая причину своей неудачи.

Первая причина была скопление людей в городах и поглощение в них богатств деревни. Стоит только человеку не желать пользования чужим трудом посредством службы правительству, владения землею и деньгами и потому по силам и возможности самому удовлетворять своим потребностям, чтобы ему никогда и в голову не пришло уехать из деревни, в которой легче всего можно удовлетворять своим потребностям, в город, где все есть произведение чужого труда, где все надо купить; и тогда, в деревне, человек будет в состоянии помогать нуждающимся и не испытает того чувства беспомощности, которое я испытал в городе, желая помогать людям не своим, а чужим трудом.

Вторая причина была разъединение богатых с бедными. Стоит только человеку не желать пользоваться чужим трудом посредством службы, владения землею и деньгами - человек будет поставлен в необходимость сам удовлетворять своим потребностям, и тотчас же невольно разрушится та стена, которая отделяла его от рабочего парода, и он сольется с ним и станет плечо в плечо с ним и получит возможность помогать ему.

Третья причина была стыд, основанный на сознании

безнравственности моего обладания теми деньгами, которыми я хотел помогать людям. Стоит человеку не желать пользоваться чужим трудом посредством службы, владения землею и деньгами - и у него никогда не будет тех лишних, дурашных денег, присутствие которых у меня вызывало в людях требования, которым я не мог удовлетворить, а во мне - чувство сознания своей неправоты.

XXIII

Я увидал, что причина страданий и разврата людей та, что одни люди находятся в рабстве у других, и потому я сделал тот простой вывод, что если я хочу помогать людям, то мне прежде всего не нужно делать тех несчастий, которым я хочу помогать, т. е. не участвовать в порабощении людей. Влекло же меня к порабощению людей то, что я с детства привык не работать, а пользоваться трудами других людей и жил и живу в обществе, которое не только привыкло к этому порабощению других людей, но и оправдывает это порабощение всякими искусными и неискусными софизмами.

Я сделал следующий простой вывод: что для того, чтобы не производить разврата и страданий людей, я должен как можно меньше пользоваться работой других и как можно больше самому работать.

Я пришел длинным путем к тому неизбежному выводу, который сделан тысячелетие тому назад китайцами в изречении: если есть один праздный человек, то есть другой, умирающий с голоду.

Я пришел к тому простому и естественному выводу, что если я жалею ту замученную лошадь, на которой я еду, то первое, что я должен сделать, если я точно жалею ее, это - слезть с нее и идти своими ногами.

Ответ этот, дающий такое полное удовлетворение нравственному чувству, драл мне глаза и дерет глаза всем нам, и мы все не видим его и глядим по сторонам.

Мы, в нашем искании исцеления от наших общественных болезней, ищем со всех сторон: и в правительственных, и в антиправительственных, и в научных, и в филантропических суевериях, и не видим того, что режет глаза всякому.

Мы ходим на нас в комнатах, хотим, чтобы другие выносили за нами, и притворяемся, что мы очень страдаем за них, и хотим облегчить их дело, и придумываем всевозможные хитрости, только не одну, самую простую - самому выносить, если хочешь ходить в горнице.

Для того, кто точно искренно страдает страданиями окружающих его людей, есть самое ясное, простое и легкое средство, единственно возможное для исцеления окружающих его зол и для сознания законности своей жизни - то самое, которое дал Иоанн Креститель на вопрос его: что делать, и которое подтвердил Христос: не иметь больше одной одежды и не иметь денег, т. е. не пользоваться трудами других людей. А чтобы но пользоваться трудами других - делать своими руками все, что можем делать.

Это так просто и ясно. Но это просто и ясно, когда и потребности просты и когда сам еще свеж и не испорчен ленью и праздностью. Я живу в деревне, лежу на печке и велю моему должнику, соседу, рубить дрова и топить печку. Очень ясно, что я ленюсь и отрываю соседа от дела, и мне станет совестно, да и скучно все лежать, и если мускулы мои сильны и я привык работать, я пойду и сам нарублю.

Но соблазн рабства всех видов живет так давно, так много выросло на нем искусственных потребностей, так много людей на разных степенях привычек к этим потребностям переплетены друг с другом, так поколениями испорчены, изнежены люди, такие сложные соблазны и оправдания в их роскоши и праздности придуманы людьми, что человеку, находящемуся на верху лестницы праздных людей, далеко не так легко понять свой грех, как тому мужику, который заставляет соседа топить печку.

Людям, находящимся на верхней ступени этой лестницы, ужасно трудно понять то, что от них требуется. У них голова кружится от вышины той лестницы лжи, на которой они находятся, когда им представляется то место на земле, до которого они должны спуститься, чтобы начать жить не добро, не только не вполне бесчеловечно; и от этого эта простая и ясная истина кажется этим людям странной.

Для человека с десятью людьми прислуги, ливреями, кучерами, поваром, картинами, фортепианами покажется несомненно странным и даже смешным то, что есть самое простое, первое действие всякого - не говорю хорошего, а только человека, а не животного: нарубить самому дрова, которыми варится его пища и которыми он греется; вычистить самому те калоши или сапоги, которыми он неосторожно ступал в грязь; принести самому ту воду, которой он соблюдает свою чистоту, и вынести ту грязную, в которой он вымылся.

Но кроме самой отдаленности людей от истины, есть еще другая причина, мешающая людям видеть обязательность для них самой простой и естественной для самих себя личной физической работы: это - сложность, переплетенность условий, выгод всех связанных между собою людей, в которой живет богатый человек.

Правда, что выгоды всех переплетены, но и без продолжительного расчета совесть каждого говорит, на чьей стороне труд и на чьей праздность. Но мало того, что это говорит совесть, это говорит яснее всего счетная, денежная книга. Чем больше кто тратит денег, тем более он заставляет других за себя работать; чем менее он тратит, тем он более работает.

Моя роскошная жизнь кормит людей. Куда пойдет мой старик камердинер, если я отпущу его? Что же, всем самим себе делать все нужное: и платье и рубить дрова?.. А разделение труда? А промышленность, а общественные предприятия и под конец самые страшные слова: цивилизация, наука, искусство?

XXIV

Прошлого года, в марте, я поздно вечером возвращался домой. Заворачивая из Зубова в Хамовнический переулок, я увидел на снегу Девичьего поля черные пятна. Что-то ворочалось на месте. Я бы не обратил на это внимания, если бы не городовой, стоявший в начале переулка, который крикнул по направлению черных пятен:

- Василий! что ж не ведешь?

- Да не идет! - сказал оттуда голос, и вслед за тем пятна двинулись к городовому.

Я остановился и спросил у городового:

- Что это такое?

Он сказал:

- Девчонок забрали из Ржанова дома, свели в участок, а одна отстала вот, не идет.

Дворник в тулупе вел ее. Она шла впереди, а он подталкивал ее сзади. Все и я, и дворник, и городовой - одеты были по-зимнему, одна она была в платье. В темноте я мог разобрать только коричневое платье, платок на голове и на шее. Она была мала ростом, как бывают малы заморыши, короткие ноги и относительно широкая, нескладная фигура.

- Из-за тебя, стерва, стоим. Иди, что ли! Вот я тебя! - крикнул городовой.

Очевидно, он устал, и она уже надоела ему. Она прошла несколько шагов и опять остановилась. Старичок дворник, добродушный человек (я его знаю), дернул ее за руку.

- Вот я те остановлюсь! Иди! - притворялся он, что сердится.

Она пошатнулась и заговорила скрипящим голосом. Во всяком звуке была фальшивая нота, хрип и визг.

- Ну тебя, еще пихается! Дойду!

- Замерзнешь, - сказал дворник.

- Наша сестра не замерзнет. Я горячая.

Она хотела шутить, но слова ее звучали, как брань. У фонаря, который стоит недалеко от ворот нашего дома, она опять остановилась и прислонилась, навалилась почти на забор и что-то стала копать в своих юбках неловкими, застывшими руками. Опять они закричали на нее, но она что-то бурчала и что-то делала. Она держала в одной руке согнувшуюся дугой папироску, в другой сернички. Я остановился сзади: мне совестно было пройти мимо нее и совестно стоять и смотреть. Однако я решился и подошел. Она плечом лежала на заборе и об забор же бесполезно чиркала серничками и бросала их. Я рассмотрел ее лицо. Она была именно заморух, но, как мне показалось, уже старая женщина: я ей дал лет 30. Грязный цвет лица, маленькие мутные, пьяные глаза, нос пуговицей, кривые, слюнявые, опущенные в углах губы и выбившаяся из-под платка короткая прядь сухих волос. Талия длинная и плоская и короткие руки и ноги. Я остановился против нее. Она посмотрела на меня и усмехнулась, как будто зная все, что я думал.

Я почувствовал, что надо сказать ей что-нибудь. Мне хотелось показать ей, что я жалею ее.

- Родители есть у вас? - спросил я.

Она засмеялась хрипло, потом вдруг оборвала и, подняв брови, уставилась на меня.

- Есть у вас родители? - повторил я.

Она усмехнулась с таким выражением, как будто говорила: ведь выдумает же, что спрашивать!

- Мать есть, - сказала она. - А тебе что?

- А сколько вам лет?

- Шестнадцатый, - сказала она, тотчас же отвечая, очевидно, на привычный вопрос.

- Ну, марш, замерзнешь с тобой, пропади ты совсем! - крикнул городовой, и она откачнулась от забора и, перекачиваясь, пошла вниз по Хамовническому переулку в участок, а я завернул в калитку и вошел в дом и спросил, вернулись ли мои дочери. Мне сказали, что они были на вечере, очень веселились, вернулись и уже спят.

На другой день утром я хотел пойти в участок узнать, что сделали с этой несчастной, и довольно рано собрался уж выходить, когда ко мне пришел один из тех дворян несчастных, которые, по слабости, сбились с привычной им господской жизни и то поднимаются, то опять падают. Мы с этим были знакомы три года. В эти три года этот человек уже несколько раз спускал все, что у него было, и все платье с себя; и с ним только что случилось такое событии, и он временно ночи проводил в Ржановом доме, на ночлежной квартире, а на день приходил ко мне. Он встретил меня на выходе и, не слушая меня, тот час же начал рассказывать мне то, что у них в Ржановом доме случилось в эту ночь. Он начал рассказывать и не досказал до половины; он вдруг - он, старый, видавший всякие виды человек - зарыдал, захлюпал и, замолчав, отвернулся к стене.

Вот что он рассказал мне. Все то, что он рассказал мне, была совершенная правда. Я проверил его рассказ на месте и узнал еще новые подробности, которые я расскажу заодно.

В той ночлежной квартире, в нижнем этаже, в 32-м номере, в котором ночевал мой приятель, в числе разных переменяющихся ночлежников, мужчин и женщин, за 5 копеек сходящихся друг с другом, ночевала и прачка, женщина лет 30-ти, белокурая, тихая и благообразная, но болезненная. Хозяйка квартиры - любовница лодочника. Летом сожитель ее держит лодку, а зимой они живут сдачей квартиры ночлежникам: 3 копейки без подушки, 5 копеек с подушкой. Прачка несколько месяцев жила здесь и была тихая женщина, но в последнее время её невзлюбили за то, что она кашляла и мешала жильцам спать. Особенно 80-тилетняя старуха, полусумасшедшая, тоже постоянная жиличка этой квартиры, возненавидела прачку и поедом ела ее за то, что она спать не дает и всю ночь перхает, как овца. Прачка молчала: она задолжала за квартиру и чувствовала себя виноватой, и потому ей надо было быть тихой. Она все реже и реже могла ходить на работу сил не хватало, и потому не могла выплачивать хозяйке. Последнюю неделю она вовсе не ходила на работу и только отравляла всем, особенно старухе, тоже не выходившей, жизнь своей перхотой. Четыре дня тому назад хозяйка отказала прачке от квартиры: за ней уже набралось шесть гривен, и она не платила их, и не предвиделось надежды их получить, а койки все были заняты, и жильцы жаловались на перхоту прачки.

Когда хозяйка отказала прачке и сказала, чтобы она выходила из квартиры, коли не отдаст денег, старуха обрадовалась и вытолкала прачку на двор. Прачка ушла, но через час вернулась, и у хозяйки не хватило духу выгнать ее опять. И второй, и третий день хозяйка не выгоняла ее. "Куда же я пойду? " - говорила прачка. Но на третий день любовник хозяйки, человек московский и знающий порядки и обхождение, пошел за городовым. Городовой с саблей и пистолетом на красном шнурке пришел в квартиру и, учтиво приговаривая приличные слова, вывел прачку на улицу.

Был ясный, солнечный, неморозный мартовский день. Ручьи текли, дворники кололи лед. Сани извозчиков подпрыгивали по обледеневшему снегу и визжали по камням. Прачка пошла в гору по солнечной стороне, дошла до церкви и села, тоже на солнечной стороне, на паперти церкви. Но когда солнце стало заходить за дома, лужи стали затягиваться стеклышком мороза, прачке стало холодно и жутко. Она поднялась и потащилась... Куда? Домой, в тот единственный дом, в котором она жила последнее время. Пока она дошла, отдыхая, стало смеркаться. Она подошла к воротам, завернула в них, поскользнулась, ахнула и упала.

Прошел один, прошел другой человек. "Должно, паяная".

Прошел еще человек и спотыкнулся на прачку и сказал дворнику: "Какая-то у вас пьяная в воротах валяется, чуть голову себе не проломил через нее; уберите вы ее, что ли!"

Дворник пошел. Прачка умерла.

Вот что рассказал мне мой приятель. Можно подумать, что я подобрал факты встречу с пятнадцатилетней проституткой и историю с этой прачкой; но пусть не думают этого; это так точно было в одну ночь - не помню только, какого марта 1884 года.

И вот, отслушав рассказ моего приятеля, я пошел в участок, с тем чтобы оттуда пойти в Ржанов дом узнать подробнее об этой истории прачки. Погода была прекрасная, солнечная, опять сквозь звезды ночного мороза в тени виднелась бегущая вода, а на припеке солнца, на Хамовнической площади, все таяло, и вода бежала. От реки что-то шумело. Деревья Нескучного сада синели через реку; порыжевшие воробьи, незаметные зимой, так и бросались в глаза своим весельем; люди как будто тоже хотели быть веселы, но у них у всех было слишком много заботы. Слышались звоны колоколов, и на фоне этих сливающихся звуков слышались из казарм звуки пальбы, свист нарезных пуль и чмоканье их об мишень.

Я прошел в участок. В участке несколько вооруженных людей - городовых проводили меня к своему начальнику. Он был также вооружен саблей и пистолетом и был занят каким-то распоряжением об ободранном, трясущемся старике, который стоял перед ним и от слабости не мог ясно выговорить того, что у него спрашивали. Окончив дело со стариком, он обратился ко мне. Я спросил о вчерашней женщине. Он сначала внимательно слушал меня, но потом улыбнулся и тому, что я не знаю порядков, для чего их водят в участок, и особенно тому, что я был удивлен ее молодостью.

- Помилуйте, да есть 12-ти лет, а 13-ти и 14-ти сплошь да рядом, - сказал он весело.

На вопрос же мой о вчерашней он объяснил мне, что их, должно быть, отправили в комитет (кажется, так).

На вопрос мой, где они ночевали, он отвечал неопределенно. Той же, о которой я говорил, он не помнил: их так много каждый день.

В Ржановом доме я в 32-м номере застал уже чтение дьячка над покойницей. Ее внесли на бывшую ее же койку, и жильцы, все голыши, собрали деньги на поминки, на гроб и на саван, а старухи убрали ее и положили. Дьячок что-то читал в темноте, женщина в салопе стояла с восковой свечкой, и с такой же свечкой стоял человек (господин, надо бы сказать) в чистом пальто с барашковым воротником, блестящих калошах и крахмаленой рубашке. Это был ее брат. Его разыскали.

Я прошел мимо покойницы в угол хозяйки и расспросил ее обо

всем.

Она испугалась моих вопросов: она, очевидно, боялась, как бы ее не обвинили в чем-нибудь; но потом она разговорилась и рассказала мне все. Проходя назад, я взглянул на покойницу. Все покойники хороши, но эта была особенно хороша и трогательна в своем гробу: чистое бледное лицо с закрытыми выпуклыми глазами, с ввалившимися щеками и русыми мягкими волосами над высоким лбом; лицо усталое, доброе и не грустное, но удивленное. И в самом деле, если живые не видят, то мертвые удивляются.

В тот день, как я записывал это, в Москве был большой бал.

В ту ночь я вышел из дома в 9-м часу. Живу я в местности, окруженной фабриками, и я вышел из дома после свистков фабрик, которые после недели непрестанной работы выпустили парод на свободный день.

Меня обгоняли, и я обгонял фабричных, направляющихся к кабакам и трактирам. Многие уже были пьяны, многие были с женщинами.

Я живу среди фабрик. Каждое утро в 5 часов слышен один свисток, другой, третий, десятый, дальше и дальше. Это значит, что началась работа женщин, детей, стариков. В 8 часов другой свисток - это полчаса передышки; в 12 третий - это час на обед, и в 8 четвертый - это шабаш.

По странной случайности, кроме ближайшего ко мне пивного завода, все три фабрики, находящиеся около меня, производят только предметы, нужные для балов.

На одной ближайшей фабрике делают только чулки, на другой - шелковые материи, на третьей - духи и помаду.

Можно слышать эти свистки и не соединять с ними другого представления, как то, что они определяют время: "А вот уже свисток, значит, пора идти гулять"; но можно соединять с этими свистками то, что есть в действительности: то, что первый свисток, - в 5 часов утра, значит то, что люди, часто вповалку мужчины и женщины, спавшие в сыром подвале, поднимаются в темноте и спешат идти в гудящий машинами корпус и размещаются за работой, которой конца и пользы для себя они не видят, и работают так, часто в жару, в духоте, в грязи, с самыми короткими перерывами, час, два, три, двенадцать и больше часов подряд. Засыпают, и опять поднимаются, и опять и опять продолжают ту же бессмысленную для них работу, к которой они принуждены только нуждой.

И так проходят одна неделя за другою с перерывом праздников. И вот я вижу этих рабочих, выпущенных на один из тех праздников. Они выходят на улицу: везде трактиры, царские кабаки, девки. И они, пьяные, тащат друг друга за руку и девок, таких, как та, которую вели в участок, тащат с собой и нанимают извозчиков, и ездят и ходят из одного трактира в другой, и ругаются, и шатаются, и говорят, сами не знают что. Я прежде видал такие шатания фабричных, и гадливо сторонился от них, и чуть не упрекал их; но с тех пор, как я слышу каждый день эти свистки и знаю их значение, я удивляюсь только тому, что не все они, мужчины, приходят в то состояние золоторотцев, которыми полна Москва, а женщины - в то положение девки, которую я встретил у моего дома.

Так я ходил, смотрел на этих фабричных, пока они возились по улицам, часов до 11. Потом движение их стало затихать. Остались кое-где пьяные, и кое-где попадались мужчины и женщины, проводимые в участки.

И вот показались со всех. сторон кареты, все направляющиеся в одну сторону. На козлах кучер, иногда в тулупе; лакей щеголь с кокардой. Сытые рысаки в попонах летят по морозу с быстротой 20 верст в час; в карете дамы, закутанные в ротонды и оберегающие цветы и прически. Все, начиная от сбруи на лошадях, кареты, гуттаперчевых колес, сукна на кафтане кучера до чулок, башмаков, цветов, бархата, перчаток, духов, - все это сделано теми людьми, которые частью пьяные завалились на своих нарах в спальнях, частью в ночлежных домах с проститутками, частью разведены по сибиркам. Вот мимо их во всем ихнем и на всем ихнем едут посетители бала, и им и в голову не приходит, что есть какая-нибудь связь между тем балом, на который они собираются, и этими пьяными, на которых строго кричат их кучера.

Люди эти с самым спокойным духом и уверенностью, что они ничего дурного не делают, но что-то очень хорошее, веселятся на бале. Веселятся! Веселятся от 11 до 6 часов утра, в самую глухую ночь, в то время, как с пустыми желудками валяются люди по ночлежным домам и некоторые умирают, как прачка.

Веселье в том, что женщины и девушки, оголив груди и наложив накладные зады, приводят себя в такое неприличное состояние, в котором неиспорченная девушка или женщина ни за что в мире не захочет показаться мужчине; и в этом полуобнаженном состоянии, с выставленными голыми грудями, оголенными до плеч руками, с накладными задами и обтянутыми ляжками, при самом ярком свете, женщины и девушки, первая добродетель которых всегда была стыдливость, являются среди чужих мужчин, в тоже неприлично обтянутых одеждах, и с ними под звуки одурманивающей музыки обнимаются и кружатся. Старые женщины, часто так же оголенные, как и молодые, сидят, глядят и едят и пьют то, что вкусно; мужчины старые делают то же. Не мудрено, что это делается ночью, тогда, когда весь народ спит, чтобы никто не видел этого. Но это делается не для того, чтобы скрыть; им кажется, что и скрывать нечего, что это очень хорошо, что они этим весельем, в котором губится труд мучительный тысяч людей, не только никого не обижают, но этим самым они кормят бедных людей.

Может быть, очень весело на балах. Но как это сделалось так? Ведь когда мы видим в обществе и среди нас, что есть один человек, который не ел или озяб, то нам совестно быть веселыми, и мы не можем быть веселы до тех пор, пока он не насытится и не согреется, не говоря уже о том, что нельзя себе представить людей, могущих веселиться таким весельем, которое причиняет страдания другим. Нам противно и непонятно веселье злых мальчишек, которые зажмут собаке хвост в лещетку и веселятся этим.

Так как же здесь, в этих наших весельях, на нас напала слепота, и мы не видим той лещетки, которою мы зажали хвосты тех людей, которые страдают для нашего веселья?

Ведь каждая из женщин, которая поехала на этот бал в 150-тирублевом платье, не родилась на бале или у m-me Minangoy, а она жила и в деревне, видела мужиков, знает свою няню и горничную, у которой отцы и братья бедные, для которых выработать 150 рублей на избу есть цель длинной трудовой жизни, она знает это; как же она могла веселиться, когда она знала, что она на этом бале носила на своем оголенном теле ту избу, которая есть мечта брата ее доброй горничной? Но, положим, она могла не сделать этого соображения; но того, что бархат, и шелк, и конфекты, и цветы, и кружева, и платья но растут сами собой, а их делают люди, - ведь этого, казалось бы, она не могла не знать; казалось бы, она но могла не знать того, какие люди делают все это, при каких условиях и зачем они делают это. Ведь она не может не знать того, что швея, которой она была так недовольна, совсем не из любви к ней делала ей это платье; поэтому не может не знать, что все это делалось для нее из нужды, что так же, как ее платье, делались и кружева, и цветы, и бархат. Но, может быть, они так отуманены, что и этого они не соображают? Но уж того, что пять или шесть человек старых, почтенных, часто хворых лакеев, горничных не спали и хлопотали из-за псе, этого она ужи не могла не знать. Она видела их усталые, мрачные лица. Не могла она не знать тоже того, что в эту ночь мороз доходил до 28 градусов и что кучер-старик сидел в этот мороз всю ночь на козлах. Но я знаю, что они точно не видят этого. И если они, те молодые женщины и девушки, которые из-за гипнотизации, производимой над ними балом, не видят всего этого, их нельзя осудить: они, бедняжки, делают то, что считается старшими хорошим; но старшие-то как объяснят эту свою жестокость к людям?

Старшие дадут всегда одно объяснение: "Я никого не принуждаю: вещи я покупаю, людей - горничных, кучеров - я нанимаю. Покупать и нанимать - в этом нот ничего дурного. Я не принуждаю никого, я нанимаю. Что же тут дурного?"

На днях я зашел к одному знакомому. Проходя первую комнату, я удивился, увидав двух женщин за столом, зная, что знакомый мой - холостяк. Худая, желтая, старообразная женщина, лет 30-ти, в накинутом платке, быстро, быстро что-то делала руками и пальцами над столом, нервно вздрагивая, точно в каком-то припадке. Наискосе сидела девочка и точно так же что-то делала, точно так же вздрагивая. Обе женщины, казалось, были одержимы пляской св. Витта. Я подошел ближе и вгляделся в то, что они делали. Они вскинули на меня глазами и так же сосредоточенно продолжали свое дело. Перед ними лежал рассыпанный табак и патроны. Они делали папироски. Женщина растирала табак в ладонях, захватывала в машинку, надевала патроны и просовывала и кидала девочке. Девочка свертывала бумажки и, всовывая, кидала и бралась за другую. Все это делалось с такой быстротой, с таким напряжением, что нельзя описать этого. Я выразил удивление их быстроте.

- Четырнадцать лет только одно и делаю, - сказала женщина.

- Что же, трудно?

- Да, в груди болит, да и дух тяжелый.

Впрочем, ей не нужно было и говорить этого. Довольно было взглянуть на нее. Довольно было взглянуть на девочку. Она занимается этим третий год, но всякий, увидав ее за этим занятием, скажет, что это сильный организм, который уже начал разрушаться. Знакомый мой, добрый и либеральный человек, нанял этих женщин набивать папироски за 2 рубля 50 копеек за тысячу. У него есть деньги, и он дает их за работу. Что ж тут дурного? Знакомый мой встает часов в 12. Вечер, от шести до двух, проводит за картами или фортепиано, питается вкусным и сладким; все работы на него делают другие. Он выдумывает себе новое удовольствие - курить. Он на моей памяти стал курить.

Есть женщина и девочка, которые еле-еле могут питаться тем, что превращают себя в машину и всю жизнь проводят вдыхая табак и губя этим свою жизнь. У него есть деньги, которые он не заработал, и он предпочитает играть в винт, чем делать себе папиросы. Он дает этим женщинам деньги только под тем условием, чтобы они продолжали жить так же несчастно, как они живут, т. е. делая для него папиросы.

Я люблю чистоту и даю деньги только под тем условием, чтобы прачка вымыла ту рубашку, которую я сменяю два раза в день, и эта рубашка надорвала последние силы прачки, и она умерла.

Что ж тут дурного? Люди, покупающие и нанимающие, и без меня будут заставлять других делать бархат и конфекты и покупать их, и без меня будут нанимать делать папироски и мыть рубашки. Так отчего же мне лишать себя бархата, и конфект, и папирос, и чистых рубашек, если это уж раз заведено? Я часто, почти всегда, слышу это рассуждение. Рассуждение это - то самое, которое сделает обезумевшая толпа, разрушая что-нибудь. Это то самое рассуждение, которым руководятся собаки, когда одна из них бросилась и повалила другую, а остальные набрасываются и разрывают ее в куски. Уж начали, попортили, так отчего же и мне не попользоваться? Ну, что же будет, если я буду носить грязную рубашку и делать сам себе папироски? Разве кому-нибудь будет легче? - спрашивают люди, которым хочется оправдать себя. Если бы мы не были так далеки от истины, то на такой вопрос совестно было бы отвечать; но мы так запутались, что вопрос этот кажется нам очень естественным и потому, хоть и совестно, но надо ответить на него.

Какая разница будет, если я буду носить рубашку неделю, а не день, и делать себе сам папиросы или вовсе не курить?

Та разница, что какая-то прачка и какая-то делатель-ница папирос будут меньше напрягать свои силы, и то, что я давал за мытье и делание папирос, я могу отдать той прачке или даже совсем другим прачкам и работникам, которые устали от своей работы и которые вместо того, чтобы через силу работать, будут в состоянии отдохнуть и напиться чаю. Но я на это слышал возражения. (Так совестно богатым и роскошным людям понять свое положение!) На это говорят: "Если я буду ходить в грязном белье и не курить, а отдавать эти деньги бедным, то у бедных все-таки отберут все, и та ваша капля в море не поможет".

На такое возражение еще совестнее отвечать, но надо ответить. Это такое обычное возражение! Ответ на это - простой.

Говорят: деятельность одного человека есть капля в море. Капля в море!

Есть индейская сказка о том, что человек уронил жемчужину в море и, чтобы достать ее, взял ведро и стал черпать и выливать на берег. Он работал так не переставая, и на седьмой день морской дух испугался того, что человек осушит море, и принес ему жемчужину. Если бы наше общественное зло угнетения человека было море, то и тогда та жемчужина, которую мы потеряли, стоит того, чтобы отдать свою жизнь на вычерпывание моря этого зла. Князь мира сего испугается и покорится скорее морского духа; но общественное зло не море, а вонючая, помойная яма, которую мы старательно наполняем сами своими нечистотами. Стоит только очнуться и понять, что мы делаем, разлюбить свою нечистоту, чтобы воображаемое море тотчас иссякло и мы овладели той бесценной жемчужиной братской, человеческой жизни.

XXV

Но что же делать? Ведь не мы сделали это? Не мы, так кто же?

Мы говорим: не мы это сделали: это сделалось само, как дети говорят, когда они разобьют что-нибудь, что это само разбилось. Мы говорим, что, раз уже есть города, живя в них, мы кормим людей, покупая труд за услугу их. Но это неправда. И вот почему. Стоит только посмотреть на нас, как мы живем в деревне и как там кормим людей.

Проходит зима в городе, приходит святая. В городе продолжается все та же оргия богачей. На бульварах, в садах, в парках, на реке - музыка, театры, катанья, гулянья, всякие освещения, фейерверки; но в деревне еще лучше, воздух лучше, деревья, луга, цветы свежее. Надо ехать туда, где все это распустилось и цветет. И вот большинство богатых, пользующихся трудом других людей, уезжает по деревням дышать этим лучшим воздухом, смотреть на эти еще лучшие луга и леса. И вот в деревне, среди серых, питающихся хлебом да луком, работающих по 18-ти часов в день, недосыпающих ночи и одетых в рубище мужиков, поселяются богатые люди. Здесь уже никто не соблазнял этих людей, не было никаких фабрик и заводов и нет тех гулящих рук, которых так много в городе и которые мы будто бы кормим, давая им работу. Здесь ведь народ никогда во все лето не поспевает сделать своих дел вовремя, и не только нет гулящих рук, л пропасть добра гибнет от недостатка рук, и пропасть людей - детей, стариков, женщин с детьми - гибнут, надрываясь над непосильной работой. Как же тут устраивают свою жизнь богатые люди? А вот как.

Если был старинный дом, построенный при крепостном праве, то дом этот возобновляется и украшается; если не было, то строится новый - в два, три этажа. Комнаты, которых от 12-ти до 20-ти и больше, все аршин по 6-ти вышины. Настилаются паркеты, цельные стекла в рамах, дорогие ковры, дорогая мебель. Около дома набивается камень, выравнивается, разбивают цветники, устраиваются крокет-граунды, ставят гигантские шаги, тары, отражающие часто оранжереи, парники, всегда с вырезушками на коньках, высокие конюшни. Все красится масляной краской, на том масле, которого нет у стариков и детей в каше. Если хватает возможности у богатого человека, то он поселяется в таком доме, если не хватает, то нанимается такой дом; но как бы ни беден и ни либерален был человек нашего круга, поселяющийся в деревне, он поселяется в таком доме, для постройки и поддержания чистоты в котором нужно отнять от рабочего народа если не десятки, то до двух, трех из тех людей, которые не успевают обработать свой хлеб для пропитания.

Тут уж нельзя говорить, что фабрики есть и все равно будут, буду ли я или не буду пользоваться ими; тут уж нельзя говорить, что я кормлю гулящие руки; тут прямо мы заводим фабрики нужных нам вещей и прямо, пользуясь нуждою окружающих нас, отрываем людей от необходимой для них, и для нас, и для всех работы в тем развращаем одних и губим жизнь и здоровье других людей.

Вот живет в деревне образованное и честное дворянское или чиновничье семейство. Все члены семейства в гости собрались в половине июня вследствие того, что до июня они учились и сдавали экзамены, т. е. к началу покоса, и прожили до сентября, т. е. до уборки и посева. Члены этого семейства (как почти все люди этого круга) прожили в деревне от начала спешной работы, страды (не до конца ее, потому что в сентябре идет еще посев, копка картофеля), но до ослабления напряжения этой работы.

Все время их житья в деревне вокруг них, рядом с ними шла та летняя крестьянская работа, о напряжении которой, сколько бы мы ни слышали, ни читали про нее, ни смотрели на нее, мы не можем себе составить никакого понятия, не испытав ее. И члены семейства, около 10-ти человек, живут точно так же, как и в городе, еще хуже, если это возможно, чем в городе, потому что тут, в деревне, считается, что члены семейства отдыхают (от ничегонеделания) и уже не имеют все никакого подобия труда, никакой отговорки в своей праздности.

Петровками - голодным постом, когда пища народа - квас, хлеб и лук, начинается покос. Господа, живущие в деревне, видят эту работу, отчасти распоряжаются ею, отчасти любуются ею, утешаются запахом вянущего сена, звуком бабьих песен, лязганьем нос и видом рядов косцов и гребущих баб. Они видят это и около дома и когда едут молодые и дети, ничего не делая целый день, непременно едут на сытых лошадях за полверсты купаться.

Дело, которое делается на покосе, - одно из самых важных в мире. Почти всякий год от недостатка рук и времени остаются покосы не докошены, и от недостатка же времени и рук покос может попасть под дожди, и более или менее напряженная работа решает вопрос о том, прибавится ли к богатству людей 20 или более процентов сена, или они сгниют, или выболеют на корню. А прибавится сена - прибавится и мяса для стариков и молока для детей. Так вообще; в частности же для каждого из косцов тут решается вопрос о хлебе, молоке себе и детям на зиму. Каждый из работников и работниц знает это; даже дети и те знают, что это дело важное и надо трудиться из последних сил, нести кувшинчик с квасом отцу на покос и, перехватывая из руки в руку тяжелый кувшин, пробежать босиком как можно скорее две версты от деревни, чтобы поспеть к обеду и чтоб батька не забранился. Каждый знает, что с покоса и до уборки уже перерыва работы не будет и отдыхать некогда. Не один покос; у каждого, кроме покоса, еще дела: и землю поднять, и заскородить, и у баб холсты, и хлебы, и стирка, а у мужиков на мельницу съездить надо, и в город, и мирские дела, и на суд к судье и десятскому, и подводы, и лошадей кормить по ночам, - и все, старый и малый и большой, тянут из последних сил. Работают мужики так, что всякий раз косцы перед концом упряжки - слабые, подростки и старые еле-еле, пошатываясь, проходят последние ряды и насилу поднимаются после отдыха; так же работают и бабы, часто брюхатые и кормящие. Работа напряженная и неустанная. Все работают из последних сил и выедают в эту работу не только весь запас своей скудной пищи, но и прежние запасы; они все - не толстые - худеют после страды.

Вот работает покос маленькая артель: три мужика - один старик, другой его племянник, молодой малый, женатый, и сапожник - дворовый, худенький, жилистый человечек; для всех них покос этот решает участь зимы: надо ли держать корову, отбыть ли подати? Они без устали, без отдыха работают 2-ю неделю. Дождь задержал их работу. После дождя, когда обдуло, они решили копнить и, чтобы было успешнее, решили выйти по две бабы на косу. Со стороны старика вышла его жена, 50-тилетняя, изведшаяся от работы и 11-ти родов женщина, глухая, но работающая еще очень сильно, и 13-тилетняя дочь, не высокая, но ухватливая и сильная девочка. Со стороны племянника вышла его жена, женщина сильная и рослая, как добрый мужик, и его невестка - брюхатая солдатка. Со стороны сапожника - его жена, сильная работница, и ее мать старуха, доживающая восьмой десяток и обыкновенно побирающаяся. Все они равняются и работают с утра до вечера на самом припоре июньского солнца. Парит, и грозит дождь. Дорога каждая часина работы. Жалко оторваться от работы, чтобы принесть воды или квасу. Крошечный мальчишка - внук старухи таскает воду. Старуха, видимо озабоченная только тем, чтобы ее не согнали с работы, не выпуская из рук грабли, очевидно с трудом, но насилу движется. Мальчишка, весь изогнувшись, коротко переступая босыми ножонками, таскает, перехватывая из руки в руку, кувшин с водою, который тяжелее его. Девочка взваливает на плечи беремя сева, тоже тяжелее себя, переходит несколько шагов и останавливается и сваливает, не в силах донести его. Старуха 50-ти лет загребает без устали и с сбитым на сторону платком таскает сено, тяжело дыша и пошатываясь; 80-тилетняя старуха только гребет, но и это ей через силу; она медленно волочит свои обутые в лапти ноги и, насупившись, мрачно смотрит перед собой, как тяжко больной или умирающий человек. Старик нарочно отсылает ее дальше от других погрести около копен, чтобы она не равнялась с другими, но она не покладает рук и с тем же мертвым мрачным лицом работает, пока другие работают. Солнце уже заходит за лес, а копны еще не все прибраны, остается еще много. Все чувствуют, что пора шабашить, но никто не говорит, ожидая того, чтобы сказали это другие. Наконец сапожник, чувствуя, что сил уже нет, предлагает старику оставить копны до завтра, и старик соглашается, и тотчас же бабы бегут за одеждой, за кувшинами, за вилами, и тотчас же старуха садится, где стояла, и потом ложится, все тем же мертвым взглядом глядя перед собой. Но бабы уходят, она кряхтя поднимается и тащится за ними.

А вот барский дом. В тот же вечер, когда со стороны деревни слышатся побрякивания брусниц измученных косцов, возвращающихся с покоса, звуки молотка по отбою, крики баб и девок, только что успевших поставить грабли и уж бегущих загонять скотину, - с барского двора слышатся другие звуки: дринь, дринь, дринь! Слышится фортепьяно, разливается какая-то венгерская песня и из-за этих песен изредка звук ударов молотков крокета по шарам.

У конюшни стоит коляска, запряженная сытой четверней. Это коляска щегольского ямщика. Приехали гости и заплатили 10 рублей за проезд 15-ти верст. Лошади, стоя у коляски, побрякивают бубенчиками. В коляске у них сено, которое они копают под ноги, то самое сено, которое там, на покосе, с таким трудом собирают. На барском дворе движение. Здоровый отъевшийся малый в розовой, подаренной ему за его службу дворником рубашке зовет кучеров запрягать и седлать лошадей.

Два мужика, живущие тут в кучерах, выходят из кучерской и идут вольготно, размахивая руками, седлать лошадей господам. Еще ближе к барскому дому слышатся звуки другого фортепьяно. Это Шумана практикует консерваторка, живущая у господ для обучения детей. Звуки одного фортепьяно перебивают звуки другого.

Около самого дома идут две няни, одна молодая, другая старая, ведут и несут спать детей такого возраста, какого те, которые прибегали из деревни с кувшинами.

Одна няня - англичанка, не умеющая говорить по-русски. Она выписана из Англии не с тем, что за нею известны какие-нибудь качества, а только потому, что она не умеет говорить по-русски. Дальше еще особа - француженка, которая тоже приглашена затем, что не умеет по-русски. Дальше один мужик с двумя бабами поливает цветы около дома, другой чистит ружье для барчука. А вот две бабы несут корзину с чистым бельем - это они обмывали всех господ, англичанок и француженок. В доме две бабы едва поспевают мыть посуду за господами, которые только что откушали, и два мужика во фраках бегают взад и вперед по лестнице, подавая кофе, чай, вино, воду сельтерскую. Наверху стол уставлен: только что кончили есть, и тотчас опять будут есть до петухов, до 12-ти, до 3-х, до зари часто.

Одни сидят и курят за картами, другие сидят и курят да либеральными разговорами, третьи ходят из места в место, едят, курят и, не зная, что им делать, выдумали ехать кататься.

Их человек пятнадцать здоровых мужчин и женщин, и человек тридцать здоровенных работников и работниц работают на них. И это происходит там, где каждый час, каждый мальчик дорог. И это будет происходить и в июле, когда мужики, не высыпаясь, будут по ночам косить овес, чтобы он не сыпался, и бабы темно вставать, обмолачивать старновки для свясел, когда эта старуха, уже совсем затянутая работой на жнитве, и беременные жен-шины, и молодые ребята надорвутся и обопьются и когда не будет хватать ни рук, ни лошадей, ни телег, чтобы свезти в скирды тот хлеб, которым кормятся все люди, которого миллионы пудов нужно на день в России, чтобы не померли люди; и в это время такая жизнь господ будет продолжаться, будут театры, пикники, охота, питье, еда, фортепианы, пение, пляска, не перестающая оргия. Ведь тут уже нельзя отговариваться тем, что это заведено; ничего этого не было заведено. Мы сами старательно заводим эту жизнь, отнимая хлеб и труд от замученных работой людей.

Мы живем так, как будто нет никакой связи между умирающей прачкой, 14-тилетней проституткой, измученными деланьем папирос женщинами, напряженной, непосильной, без достаточной пищи работой старух в детей вокруг нас; мы живем - наслаждаемся, роскошествуем, как будто нет связи между этим в нашей жизнью; мы не хотим видеть того, что не будь нашей праздной, роскошной и развратной жизни, не будет и этого непосильного труда, а не будь непосильного труда, не будет нашей жизни.

Нам кажется, что страдания сами по себе, а наша жизнь сама по себе, и что мы, живя, как мы живем, невинны и чисты, как голуби.

Мы читаем описания жизни римлян и удивляемся на бесчеловечность этих бездушных Лукуллов, упитывавшихся яствами и винами, когда народ умирал с голода; мы покачиваем головами и удивляемся дикости наших дедов-крепостников, заводивших домашние оркестры и театры и целые деревни назначавших на содержание садов, и удивляемся с высоты нашего величия на их негуманность. Мы читаем слова Исаии, V:

8. - Горе вам, приобретающие дом к дому, присоединяющие поле к полю, пока не будет места, чтобы вам одним только жить на земле.

11. - Горе тем, которые с раннего утра ищут сикеры, остаются до позднего вечера, чтобы разгорячаться вином.

12. - И арфа, и гусли, тимпан, и свирель, и вино их пиршество; но не взирают они на дело господа и не видят действия рук его.

18. - Горе тем, которые привлекают к себе беззаконие греховными узами и грех как бы колесничными ремнями.

20. - Горе тем, которые называют зло добром и добро злом,

которые выдают тьму за свет и свет за тьму, которые выдают горькое за сладкое и сладкое за горькое.

21. - Горе мудрым в глазах своих и разумным перед самими собою.

22. - Горе тем, которых храбрость пить вино и доблесть растворять сикеру.

23. - Которые оправдывают беззаконного из-за подарков и отнимают у правого законное.

Мы читаем эти слова, и нам кажется, что это к нам не относится. Мы читаем в Евангелии Мф. III: 10: - Уже и секира при корне дерев лежит; всякое дерево, не приносящее доброго плода, срубают и бросают в огонь.

И мы вполне уверены, что хорошее дерево, приносящее плод, - есть мы сами и что слова эти не нам сказаны, а каким-то другим, дурным людям.

10. - Сделай бесчувственным сердце этого народа; оглуши его уши и закрой глаза его, чтобы он не увидел глазами своими, и не услышал ушами своими, и не уразумел сердцем своим, и не обратился и не исцелел.

11. - Тогда я сказал: доколе, господи? И он отвечал: доколе не опустеют города от неимения жителей и домы от безлюдья, и земля не обратится в пустыню.

Мы читаем и вполне уверены, что это удивительное дело сделано не над нами, а над каким-то другим народом. А оттого-то мы и не видим ничего, что это удивительное дело совершилось и совершается над нами: мы не слышим, не видим и не разумеем сердцем. Отчего это случилось?

XXVI

Каким образом может человек, считающий себя - не говорю уже христианином, не говорю образованным или гуманным человеком, но просто человек, не лишенный совершенно рассудка и совести, жить так, чтобы, не принимая участия в борьбе за жизнь всего человечества, только поглощать труды борющихся за жизнь людей и своими требованиями увеличивать труд борющихся и число гибнущих в этой борьбе? А такими людьми полон наш так называемый христианский и образованный мир. Мале того, что такими людьми полон наш мир, - идеал людей нашего христианского образованного мира есть приобретение наибольшего состояния, т. е. возможности освобождения себя от борьбы sа жизнь и наибольшего пользования трудом гибнущих в этой борьбе братьев.

Как могли люди впасть в такое удивительное заблуждение?

Каким образом могли они дойти до того, чтобы не видеть, не

слышать и не разуметь сердцем того, что так ясно, очевидно и несомненно? Ведь стоит только на минуту одуматься, чтобы ужаснуться перед тем удивительным противоречием вашей жизни с тем, что мы исповедуем, мы, так называемые - не говорю уже христиане, но мы, гуманные, образованные люди.

Хорошо ли, дурно да сделал тот бог или тот закон природы, по которому существует мир и люди, но положение людей в мире, с тех пор, как мы знаем его, таково, что люди голые, без шерсти на теле, без нор, в которых бы они могли укрыться, без пищи, которую бы они могли находить в поле, как Робинзон на своем острове, - все поставлены в необходимость постоянно и неустанно бороться с природою для того, чтобы прикрыть тело, сделать себе одежду, огородиться, сделать крышу над головой и сработать пищу, чтобы два или три раза в день утолить свой голод и голод своих не могущих работать детей и старых.

Где бы, в какое время и в каком числе мы бы ни наблюдали жизнь людей: в Европе ли, в Китае ли, в Америке ли, в России, все ли будем рассматривать человечество или какую-нибудь малую часть его, в древние ли времена, в кочевом состоянии, или в наше, с паровыми двигателями и швейными машинами, усовершенствованным земледелием и электрическим светом, - мы увидим одно и то же: что люди, непрестанно и напряженно работая, не в силах приобрести для себя и для своих малых и старых одежды, крова и пищи и что значительная часть людей, как прежде, так и теперь, гибнет от недостатка средств жизни и непомерного труда для приобретения их.

Где бы мы ни жили, если мы проведем вокруг себя круг в сто тысяч, в тысячу, в десять верст, в одну версту и посмотрим на жизнь тех людей, которых захватит наш круг, мы увидим в этом кругу заморышей-детей, стариков, старух, родильниц, больных и слабых, работающих сверх сил и не имеющих достаточно для жизни пищи и отдыха и оттого преждевременно умирающих; увидим людей, в силе возраста прямо убиваемых опасной и вредной работой.

С тех пор, как существует мир, мы видим, что люди страшным напряжением, лишениями, страданиями борются с своей общей нуждой и не могут одолеть ее.

Мы знаем, кроме того, что каждый из нас, где бы он ни жил и как бы он ни жил, волей-неволей каждый день, каждый час поглощает для себя часть трудов, выработанных человечеством. Где бы и как бы он ни жил, дом, крыша над ним не выросли сами собой. Дрова в его печи не пришли сами, так же не пришла вода и не свалился с неба печеный хлеб, обед, и одежда, и обувь, а все это сделали для него не одни люди прошедшего, уже умершие, но это сделали и делают для него теперь те люди, из которых сотни и тысячи чахнут и мрут в тщетных усилиях добывания самим себе и своим детям достаточных крова, пищи и одежды - средств спасения себя и их от страданий и преждевременной смерти.

Все люди борются с нуждою. Борются так напряженно, что всякую секунду вокруг них гибнут их братья, отцы, матери, дети. Люди в этом мире, как на заливаемом корабле с небольшим запасом пищи, все поставлены богом или природою в такое положение, что должны, сберегая эту пищу, не переставая отливаться от нужды. Всякая остановка в этом труде каждого из нас, всякое бесполезное для общего дела поглощение труда других гибельно для нас самих и для наших братьев.

Каким же образом случилось то, что большинство образованных людей нашего времени, не работая, спокойно поглощает труды других людей, необходимые для жизни, и считает такую жизнь самою естественною и разумною?

Для того чтобы освободить себя от свойственного и естественного всем труда, перенести его на других и не считать себя при этом изменниками и ворами, возможно только два предположения: первое, что мы, люди, но принимающие участия в общем труде, мы - особенные существа от рабочих людей и имеем особенное назначение в обществе, так же как трутни или пчелиные матки, имеющие другое назначение от рабочих пчел; и, второе, что то дело, которое мы, люди, освобожденные от борьбы за жизнь, делаем за остальных людей, так полезно для всех людей, что наверное выкупает тот вред, который мы делаем другим людям, отягчая их положение.

В прежние времена люди, пользовавшиеся трудами других, утверждали, во-первых, что они люди особенной породы и, во-вторых, имеют особенное назначение от бога заботиться о благе отдельных людей, т. е. управлять ими и учить их, и потому они уверяли других и часто верили сами, что то дело, которое они исполняют, нужнее и важнее для народа, чем те труды, которыми они пользовались. И это оправдание до тех пор, пока не было сомнения в непосредственном вмешательстве божества в людские дела и в различие пород, было достаточно. Но с христианством и вытекающим из него сознанием равенства и единства всех людей оправдание это уже не могло быть выставляемо в прежней форме. Нельзя уже было утверждать, что люди родятся разных пород и достоинств и с различным назначением, и старое оправдание, хотя и поддерживаемое еще некоторыми людьми, понемногу уничтожалось и почти уничтожилось. Оправдание особенности пород людских уничтожилось; но самый факт освобождения себя от труда и пользования трудом других для тех, которые имеют власть это делать, остался тот же, и для существующего факта постоянно были придумываемы новые оправдания, такие, при которых и без признания особенности пород людей освобождение себя от труда тех людей, которые могут делать это, казалось бы справедливым.

Таких оправданий было придумываемо очень много. Как ни странно это может показаться, главная деятельность всего того, что называлось в известное время наукой, того, что составляло царствующее направление науки, было и теперь продолжает состоять в отыскании таких оправданий. Это было целью деятельности богословских, это было целью и юридических наук, это было целью так называемой философии, и это стало в последнее время (как это ни кажется странным для нас, современников, пользующихся этим оправданием) целью деятельности современной опытной науки.

Все богословские тонкости, стремящиеся доказать, что данная церковь есть единая истинная преемница Христа, а потому она одна имеет полную и бесконечную власть над душами, да и над телами людей, главным мотивом своей деятельности имеют эту цель.

Все науки юридические: государственное, уголовное, гражданское, международное право, имеют одно это назначение; большинство философских теорий, в особенности столь долго царствующая теория Гегеля с его положением разумности существующего и того, что государство есть необходимая форма совершенствования личности, имеют одну эту цель.

Позитивная философия Конта и вытекающее из нее учение о том, что человечество есть организм; учение Дарвина о законе борьбы за существование, руководящем будто бы жизнью, и вытекающего из него различия пород людских; столь любимая теперь антропология, биология и социология имеют одну эту цель. Все эти науки стали любимыми науками, потому что они все служат оправданию существующего освобождения себя одними людьми от человеческой обязанности труда и поглощения ими труда других.

Все эти теории, как и всегда это бывает, вырабатываются в таинственных капищах жрецов и в неопределенных, неясных выражениях распространяются в массах и усваиваются ими. Как в старину все тонкости богословские, оправдывавшие насилие церковной и государственной власти, оставались специальным достоянием жрецов, а в толпе ходили принимаемые на веру готовые выводы о том, что власть царей, духовенства и дворян священна, так потом философские и юридические тонкости так называемой науки были достоянием жрецов этой науки, а в толпе ходили только принимаемые на веру выводы о том, что устройство общества должно быть такое, какое есть, и иного быть не может.

И так же и теперь только в капищах жрецов разбираются законы жизни и развития организмов; в толпе же ходят принимаемые на веру выводы о том, что разделение труда есть закон, утвержденный наукой, и что так и надо: одним умирать с голода и работать, а другим вечно праздновать, и что эта-то самая гибель одних и празднование других и есть несомненный закон жизни человечества, которому должно подчиняться. Ходячее оправдание в их праздности для массы всех так называемых образованных людей с их разнообразными деятельностями, от железнодорожника до писателя и художника, теперь такое:

Мы, люди, освободившие себя от общечеловеческой обязанности участия в борьбе за существование, служим прогрессу и тем самым приносим пользу всему обществу людей - пользу, выкупающую весь тот вред, который делается тому же народу потреблением его трудов.

Рассуждение это кажется людям нашего времени совершенно непохожим на те рассуждения, которыми оправдывали себя прежние нетрудящиеся люди, точно так же как рассуждение римских императоров и граждан о том, что без них погибнет образованный мир, казалось им совершенно особенным от рассуждения египтян и персов, и точно так же как такое же рассуждение казалось совершенно особенным от рассуждения римлян средневековым рыцарям и духовенству. Но это только так кажется; стоит только вникнуть в сущность оправдания нашего времени, для того чтобы убедиться, что в нем нет ничего нового. Оно только несколько переодето, но оно то же самое, потому что основано на том же.

Всякое оправдание человека в том, что он, не работая, поглощает труды других, - оправдание фараона и жрецов, римских и средневековых императоров с их гражданами - рыцарями, жрецами и духовенством, всегда слагается из двух положений: 1) мы берем труд черни потому, что мы особенные люди, предназначенные богом для того, чтобы управлять чернью и поучать ее божеским истинам; 2) судьями же той меры трудов, которые мы берем от черни за приносимое нами ей благо, не могут быть люди черни, потому что, как сказали еще фарисеи (Иоанна, VII, 49), "Народ невежда в законе, проклятые они". Народ не понимает того, в чем состоит его благо, и потому не может быть судьею приносимой ему пользы.

Оправдание нашего времени, несмотря на свою кажущуюся особенность, слагается, по существу, из тех же двух основных положений: 1) мы, люди особенные, мы, люди образованные, служим прогрессу и цивилизации и тем делаем для черни великую пользу; 2) чернь необразованная, не понимает той пользы, которую мы приносим ей, а потому не может быть в ней судьею.

Мы увольняем себя от труда, пользуемся трудом других и тем отягчаем положение наших братий и утверждаем, что взамен этого мы приносим им большую пользу, в которой они по невежеству своему не могут быть судьями. Разве это не то же самое? Разница только в том, что прежде право на чужой труд имели граждане римские, жрецы, рыцари, дворяне; теперь - одна каста людей, называющаяся образованными.

Ложь та же, потому что то же ложное положение людей, оправдывающих себя. Ложь в том, что прежде чем делать рассуждение о пользе, которая приносится народу людьми, освобожденными от труда, известные люди: фараоны, жрецы или мы, образованные люди, прежде рассуждения, и фараоны и мы, мы сами становимся в это положение, поддерживаем его и потом уже придумываем ему оправдание.

Это-то положение одних людей, насилующих других, как прежде, так и теперь служит основой всего.

Разница нашего оправдания от самого старинного только в том, что оно менее основательно, чем прежние. Старинные императоры и папы, если они сами верили и народ верил в их божественное назначение, могли просто объяснять, почему именно они те люди, которые должны пользоваться трудами других: они говорили, что они определены на это самим богом и богом же предписано им передавать народу божественные, открытые им истины и управлять народом. Не работающие же руками образованные люди вашего времени, признавая равенство людей, не могут уже объяснить, почему именно они и их дети (потому что и образование получается только деньгами - властью) - те избранные счастливцы, которые призваны приносить известную легкую пользу, а не другие люди из тех миллионов, которые сотнями и тысячами гибнут, поддерживая их возможность образования.

Единственное оправдание их то, что они - те, какие теперь есть, - взамен зла, которое они делают народу, освобождая себя от труда и поглощая его труды, приносят народу непонятную для него пользу, такую, которая выкупает весь производимый ими вред, хотя польза эта и непонятна народу.

XXVII

Положение, которым люди, уволившие себя от труда, оправдывают свое увольнение, в самом простом и точном выражении будет такое: мы, люди, имеющие возможность, уволив себя от труда, пользоваться посредством насилия трудом других людей, вследствие этого своего положения приносим этим другим людям пользу или, другими словами: известные люди за приносимый народу осязаемый и понятный вред, силою пользуясь его трудами и тем увеличивая трудность его борьбы с природой, приносят ему неосязаемую и непонятную для него пользу.

Положение это очень странно; но люди и прежнего и нашего времени, живущие на шее рабочего народа, верят в него и тем успокаивают свою совесть.

Посмотрим, каким образом в различных классах людей, уволивших себя от труда, оправдывается это положение в наше время.

Я служу людям своей государственной или церковной деятельностью: королем, министром, архиереем; я служу людям своим торговым и промышленным делом; я служу людям своей научной или художественной деятельностью. Мы все своею деятельностью так же необходимы народу, как он необходим для нас. Таи говорят разнородные, уволившие себя от труда люди нашего времени. Рассмотрим по порядку те основания, на которых они утверждают полезность своей деятельности.

Признаков полезности деятельности одного человека для другого может быть только два: внешний - признание полезности деятельности тем, кому приносится польза, и внутренний - желание пользы другому, лежащее в основе деятельности того, кто приносит пользу.

Люди государственные (я включаю устанавливаемых правительством церковных людей в число государственных) приносят пользу тем людям, которыми они управляют.

Император, король, президент республики, первый министр, министр юстиции, министр военный, просвещения, архиерей и все их подчиненные, служащие государству, - вое они живут, уволив себя от борьбы человечества за жизнь и наложив всю тяжесть борьбы на остальных людей на том основании, что деятельность их выкупает это. Приложим первый признак. Признается ли теми рабочими людьми, на которых непосредственно направлена деятельность государственных людей, польза, получаемая от этой деятельности? Да, признается: большинство людей считает государственную деятельность для себя необходимой, большинство признает полезность этой деятельности в принципе; но во всех известных нам проявлениях ее, во всех известных нам частных случаях каждое из учреждений и из действий этой деятельности встречает в среде тех людей, для пользы которых она совершается, не только отрицание приносимой пользы, но утверждение того, что деятельность эта вредна и пагубна.

Нет деятельности государственной и общественной, которая не считалась бы очень многими людьми вредом; нет учреждения, которое не считалось бы вредным: суды, банки, земства, волостные правления, полиция, духовенство, всякая деятельность государственная - от высшей власти до урядника и городового, от архиерея и до дьячка - признается одною частью людей полезною, другою частью вредною. И это происходит не в России только, но во всем мире, и во Франции и в Америке.

Вся деятельность республиканской партии считается вредною радикальною партией, и обратно: вся деятельность радикальной партии, если власть в ее руках, считается вредною республиканской партией и другими. Но мало того, что всякая деятельность государственных людей никогда не признается полезною всеми людьми: деятельность эта имеет еще то свойство, что всегда должна быть производима насильственно и что для достижения этой пользы необходимы: убийства, казни, остроги, насильственные подати и др. Оказывается, стало быть, что, кроме того, что польза государственной деятельности не признается всеми людьми и отрицается всегда одною частью людей, польза эта имеет свойство всегда выражаться насилием. И потому полезность государственной деятельности не может быть подтверждаема тем, что она признается теми людьми, для которых она производится.

Приложим второй признак. Спросим самих людей государственных, от царя до городового, от президента до секретаря и от патриарха до дьячка, прося их искреннего ответа. Все они, занимая свои должности, имеют ли в виду ту пользу, которую они желают приносить людям, или другие цели? К желанию их занять место царя, президента, министра или станового, дьячка, учителя побуждаются ли они стремлением к пользе людей, или к своей личной выгоде? И ответ добросовестных людей будет тот, что главное побуждение их - личная выгода.

И вот выходит, что один разряд людей, пользующийся трудами других, гибнущих в этом труде людей, выкупает несомненный вред этот такою деятельностью, которая всегда считается не пользою, а вредом очень многими людьми, которая не может быть принимаема людьми свободно, а к которой всегда нужно принуждать силою, и цель которой не есть польза других, а личная выгода тех людей, которые ее производят.

Что же подтверждает то предположение, что государственная деятельность полезна людям? Только то, что те люди, которые ее производят, твердо верят, что она полезна, и то, что деятельность эта всегда существовала; но существовали всегда не только бесполезные, но и вредные учреждения, как рабство, проституция и войны.

Люди промышленные, - разумея под этим и торговцев, и фабрикантов, и железнодорожников, и банкиров, и землевладельцев, - верят в то, что они приносят пользу, выкупающую несомненно приносимый ими вред. На каких основаниях они верят в это? На вопрос о том, кем, какими людьми признается польза их деятельности, государственные, со включением церковных, люди могли указать на тысячи и миллионы рабочих людей, признающих в принципе пользу государственной и церковной деятельности; но на кого укажут нам банкиры, фабриканты водки, бархата, бронз, зеркал, не говоря уже пушек, на кого укажут торговцы, землевладельцы, когда мы спросим их, признается ли приносимая ими польза общественным мнением? Если найдутся люди, которые признают производство ситцев, рельсов, пива и т. п. вещей полезным, то найдутся люди еще в большем количестве, которые признают производство этих предметов вредным. Деятельность же торговцев, возвышающих цены на предметы, и землевладельцев никто и защищать не станет. Кроме того, деятельность эта всегда соединена с вредом для рабочих и с насилием, хотя и менее прямым, чем насилие государственное, но столь же жестоким по своим последствиям, так как промышленная и торговая деятельность вся основана на пользовании нуждою рабочих людей во всяких видах: пользование ею для принуждения рабочих к тяжелой и нежелательной работе, пользование тою же нуждою для закупки товаров по дешевым ценам и продажа нужных народу предметов по самой высокой цене, пользование ею же для взыскания роста за деньги. С какой бы стороны мы ни рассматривали их деятельность, мы увидим, что польза, приносимая промышленными людьми, не признается теми людьми, для которых она производится, ни в принципе, ни в частных случаях и большею частью прямо признается вредом.

Если же мы приложим второй признак и спросим: какая побудительная причина деятельности промышленных людей, то мы получим еще более определенный ответ, чем ответ о деятельности государственных людей.

Если государственный человек скажет, что, кроме личной выгоды, он имеет в виду и общую пользу, нельзя не поверить ему, и всякий из нас знает таких людей; по промышленный человек по самой сущности своего дела не может иметь в виду общую пользу и будет смешон в глазах своих собратьев, если в своем деле будет преследовать какую-либо другую цель, кроме увеличения своего богатства или поддержания его. Итак, рабочие люди не считают деятельность промышленных людей для себя полезною. Деятельность эта сопряжена с насилием против рабочих, и цель этой деятельности есть не польза рабочих людей, а всегда только собственная личная выгода, и вдруг - удивительное дело! Эти промышленные люди так уверены в приносимой ими своего деятельностью пользе людям, что смело, во имя этой воображаемой пользы, делают рабочим несомненный, очевидный вред, освобождая себя от труда и поглощая труд рабочих людей.

Люди науки и искусства освободили себя от труда и наложили этот труд на других и живут с спокойной совестью, твердо уверенные в том, что они приносят другим все это выкупающую пользу.

На чем основана их уверенность? Спросим их, как мы спрашивали государственных и промышленных людей: признается ли рабочими людьми, всеми или хоть большинством их, та польза, которая приносится им наукой и искусствами? Ответ будет самый плачевный. Деятельность государственных и церковных людей признается полезною в принципе почти всеми и в приложениях большею половиною тех рабочих людей, на которых она направлена; деятельность промышленных людей признается полезною небольшим числом рабочих людей; деятельность же людей науки и искусства не признается полезною никем из рабочих людей. Польза этой деятельности признается только теми, которые ее производят или желают производить. Рабочий народ - тот самый народ, который несет на своих плечах весь труд жизни и кормит и одевает людей наук и искусств - не может признавать деятельность этих людей полезною для себя, потому что не может иметь даже никакого представления об этой столь полезной для него деятельности. Деятельность эта представляется всегда рабочему народу бесполезной и даже развращающей. Так, без исключения, относится рабочий народ к университетам, библиотекам, консерваториям, картинным, скульптурным галереям и театрам, строимым на его счет. Рабочий человек так определенно смотрит на эту деятельность, как на вред, что не отдает своих детей учиться и что для принуждения народа к принятию этой деятельности нужно было ввести везде закон об обязательном посещении школ. Рабочий человек смотрит всегда на эту деятельность враждебно и перестает относиться к ней так только тогда, когда он перестанет сам быть рабочим человеком и посредством наживы и потом так называемого образования из среды рабочих людей переходит в класс людей, живущих на шее других. И, несмотря на то, что польза деятельности людей наук и искусств не признается и даже не может быть признаваема никем из рабочих людей, рабочие люди все-таки принуждаются к жертвам в пользу этой деятельности. Государственный человек прямо посылает другого на гильотину или в тюрьму; промышленный человек, пользуясь трудами другого, отбирает у него последнее, предоставляя ему выбор между голодною смертью или губительным трудом; человек же науки или искусства как будто ни к чему не принуждает, он только предлагает свой товар тем, которые хотят взять его; но, чтобы производить свой нежелательный для рабочего народа товар, он отбирает от народа насильно, через государственных людей, большую долю его труда на постройки, содержание академий, университетов, гимназий, школ, музеев, библиотек, консерваторий и на жалованье людям наук и искусств. Если же мы спросим людей наук и искусств о цели, которую они преследуют в своей деятельности, то тут получаются самые удивительные ответы. Государственный человек мог отвечать, что цель его есть общая польза, и в ответе его была доля правды, подтверждаемая общественным мнением. В ответе промышленного человека о том, что цель его - общественное благо, было менее вероятности, но все-таки можно было допустить и это. Ответ же людей науки и искусства сразу поражает своею бездоказательностью и дерзостью. Люди науки и искусств говорят, не приводя на то никаких доказательств, совершенно подобно тому, как говорили это жрецы в старину, что их деятельность самая важная и нужная для всех людей и что без этой деятельности погибнет все человечество. Они утверждают, что это так, несмотря на то, что никто, кроме их самих, не понимает и не признает их деятельности, и несмотря на то, что истинная наука и истинное искусство, по их же определению, должны не иметь цели полезности. Люди наук и искусств предаются любимому ими занятию, не заботясь о том, какая польза для людей произойдет от него, и всегда уверены, что они делают самое важное и нужное дело для человечества. Так что в то время как государственный искренний человек, признавая то, что главный мотив его деятельности есть личные побуждения, старается сколь возможно более быть полезным рабочим людям, промышленный человек, признавая эгоистичность своей деятельности, старается придать ей характер общего дела, - люди наук и искусств и не считают нужным прикрываться стремлением к пользе: они даже отрицают цель полезности - так они уверены не то что в полезности, но даже в святости своего занятия.

И вот оказывается, что третий отдел людей, уволивших себя от труда и наложивших его на других людей, занимается предметами, совершенно непонятными рабочему народу и которые этот народ считает пустяками, и часто вредными пустяками; и занимается он этими предметами без всякого соображения о пользе людей, а только для своего удовольствия, вполне почему-то уверенный, что его деятельность всегда будет такая, без которой нельзя жить рабочим людям.

Люди уволили себя от труда за жизнь и свалили с себя этот труд на гибнущих в этом труде людей, пользуются этим трудом и утверждают, что их занятия, непонятные всем остальным людям и не направленные к пользе людей, выкупают весь тот вред, который они приносят людям, уволив себя от труда за жизнь и поглощая труд других. Государственные люди, чтобы выкупить этот несомненный и очевидный вред, который они приносят людям своим увольнением от борьбы с природою и пользованием трудом других, делают людям еще другой, очевидный и несомненный вред всякого рода насилий. Промышленные люди, чтобы купить тот несомненный и очевидный вред, который они приносят людям, пользуясь их трудом, стараются приобрести для себя - следовательно, отнять от других - как можно больше богатства, т. е. как можно больше чужого труда. Люди наук и искусств взамен того же несомненного и очевидного вреда, который они делают рабочим людям, занимаются делами, которые непонятны рабочим людям и которые, по их же утверждению, чтобы быть настоящими, должны не иметь в виду пользы, но к которым они чувствуют влечение. И потому все эти люди совершенно уверены в том, что право их на пользование чужим трудом непоколебимо.

Казалось бы очевидно, что все те люди, которые уволили себя от труда за жизнь, не имеют на это оснований. Но удивительное дело: люди эти твердо верят в свою правоту и живут так, как они живут, с спокойной совестью. Должно быть какое-нибудь основание, должно быть какое-нибудь ложное верование в основании такого странного заблуждения.

XXVIII

И действительно, в основании того положения, в котором находятся люди, живущие чужим трудом, лежит не только верование, но целое вероучение, и не одно, а три вероучения, веками нараставшие друг на друга и сплотившиеся в один чудовищный обман - humbug, как говорят англичане, скрывающий от людей их неправду.

Самое древнее вероучение в нашем мире, оправдывавшее измену людей их основной обязанности труда за жизнь, было вероучение церковнохристианское, по которому люди различествуют по воле бога друг от друга, как солнце от луны и звезд, а звезды между собой: одним людям поведено от бога иметь власть над всеми, другим над многими, третьим над некоторыми, четвертым поведено от бога повиноваться.

Вероучение это, хотя уже расшатанное в своих основах, все еще по инерции продолжает действовать на людей так, что многие, не признавая самого учения, часто и не зная его, все-таки руководятся им.

Второе оправдательное вероучение нашего мира есть то, которое я не умею иначе назвать, как вероучение государственно-философское. По вероучению этому, выразившемуся вполне в Гегеле, все существующее разумно, и учрежденный и поддерживаемый людьми порядок жизни учрежден и поддерживается не людьми, а есть единственно возможная форма проявления духа или вообще жизни человечества. И это вероучение уже не разделяется в наше время людьми, руководящими общественным мнением, и держится только по инерции.

Последнее и теперь царствующее вероучение - то, на котором

основывается теперь оправдание и государственных, и промышленных, и научных, и художнических передовых людей нашего времени, есть вероучение научное не в простом смысле этого слова, означающего знание вообще, но в смысле одного особенного по форме и по содержанию рода знаний, называемого наукой. На этом-то новом вероучении преимущественно и держится в наше время оправдание, скрывающее от праздных людей их измену своему призванию.

Новое вероучение это появилось в Европе одновременно с появлением в Европе же большого класса богатых и праздных людей, не служащих ни церкви, ни государству, которому понадобилось соответствующее его положению оправдание.

Очень недавно, до французской революции, в Европе было то, что все нерабочие люди для того, чтобы иметь право пользоваться трудами других, должны были иметь очень определенные занятия: служить церкви, правительству и войску. Люди, служившие правительству, управляли народом; служившие церкви научали его божеским истинам; служившие войску защищали народ. Только три сословия духовенство, правители и военные - считали себя вправе пользоваться трудом рабочих и могли всегда выставить свою службу народу; остальные богатые люди, не имевшие этого оправдания, были презираемы и, чувствуя свою неправоту, стыдились своего богатства и праздности.

Но пришло время, и класс этот богатых людей, не причастных ни духовенству, ни правительству, ни войску, благодаря порокам трех сословий, размножился и сделался силою, и этим людям понадобилось оправдание. И оправдание явилось. Не прошло и столетия, как все те люди, не служащие государству и церкви и не принимающие никакого участия в этих делах, не только получили такие же права на пользование чужими трудами, как и прежние сословия, и не только перестали стыдиться своего богатства и праздности, но и стали считать свое положение вполне оправданным. И таких людей развелось в наше время огромное количество, и число их постоянно увеличивается. И что удивительно, то это то, что эти новые люди, те самые, законность освобождения от труда которых так недавно еще не признавалась, теперь одни считают себя вполне оправданными и нападают на прежние три сословия: слуг церкви, государства и войска, признавая их освобождение от труда несправедливым и даже иногда деятельность их прямо вредною. И что еще удивительнее, то это то, что прежние служители государства, церкви и войска уже не опираются теперь на божеское избрание и даже на философское значение государства, необходимого будто бы для проявления личности, а бросают эти опоры, так долго поддерживавшие их, ищут тех самых опор, на которых стоит теперь царствующее, нашедшее это новое оправдание новое сословие, во главе которого стоят ученые и художники.

Если теперь государственный человек иногда по старой памяти защищает еще свое положение тем, что он назначен на это богом, или тем, что государство есть форма развития личности, то он делает это по отсталости от века, а сам чувствует, что никто не верит ему. Чтобы ему твердо защищать себя, он должен найти теперь уже не богословские и не философские, а другие, новые, научные опоры. Нужно выставить принцип национальностей или органического развития, нужно задобрить царствующее сословие, как в средние века нужно было задобрить духовных, как в конце прошлого столетия надо было задобрить философов (Фридрих, Екатерина).

Если богатый человек теперь иногда по старой привычке говорит о божеском произволении, избравшем его в богачи, или о значении аристократии для блага государства, то он говорит это по отсталости от века. Чтобы твердо оправдать себя, он должен выставить свое содействие прогрессу цивилизации усовершенствованием способов производства, удешевлением предметов потребления, установлением международного общения. Богатый человек и думать и говорить должен языком научным, и ему, как прежде духовенству, теперь нужно приносить жертвы царствующему сословию; он должен издавать журналы, книги, завести галерею, музыкальные общества, или детский сад, или технические школы. Царствующее же сословие есть сословие ученых и художников известного направления: они имеют полное оправдание своего освобождения от труда, и на их оправдании, как прежде на богословском, потом на философском, теперь зиждется всякое оправдание, и они-то раздают теперь другим сословиям дипломы на оправдание. Сословия, теперь имеющие полное оправдание в своем освобождении от труда, есть сословие людей науки, и преимущественно науки опытной, позитивной, критической, эволюционной, и сословие художников, действующих в этом направлении. Если ученый или художник по старой памяти говорит теперь о пророчестве, откровении или проявлении духа, то он делает это по отсталости, и он не оправдает себя: чтобы ему стоять твердо, ему нужно пристроить как-нибудь свою деятельность к опытной, позитивной, критической науке и эту науку поставить в основание своей деятельности. Тогда только наука или искусство, которыми он занимается, будут настоящие, и он будет в наше время стоять на непоколебимых основах, и не будет уже сомнения в той пользе, которую он приносит человечеству.

На опытной, критической, позитивной науке теперь зиждется оправдание всех людей, освободивших себя от труда. Оправдания богословские и философские уже отжили и робко и стыдливо заявляют себя и стараются подмениться научным оправданием; научное же оправдание смело опрокидывает, разрушает остатки прежние оправданий, заступает везде их место и с уверенностью в свою непоколебимость высоко поднимает голову.

Церковное оправдание говорило, что по своему назначению призваны одни повелевать, другие повиноваться, одни жить в изобилии, другие в нужде, и потому кто верит в откровение бога, тот не может сомневаться в законности положения тех людей, которые по воле бога призваны повелевать и быть богатыми. Философско-государственное оправдание говорило: государство со всеми учреждениями своими и различиями сословий по правам и имуществу есть та историческая форма, которая необходима для правильного проявления духа в человечестве, и потому то положение по правам и имуществу, которое кто занимает в государстве и обществе, должно быть таковым для правильной жизни человечества. Научная теория говорит: все это вздор и суеверие, плод мысли одно - теологического периода жизни человечества, другое - метафизического периода. Для изучения законов жизни человеческих обществ есть только один несомненный метод: метод позитивной, опытной, критической науки.

Только социология, основанная на биологии, основанной на всех позитивных науках, может дать нам новые законы жизни человечества. Человечество или общества человеческие суть организмы, готовые или еще образующиеся и подчиняющиеся всем законам эволюции организмов.

Один из главных законов этих есть разделение отправлений между частицами органов. Если одни люди повелевают, а другие повинуются, если одни живут в изобилии, а другие в нужде, то это происходит не по воле бога, не потому, что государство есть форма проявления личности, а потому, что в обществах, как в организмах, происходит необходимое для жизни целого разделение труда: одни люди исполняют в обществах мускульную работу, другие мозговую. На этом вероучении строится царствующее оправдание нашего времени.

XXIX

Проповедуется новое учение Христом и записывается в Евангелиях. Учение это гонится и не принимается, и вот выдумывается история падения первого человека и первого ангела, и эта выдумка принимается за учение Христа. Выдумка эта нелепа, не имеет никакого основания, но из нее естественно вытекает вывод, что человек может жить дурно и все-таки считать себя оправданным Христом, и вывод этот так на руку толпе слабых и не любящих нравственного труда людей, что выдумка эта сразу признается истиной и даже божеской - откровенной истиной, и несмотря на то, что нигде в том, что называется откровением, нет и намека на это, и выдумка становится в основании тысячелетней работы ученых богословов, строящих на ней свои теории.

Ученые богословы распадаются на толки и начинают отрицать построения друг друга, начинают чувствовать сами, что они запутались, не понимают уж того, что говорят; но толпа требует от них подтверждения своего любимого учения, и они притворяются, что они понимают и верят в то, что говорят, и продолжают проповедовать. Но приходит время, выводы оказываются ненужными, толпа заглядывает в капища жрецов и к удивлению своему видит вместо торжественных и несомненных истин, какими ей казались таинства богословия, что там никогда ничего не было, кроме самого грубого обмана, и удивляется своему ослеплению.

То же самое происходило с философией, не в смысле мудрости Конфуциев, Сократов, Эпиктетов, а с профессорской философией, когда она потакала инстинктам толпы праздных, богатых людей.

Недавно царствовала в ученом образованном каре философия духа, по которой выходило, что все, что существует, то разумно, что нет ни зла, ни добра, что бороться со злом человеку не нужно, а нужно проявлять только дух: кому на военной службе, кому в суде, кому на скрипке. Ведь много было различных выражений мудрости человеческой, и проявления эти были известны людям XIX столетия. Известен был и Руссо, и Лессинг, и Спиноза, и Бруно, и вся мудрость древности, но ничья мудрость не овладела толпой. Нельзя сказать и того, чтобы успех Гегеля зависел от стройности его теории. Были такие же стройные теории: Декарта, Лейбница, Фихте, Шопенгауэра. Только одна была причина того, что учение это сделалось на короткое время верованием всего мира; причина была та же, как и причина успеха теории падения и искупления человека, что выводы этой философской теории потакали слабостям людей. Выводы эти сводились к тому, что все разумно, все хорошо, ни в чем никто не виноват. И точно так же, как в богословии на теории искупления, в философии строили свою вавилонскую башню на гегелевских основах (и теперь еще некоторые отсталые сидят на ней), и так же смешались языками, и так же почувствовали, что они сами не знают, что говорят, и так же старательно, не вынося сора из избы, старались поддерживать свой авторитет перед толпою.

Когда я начал жить, гегельянство было основой всего: оно носилось в воздухе, выражалось в газетных и журнальных статьях, в исторических и юридических лекциях, в повестях, в трактатах, в искусстве, в проповедях, в разговорах. Человек, не знавший Гегеля, не имел права говорить; кто хотел познать истину, изучал Гегеля. Все опиралось на нем, и вдруг, прошло 40 лет, и от него ничего не осталось, об нем нет и помину, как будто его никогда не было. И что удивительнее всего, что как лжехристианство, так и гегельянство пало не оттого, что его кто-нибудь опроверг, разрушил, - нет, оно как было, так и есть, но вдруг оказалось, что ни то, ни другое не нужно ученому, образованному миру. Если мы теперь скажем новому образованному человеку о падении ангела и Адама и об искуплении, он не то что станет спорить и доказывать несправедливость этого, а он с недоумением спросит: какой ангел? Зачем Адам? Какое искупление? И зачем мне это нужно? То же и с гегельянством. Новый человек не станет оспаривать, а только удивится. Какой дух? Откуда он? Зачем это? Зачем он проявляется? Зачем он мне нужен?

Было время, когда мудрецы-гегельянцы торжественно поучали толпу; и толпа, ничего не понимая, слепо верила всему, находя подтверждения того, что ей на руку, и верила, что то, что ей казалось неясным и противоречивым, там, на высотах философии, все ясно, как день; но прошло время - теория эта износилась, явилась новая теория на ее место, и старая стала не нужна, и толпа заглянула туда в таинственные капища жрецов и увидела, что там ничего нет, да и не было, кроме слов очень темных и бессмысленных. Это случилось на моей памяти.

"Да, это происходит оттого, - скажут люди теперешней науки, - что все это были бредни теологического и метафизического периода; теперь же есть критическая позитивная наука, которая уж не обманет, потому что она вся основана на индукции и опыте. Теперь знания наши не шатки, как прежде, и только на нашем пути решение всех вопросов человечества".

Но ведь точь-в-точь то же самое говорили богословы; и не дураки же они были, а мы знаем, что были между ними люди огромного ума, и точь-в-точь то же на моей памяти - и с не меньшей уверенностью, с не меньшим признанием со стороны толпы так называемых образованных людей - говорили гегельянцы. И тоже не дураки были хотя бы наши Герцены, Станкевичи, Белинские. Но отчего же произошло то удивительное явление, что умные люди проповедовали с величайшей уверенностью и толпа с благоговением принимала такие неосновательные и бессодержательные учения? Причина одна - та, что проповедуемые учения оправдывали людей в их дурной жизни.

Весьма плохой английский публицист, сочинения которого все забыты и признаны ничтожными из ничтожных, пишет трактат о народонаселении, в котором он придумывает мнимый закон несоразмерного со средствами питания увеличения населения. Мнимый закон этот писатель этот обставляет математическими, ни на чем не основанными формулами и выпускает в свет. По легкомысленности и бездарности этого сочинения надо бы предполагать, что сочинение это не заслужит ничьего внимания и забудется, как все последующие сочинения того же писателя; но выходит совсем другое: публицист, написавший это сочинение, становится сразу научным авторитетом и держится на этой высоте чуть не полстолетия. Мальтус! Теория Мальтуса - закон увеличения населения в геометрической и средств пропитания в арифметической прогрессии и естественные и благоразумные средства ограничения населения - все это стало научными, несомненными истинами, которые не проверялись и которые употреблялись, как аксиомы, для дальнейших выводов. Так поступали люди ученые, образованные, в толпе же праздных людей было благоговейное доверие к открытым великим законам Мальтуса. Почему это случилось? Казалось бы, это были научные выводы, не имеющие ничего общего с инстинктами толпы. Но это так только может казаться для того, кто верит в то, что наука есть что-то такое самобытное, как церковь, не подлежащее ошибкам, а не просто измышления слабых и заблуждающихся людей, которые только для важности подставляют внушительное слово "наука" вместо мыслей и слов людей. Стоило сделать практические выводы из теории Мальтуса, чтобы увидать, что эта теория была самая человеческая, с самыми определенными целями. Выводы, прямо вытекающие из этой теории, были следующие: бедственное положение рабочих людей не происходит от жестокости, эгоизма и неразумия людей богатых и властных, а оно таково по неизменному, не зависящему от людей закону, и если кто виноват в этом, так это сами голодные рабочие: зачем они, дураки, родятся, когда знают, что нечего им будет есть, и потому богатые и властные классы нисколько не виноваты и могут спокойно продолжать жить, как жили. И вот, этот драгоценный для толпы праздных людей вывод сделал то, что все ученые проглядели бездоказательность, неправильность и совершенную произвольность выводов, а толпа образованных, т. е. праздных людей, чутьем зная, к чему ведут эти выводы, приветствовала теорию с восторгом, наложила на нее печать истинности, т. е. научности, и носилась с ней полстолетия.

Не та ли же причина самоуверенности людей позитивной, критической, опытной науки и благоговейного отношения толпы к тому, что они проповедуют? Сначала кажется странным, каким образом теория эволюции (она, как искупление в богословии, для большинства служит популярным выражением всего нового вероучения) может оправдывать людей в их неправде, и кажется, что научная теория эволюции имеет дело только с фактами и больше ничего не делает, как только наблюдает факты.

Но это только кажется. Точно так же это казалось с гегелевским учением в больших размерах и в частном случае с мальтусовым учением: гегельянство, казалось, занято было только своими логическими построениями и не имело никакого отношения к жизни людей; точно так же это казалось с мальтусовой теорией: она казалась занятою только фактами статистических данных. Но это только так кажется.

Современная наука тоже занята только фактами; она исследует факты. Но какие факты? Почему именно такие, а не другие факты?

Люди современной науки очень любят с торжественностью и уверенностью говорить: мы исследуем только факты, воображая, что эти слова имеют какой-нибудь смысл. Исследовать только факты никак нельзя, потому что фактов, подлежащих нашему исследованию, бесчисленное (в точном значении этого слова) количество. Прежде чем исследовать факты, надо иметь теорию, на основании которой исследуются факты, т. е. избираются из бесчисленного количества те или другие факты. И теория эта существует, и даже очень определенно выраженная, хотя многие из деятелей современной науки или игнорируют, т, е. хотят не знать, или точно иногда не знают, а иногда притворяются, что не знают ее. Точно так же всегда было со всеми царствующими, руководящими вероучениями - и с богословием и с философией. Основы всякого вероучения всегда даны в теории, и так называемые ученые придумывают только дальнейшие выводы из раз данных основ. Так и теперь современная наука избирает свои факты на основании очень определенной теории, которую иногда она знает, иногда не хочет знать, иногда действительно не знает; но теория эта есть.

Теория эта такая: все человечество есть неумирающий организм, люди частицы органов, имеющие каждый свое специальное призвание для служения целому. Точно так же, как клеточки, слагаясь в организм, разделяют между собою труд для борьбы за существование целого организма, усиливают одну способность и ослабляют другую и слагаются в один организм, чтобы лучше удовлетворять потребности целого организма, и точно так же, как в общественных животных муравьях, пчелах - отдельные особи разделяют между собою труд: матка кладет яйца, трутень оплодотворяет, пчела работает для жизни целого, - точно то же происходит и в человечестве и человеческих обществах. И потому, чтобы найти закон жизни человека, нужно изучать законы жизни и развития организмов. В жизни и развитии организмов мы находим следующие законы: закон дифференциации и интеграции, закон того, что всякое явление сопровождается не одним только непосредственным последствием, другой закон - о неустойчивости однородного. Все это кажется очень невинно, но стоит только сделать выводы из всех этих законов, чтобы тотчас же увидать, что законы эти клонят туда же, куда клонили и законы Мальтуса. Законы эти клонят к одному, а именно к тому, чтобы то разделение деятельности, которое существует в человеческих обществах, признать органическим, т. е. необходимым, а потому рассматривать то несправедливое положение, в котором находимся мы, уволившие себя от труда люди, не с точки зрения разумности и справедливости, а только как несомненный факт, подтверждающий общий закон.

Философия духа оправдывала также всякую жестокость и мерзость; но там это выходило философски и потому неправильно; по науке же все это выходит научно и потому несомненно.

Как же не принять такую прекрасную теорию! Стоит только рассматривать человеческое общество как предмет наблюдения, и можно покойно пожирать труды других, гибнущих людей, утешая себя мыслью, что моя деятельность, какая бы она ни была, есть функциональная деятельность организма человечества, и потому и речи даже не может быть о том, справедливо ли то, что я пользуюсь трудами других - делаю только то, что мне приятно, как и не может быть речи о том, справедливо ли разделение труда между мозговой клеточкой и мускульной. Как же не допустить такую прекрасную теорию, чтобы после можно было уже навсегда спрятать совесть в карман и жить вполне разнузданной животной жизнью, чувствуя под собой непоколебимую, по нашему времени, опору научную.

И вот на этом-то новом вероучении строится теперь оправдание праздности и жестокости людей.

XXX

Началось это вероучение недавно - лет 50. Главным основателем его был французский ученый Конт. Конту - систематику и вместе с тем религиозному человеку - пришла в голову под влиянием новых тогда физиологических исследований Бита старая мысль, высказанная еще Мнением Агриппой, - мысль, что человеческие общества, даже все человечество можно рассматривать как одно целое - организм, а людей - как живые частицы отдельных органов, имеющих каждая свое определенное назначение служить всему организму. Мысль эта так понравилась Конту, что он на ней начал строить философскую теорию, и теория эта так увлекла его, что он совершенно забыл о том, что исходная точка его теории была не больше, как хорошенькое сравнение, уместное в басне, но никак не могущее служить основой науки. Он, как это часто бывает, принял любимую им гипотезу за аксиому и вообразил себе, что вся теория его построена на самых твердых основах. По теории его выходило, что так как человечество есть организм, то знание того, что есть человек и каково должно быть его отношение к миру, возможно только через познание свойств этого организма. Для познания этих свойств человек имеет возможность делать наблюдения над другими низшими организмами и из жизни их делать наведения. Поэтому, во-первых, истинный и единственный метод науки, по Конту, есть только индуктивный, и вся наука есть только такая, которая имеет своим основанием опыт; во-вторых, целью и вершиною наук становится новая наука о воображаемом организме человечества или о надорганическом существе - человечестве; новая воображаемая наука эта есть социология. Из этого же взгляда на науку вообще оказывалось, что все прежние знания были ложные, и вся история человечества в смысле его самосознания разделялась на три, собственно, на два периода: период теологический и метафизический, продолжавшийся от начала мира до Конта, и на настоящий период единой истинной науки - позитивной, начавшейся с Конта. Все это было очень хорошо; одна только была ошибка, а именно та, что все это здание было построено на песке, на произвольном и неправильном утверждении о том, что человечество есть организм. Утверждение это было произвольно потому, что для того, чтобы признать существование не подлежащего наблюдению организма человечества, мы имеем ровно столько же права, как признать существование троичного бога и тому подобных теологических положений. Неправильно же было это утверждение потому, что к понятию человечества, т. е. людей, неправильно было присоединено определение организма, тогда как в человечестве отсутствует существенный признак организма - центр ощущения или сознания [Мы называем и слона и бактерию организмом только потому, что предполагаем по аналогии в этих существах такие же объединения ощущения или сознания, каких мы знаем в себе; в человеческих же обществах и в человечестве отсутствует этот существенный признак, и потому, сколько бы других общих признаков мы ни нашли в человечестве и в организме, без этого существенного признака признание человечества организмом неправильно. (Примеч. Л. Н. Толстого.)].

Но, несмотря на произвольность и неправильность основного положения позитивной философии, она была принята так называемым образованным миром с величайшим сочувствием. Замечательно в этом отношении то, что из сочинений Конта, состоящих из двух частей: позитивной философии и позитивной политики, была принята ученым миром только первая - та, которая оправдывала на новых опытных началах существующее зло людских обществ; вторая же часть, трактующая о вытекающих из признания человечества организмом нравственных обязанностях альтруизма, была признана не только неважной, но ничтожной и ненаучной. Повторилось то же, что с двумя частями учения Канта. Критика

136

чистого разума принята научной толпой; критика же практического разума, та часть, которая содержит сущность нравственного учения, была отвергнута. В учении Конта признано было научным то, что потакало царствующему злу. Но и принятая толпою позитивная философия, основанная на произвольном и неправильном положении, была сама по себе слишком неосновательна и потому шатка и не могла бы одна держаться. И вот в числе всех тех праздных играний мысли людей так называемой науки является то же не новое и столь же произвольное и неправильное утверждение о том, что живые существа, т. е. организмы, происходили одни из других, - не только один организм из другого, но один организм из многих, т. е. что в очень долгий промежуток времени, в миллион лет, например, не только от одного предка может произойти рыба и утка, но из роя пчел может сделаться одно животное. И произвольное и неправильное утверждение это было принято ученым миром с еще большим общим сочувствием. Утверждение это было произвольно потому, что никто никогда не видал, как делаются одни организм мы из других, и потому предположение о происхождении видов останется всегда предположением, а не опытным фактом. Неправильно же было это утверждение потому, что решение вопроса о происхождении видов тем, что они произошли вследствие закона наследственности и приспособления в бесконечно долгое время, вовсе не было решением, а только повторением вопроса в новой форме. По решению вопроса Моисеем (в полемике с которым и состоит все значение этой теории) выходит, что разнообразие видов живых существ произошло по воле бога и бесконечному могуществу его; по теории же эволюции выходит, что разнообразие живых существ произошло по случайности и по разнообразным условиям наследственности и среды в бесконечно долгое время. Теория эволюции, говоря простым языком, утверждает только то, что по случайности в бесконечно долгое время из чего хотите может выйти все, что хотите. Ответа на вопрос нет. А только тот же вопрос поставлен иначе: вместо воли поставлена случайность, а коэффициент бесконечного переставлен от могущества к времени. Но это новое утверждение подкрепляло прежнее утверждение Конта, и, кроме того, по наивному признанию самого основателя теории - Дарвина, его мысль вызвана была законом Мальтуса и потому выставляла теорию борьбы живых существ и людей за существование, как основной закон всего живого. А в нем это ведь только и нужно было толпе праздных людей для их оправдания.

Две шаткие, не стоящие на своих ногах теории подперли друг друга и получили подобие устойчивости. Обе теории несли в себе тот драгоценный для толпы смысл, что в существующем зле человеческих обществ не виноваты люди и что существующий порядок есть тот самый, который и должен быть; и новая теория была принята толпою с полною верой и неслыханным восторгом. И вот на этих двух произвольных и неправильных положениях, принятых как догматы веры, утвердилось новое научное вероучение.

И по предмету и по форме это новое вероучение необыкновенно похоже на церковнохристианское. По предмету вероучения сходство состоит в том, что как в том, так и в другом действительности придано недействительное, фантастическое значение, и это-то недействительное значение поставлено предметом исследования. В церковнохристианском вероучении действительному бывшему Христу придано фантастическое значение самого бога; в позитивном вероучении действительному существу - живым людям - придано фантастическое значение организма. По форме сходство обоих вероучений поразительно тем, что как в том, так и в другом известное понимание одних людей признано за единственно непогрешимо истинное. В церковном христианстве понимание божеского откровения людьми, назвавшими себя церковью, признано святым и единым истинным; по позитивному вероучению понимание науки людьми, назвавшими себя научными, признано несомненным и истинным. Как церковные христиане только с учреждения своей церкви признавали начало истинного знания бога и только как бы из учтивости говорили, что и прежние верующие были тоже церковь, точно так же и позитивная наука, по ее утверждению, началась только со времени Конта, и научные люди тоже только из учтивости допускают существование науки и прежде, и то только в некоторых представителях ее, как Аристотель; точно так же как церковь, так и позитивная наука совершенно исключает знания всего остального человечества, признавая все знания, вне своего, заблуждением.

Сходство продолжается и далее: точно так же, как в помощь основному догмату богословия - божественности Христа и троичности - приходит старый, по получающий новое значение догмат падения человека и искупления его смертью Христа и из двух этих догматов складывается популярное церковное учение, так в наше время на помощь контовскому основному догмату об организме человечества выступает старый, но получающий новое значение догмат, и из обоих складывается популярное научное вероучение эволюции.

Как в том, так и в другом вероучении новый догмат необходим для поддержания старого и понятен только в связи с основным догматом.

Если верующему в божество Христа неясно и непонятно, для чего бог сошел на землю, то догмат искупления дает это объяснение. Если верующему в организм человечества неясно, почему собрание особей можно считать организмом, то догмат эволюции объясняет это.

Догмат искупления нужен для того, чтобы примирить противоречие с действительностью первого догмата. Бог сошел на землю, чтобы спасти людей, а люди не спасены; то как же примирить это противоречие? Догмат искупления говорит: "Он спас верующих в искупление; если вы веруете в искупление, то вы спасены". Так же и догмат эволюции нужен для того, чтобы разрешить противоречие с действительностью первого догмата: человечество есть организм, между тем мы видим, что оно не отвечает главному признаку организма; как же помирить это? И вот догмат эволюции говорит: "Человечество есть образующийся организм". Если вы верите в это, то вы можете рассматривать и человечество как организм. И как человеку, свободному от суеверия троичности и божества Христа, невозможно даже понять, в чем состоит интерес и смысл учения об искуплении, и смысл этот объясняется только признанием основного догмата, то, что Христос сам бог, точно так же для человека, свободного от позитивного суеверия, невозможно понять даже, в чем интерес учения о происхождении видов эволюции, и интерес этот объясняется только тогда, когда знаешь основной догмат, что человечество - организм. И точно так же, как все тонкости богословия понятны только тем, кто верит в основные догматы, так и все тонкости социологии, занимающие теперь все умы людей самой последней и глубокомысленной пауки, понятны только для верующих.

Сходство обоих вероучений еще и в том, что раз на веру принятые положения, не подвергаясь более исследованию, служат основанием самых странных теорий, и проповедники этих теорий, усвоив себе прием утверждения за собою права признания самих себя в богословии святыми и в знаниях научными, т. е. непогрешимыми, доходят до самых произвольных, невероятных и ни на чем не основанных утверждений, которые они высказывают с величайшей торжественностью и серьезностью и которые с такою же серьезностью и торжественностью оспариваются в своих подробностях несогласными в частностях, но одинаково признающими основные догматы.

Василий Великий этого вероучения - Спенсер, например, в одном из первых сочинений своих выражает это вероучение так:

Общества и организмы, говорит он, подобны в следующем:

1) в том, что, зачинаясь, как малые агрегаты, они незаметно возрастают в массе, так что некоторые из них достигают до величины в десять тысяч раз больше первоначальной;

2) в том, что между тем, как в начале они такой простой структуры, что могут быть рассматриваемы, как лишенные всякой

структуры, они приобретают во время своего роста постоянно увеличивающуюся сложность структуры;

3) в том, что, хотя в их раннем, неразвитом периоде не существует между ними почти никакой зависимости друг от друга частей, их части постепенно приобретают взаимную зависимость, которая под конец делается столь сильною, что деятельность и жизнь каждой части становится возможной только при деятельности и жизни остальных;

4) в том, что жизнь и развитие общества независимы и более продолжительны, чем жизнь и развитие какой-либо из составляющих его единиц, которые отдельно рождаются, растут, действуют, воспроизводятся и умирают, между тем как политическое тело, составленное из них, продолжает жить поколение за поколением, развиваясь по массе, по совершенству строения и функциональной деятельности.

Далее идут пункты различия организмов и обществ, и доказывается, что различия эти только кажущиеся, а что организмы и общества совершенно подобны.

Для человека свежего прямо представляется вопрос: да о чем вы говорите? Почему человечество - организм или подобно ему?

Вы говорите, что общества подобны организмам по этим четырем признакам, но ничего этого ведь нет. Вы только берете некоторые признаки организма и под них подводите человеческие общества. Вы приводите четыре признака подобия, потом берете признаки различия, но только кажущиеся (по-вашему), и заключаете, что человеческие общества можно рассматривать как организмы. Но ведь это праздная игра диалектики и больше ничего. На таком же основании под признаки организма можно подвести что хотите.

Беру первое, пришедшее мне в голову, положим - лес: как он засевается на поле и разрастается. 1) Зачинаясь как малый агрегат, он незаметно возрастает в массе и т. д.; точь-в-точь то же делается на полях, когда они понемногу обсеменяются и зарастают лесом. 2) Вначале структура проста, потом увеличивается сложность и т. д.; точь-в-точь то же с лесом: сначала одни березки, потом лозина, орешник; сначала все растут прямо, потом переплетаются ветвями. 3) Зависимость частей усиливается так, что жизнь каждой части зависит от жизни и деятельности остальных; точь-в-точь то же с лесом: орешник греет стволы (выруби его - замерзнут другие деревья), опушка охраняет от ветра, семенные деревья продолжают породы, высокие и курчавые дают тень, и жизнь одного дерева зависит от другого. 4) Отдельные части могут умирать, но все живет; точь-в-точь то же с лесом:

лес по дереву не плачет.

Замечательно также сходство этого вероучения с

церковнохристианским и всяким другим, основанным на принятых на веру догматах, по своей непроницаемости против логики. Показав, что лес вы можете с таким же правом по этой теории рассматривать как организм, вы думаете, что доказали последователям органического вероучения неправильность их определения? Нисколько.

То определение, которое они дают организму, так неточно и растяжимо, что они под это определение могут подвести что хотят. Да, скажут они, и лес можно рассматривать, как организм. Лес есть взаимодействие особей, не истребляющих друг друга, - агрегат, части его тоже могут перейти в более тесную связь, подобно пчелиному рою, сделаться организмом. Тогда вы скажете: если так, то и птиц, и насекомых, и травы этого леса, взаимодействующих и не истребляющих друг друга, можно также рассматривать вместе с деревьями, как один организм? Они и на это согласятся. Всякое собрание живых существ, взаимодействующих и не истребляющих друг друга, можно рассматривать, как организмы по их теории. Вы можете утверждать связь и взаимодействие между чем хотите, и по эволюции вы можете утверждать, что из чего хотите может выйти в очень долгое время все что хотите.

Верующим в троичность бога нельзя доказать того, что этого нет, но можно показать им, что утверждение их есть утверждение не знания, а веры, что если они утверждают, что богов три, то я с таким же правом могу утверждать, что их 17 1/2; то же самое и еще несомненнее можно доказать последователям позитивной и эволюционной науки. На основании этой науки я берусь доказать все что хотите. И что удивительнее всего, - это то, что эта самая позитивная наука признаком истинного знания признает научный метод и сама определила то, что она называет научным методом.

Научным методом она называет здравый смысл.

И этот-то здравый смысл на каждом шагу и уличает ее.

Как только те, которые занимали место святых, почувствовали, что в них ничего не осталось святого, что они все проклятые, как папа и наш синод, так они сейчас же назвали себя не святыми только, а святейшими.

Как только наука почувствовала, что в ней не осталось ничего здравомыслящего, так она назвала себя здравомыслящей, т. е. научной наукой.

XXXI

Разделение труда есть закон всего существующего, и потому оно должно быть в человеческих обществах. Очень может быть, что это так, но остается все-таки вопрос о том: что то разделение труда, которое я теперь вижу в моем человеческом обществе, есть ли оно то самое разделение труда, которое должно быть? И если люди считают известное разделение труда неразумным и несправедливым, то никакая наука не может доказать людям, что должно быть то, что они считают неразумным и несправедливым. Богословская теория доказывала, что власть от бога, и очень может быть, что она от бога, но оставался вопрос: чья власть: Екатерины или Пугачева? И никакие тонкости богословские не могли разрешить этого сомнения. Философия духа доказывала, что государство есть форма развития личностей; но остается вопрос: можно ли государство Нерона или Чингис-хана считать формой для развития личности? И никакие трансцендентные слова не могли разрешить этого. То же и с научной наукой. Разделение труда есть условие жизни организмов и человеческих обществ; но что в этих человеческих обществах считать органическим разделением труда? И сколько бы наука ни изучала разделение труда в клеточках глистов, все эти наблюдения не заставят человека признать правильным разделение труда такое, которое не признают таковым его разум и совесть. Как бы убедительны ни были доказательства разделения труда клеточек в наблюдаемых организмах, человек, если он еще не лишился рассудка, все-таки скажет, что ткать всю жизнь ситцы человеку не должно и что это не есть разделение труда, а есть угнетение людей. Спенсер и проч. говорят, что есть целые населения ткачей, и потому ткацкая деятельность есть органическое разделение труда; но, говоря это, ведь они говорят точь-в-точь то же, что говорит богослов: есть власть, и потому она от бога, какая бы она ни была. Есть ткачи - значит, таково разделение труда. Ведь хорошо было бы говорить так, если бы власть и населения ткачей делались сами собою, а мы знаем, что они делаются не сами собой, а мы их делаем. Так вот надо узнать, что делали-то мы эту власть от бога или от себя и делали мы этих ткачей по органическому закону или по чему другому?

Живут люди, кормятся земледелием, как свойственно всем людям. Один человек устроил кузнечное горно и починил свой плуг, приходит к нему сосед и просит тоже починить и обещает ему за это работу или деньги. Приходит третий, четвертый, и в обществе этих людей происходит следующее разделение труда делается кузнец. Другой человек хорошо выучил своих детей, к нему приводит детей сосед и просит учить их, и делается учитель. Но и кузнец и учитель сделались и продолжают быть такими только потому, что их просили, и остаются таковыми до тех пор, пока их просят быть кузнецом и учителем. Если бы случилось, что заведется много кузнецов и учителей, или если их работа не нужна, они тотчас, как этого требует здравый смысл и как это и бывает всегда там, где нет причин нарушения правильности разделения труда, они тотчас бросают свое мастерство и опять берутся за земледелие. Люди, поступающие так, руководятся своим разумом, своею совестью, и потому мы, люди, одаренные разумом и совестью, все утверждаем, что такое разделение труда - правильно. Но если бы случилось, что кузнецы имеют возможность принудить других людей работать на них и продолжали бы делать подковы, когда их не нужно, а учители учили бы, когда некого учить, то всякому свежему человеку, как человеку, т. е. существу, одаренному разумом и совестью, очевидно, что это не было бы разделением, а захватом чужого труда. А между тем такая-то именно деятельность и есть то, что называется по научной науке разделением труда. Люди делают то, на что другие и не думают заявлять требования, и требуют, чтобы их кормили за это, и говорят, что это справедливо потому, что это есть разделение труда.

То, что составляет главное общественное бедствие народа не у нас одних, это управление, бесчисленное количество чиновников; то, что составляет причину экономического бедствия нашего времени, - это то, что англичане называют overproduction, перепроизводство (то, что наделано пропасть вещей, которых некуда девать и которые никому не нужны).

Странно бы было видеть сапожника, который считал бы, что люди обязаны его кормить за то, что он шьет не переставая сапоги, которые давно уж никому не нужны; но что же сказать про тех людей правительства, церкви, науки и искусства, которые уж ничего не шьют, ничего не только видимого, но полезного для народа не производят, на товар которых нет охотников и которые так же смело на основании разделения труда требуют, чтобы их и кормили, и поили сладко, и одевали хорошо? Могут быть и есть колдуны, к деятельности которых заявляются требования, и им носят за это лепешки и полуштофы; но того, чтобы были такие колдуны, колдовство которых никому не нужно и которые бы смело требовали, чтобы их сладко кормили за то, что они будут колдовать, - это трудно себе представить. А это самое и есть в нашем мире с людьми правительства, церкви, науки и искусства. И все это происходит на основании того ложного понятия разделения труда, определяемого не разумом и совестью, а наблюдением, которое с таким единодушием исповедуют люди науки.

Разделение труда действительно всегда было и есть, но оно правильно только тогда, когда человек решит своей совестью и разумом, что оно должно быть, а не тогда, когда он будет наблюдать его. И совесть и разум всех людей очень просто, несомненно и единогласно решают этот вопрос. Они решают его всегда так, что разделение труда правильно только тогда, когда особенная деятельность человека так нужна людям, что они, прося его послужить им, сами охотно предлагают ему кормить его за то, что он будет для них делать. Когда же человек может с детства до 30 лет прожить на шее других, обещая сделать, когда он выучится, что-то очень полезное, о котором никто его не просит, и когда потом от 30 лет до смерти он может жить так же, все только с обещаниями сделать что-то, о чем никто его не просит, то это не будет (как и нет его на самом деле в нашем обществе) разделение труда, а будет, как оно и есть, один только захват чужого труда сильным; тот самый захват чужого труда сильным, который прежде богословы называли божеским назначением, потом философы необходимыми формами жизни, а теперь научная наука называет органическим разделением труда.

Все значение науки только в этом. Она теперь стала раздавательницей дипломов на праздность, потому что она одна в своих капищах разбирает и определяет - какая паразитическая, какая органическая деятельность человека в общественном организме. Как будто человек каждый не может этого самого узнать гораздо вернее и короче, справившись с разумом и совестью. И как прежде для духовенства, потом для государственных людей не могло быть сомнения в том, кто самые нужные для других люди, так теперь людям научной науки кажется, что не может быть сомнения в том, что их-то деятельность и есть несомненно органическая: они, научные и художественные деятели, суть мозговые, самые драгоценные клеточки организма.

Но бог с ними; пускай бы они царствовали: сладко пили, ели и праздновали, как пускай бы праздновали и царствовали бы жрецы и софисты; только бы они, как жрецы и софисты, не развращали людей.

С тех пор как есть люди, разумные существа, они различали добро от зла и пользовались тем, что до них в этом различении сделали люди, - боролись со злом, искали истинный, наилучший путь и медленно, но неотступно подвигались на этом пути. И всегда, заграждая этот путь, становились перед людьми различные обманы, имеющие целью показать им, что этого не нужно делать, а нужно жить, как живется. Стоял страшный, старый обман церковных людей; с страшными борьбою и трудом люди понемногу высвободились из него, но не успели они высвободиться из него, как на место старого стал новый обман - государственный, философский. Люди выбились и из него. И вот новый и еще злейший обман вырос на пути людей: обман научный.

Новый этот обман точно такой же, как и старые: сущность его в том, чтобы подменить деятельность разума и совести своей и живших прежде нас людей чем-нибудь внешним; в церковном учении внешнее было откровение, в научном обмане это внешнее - наблюдение.

Ловушка этой науки состоит в том, чтобы, указав людям на

самые грубые извращения деятельности разума и совести людей, разрушить в них веру в самый разум и совесть и уверить их, что им самим говорит разум и совесть; все, что они говорили высшим представителям людей с тех пор, как существует мир, что все это условно и субъективно.

Все это надо оставить, говорят они; разумом нельзя понять истину, потому что можно ошибиться, а есть другой путь - безошибочный и почти механический: надо изучать факты. Изучать же факты надо на основании научной науки, т. е. двух ни на чем не основанных предположениях позитивизма и эволюции, которые выдаются за несомненнейшие истины. И царствующая наука с обманной торжественностью заявляет, что разрешение всех вопросов жизни возможно только изучением фактов природы и в особенности организмов. Легковерная толпа молодежи, подавленная новостью этого не только не разрушенного, но еще не затронутого критикою авторитета, бросается на изучение этих фактов в естественных науках, на тот единственный путь, который, по утверждению царствующего учения, может привести к уяснению вопросов жизни. Но чем дальше подвигаются ученики в этом изучении, тем дальше и дальше становится от них не только возможность, но даже самая мысль о разрешении вопросов жизни, и тем больше и больше привыкают они не столько наблюдать, сколько верить на слово чужим наблюдениям (верить в клеточки, в протоплазму, в 4-е состояние тел и т. п.); тем больше и больше форма заслоняет для них содержание; тем больше и больше теряют они сознание добра и зла и способность понимать те выражения и определения добра и зла, которые выработаны всей предшествующей жизнью человечества; тем более и более усваивают они себе специальный научный жаргон условных выражений, не имеющих общечеловеческого значения; тем дальше и дальше заходят они в дебри ничем не освещенных наблюдений; тем больше и больше лишаются они способности не только самостоятельно мыслить, но понимать даже чужую, свежую, находящуюся вне их талмуда человеческую мысль; главное же, проводят лучшие годы в отвыкании от жизни, т. е. от труда, привыкают считать свое положение оправданным и делаются и физически ни на что не годными паразитами, и умственно вывихивают себе мозги и становятся скопцами мысли. И точно так же, по мере оглупения, приобретают самоуверенность, лишающую их уже навсегда возможности возврата к простой трудовой жизни, к простому, ясному и общечеловеческому мышлению.

XXXII

Разделение труда в человеческом обществе всегда было и, вероятно, будет; но вопрос для нас не в том, что оно есть и будет, а в том, чем мы должны руководствоваться, чтобы разделение это было правильно. Если же мы наблюдение возьмем за мерило, то мы этим самым откажемся от всякого мерила; тогда мы всякое разделение труда, какое мы будем видеть между людьми и какое нам покажется правильным, и будем считать правильным, к чему и ведет царствующая научная наука.

Разделение труда!

Одни заняты умственной, духовной, другие мускульной, физической работой. С какою уверенностью говорят эти люди! Им хочется это думать, и им кажется, что в самом деле происходит совершенно правильный обмен услуг там, где происходит самое простое, старинное насилие. Ты, или скорее вы (потому что всегда многим надо кормить одного), вы меня кормите, одевайте, делайте для меня всю ту грубую работу, которую я потребую и к которой вы привыкли с детства, а я буду делать для вас ту умственную работу, которую я умею и к которой уже привык. Вы давайте мне телесную, а я буду давать духовную пищу. Расчет, кажется, совершенно верен, и он был бы совершенно верен, если бы обмен этих услуг был свободный, если бы те, которые доставляют телесную пищу, не обязаны были доставлять ее прежде, чем они получат духовную пищу. Производитель духовной нищи говорит: для того чтобы я мог вам дать духовную пищу, вы кормите, одевайте меня, выносите за мной мои нечистоты. Производитель же телесной пищи не заявляет никаких требований и дает телесную пищу, хотя бы он и не получал духовной пищи. Если бы обмен был свободен, то условия тех и других были бы одинаковы. Ученый, художник говорит: прежде чем мы можем начать служить людям духовной пищей, нам нужно, чтобы люди продовольствовали нас телесной. Но отчего же производителю телесной пищи не сказать, что прежде чем мне служить вам телесной пищей, мне нужна духовная пища, и, не получив ее, я не могу работать? Вы говорите: мне нужна работа пахаря и кузнеца, сапожника, и плотника, и каменщиков, золотарей и др. для того, чтобы приготовлять мою духовную пищу. Каждый работник тоже должен сказать: прежде чем мне идти работать, приготовляя для вас телесную пищу, мне нужно иметь уже плоды духовной пищи. Для того чтобы мне иметь силы для работы, мне необходимы: религиозное учение, порядок в общей жизни, приложение знаний к труду, радости и утешения, которые дают искусства. Я не имею времени выработать свое учение о смысле жизни, - дайте мне его. Я не имею времени придумать уставов жизни, общей, такой, при которой бы не нарушилась справедливость, - дайте мне это. Я не имею времени заниматься механикой, физикой, химией, технологией, - дайте мне книги с указанием о том, как мне улучшить свои орудия, свои приемы работы, свои жилища, свое отопление, освещение.

Я не имею времени сам заниматься поэзией, пластическим искусством, музыкой, - дайте мне те необходимые для жизни возбуждения и утешения; дайте мне эти произведения искусств. Вы говорите, что вам невозможно заниматься вашими важными и нужными для других делами, если вы будете лишены того труда, который несут за вас рабочие люди, а я говорю, скажет рабочий, что мне невозможно заниматься моими не менее важными и нужными для вас делами, если я буду лишен религиозного и соответственного требованиям моего ума и совести руководства разумного управления, обеспечивающего мой труд, указания знания для облегчения моей работы, радостей искусств для облагорожения моего труда. Все, что вы до сих пор предлагаете мне в виде духовной пищи, не только не годится мне, но я даже не могу понять, на что это кому-нибудь может быть нужно. А пока я не получу этой пищи, свойственной мне, как и каждому человеку, я не могу питать вас телесной пищей, которую я произвожу. Что, если рабочий скажет это? И если он скажет это, ведь это будет не шутка, а только самая простая справедливость. Ведь если рабочий только скажет это, то правоты гораздо более на его стороне, чем на стороне человека умственного труда. Правоты на его стороне больше потому, что труд, доставляемый рабочим человеком, первее и необходимее, чем труд производителя умственного труда, и потому, что человеку умственного труда ничто не мешает давать рабочему ту духовную пищу, которую он обещал ему; рабочему же мешает давать телесную пищу то, что ему самому недостает этой телесной пищи.

Что же ответим мы, люди умственного труда, если нам предъявят такие простые и законные требования? Чем удовлетворим мы их? Катехизисом Филарета, священными историями Соколовых и листками разных лавр и Исакиевского собора для удовлетворения его религиозных требований; сводом законов и кассационными решениями разных департаментов и разными уставами комитетов и комиссий - для удовлетворения требований порядка; спектральным анализом, измерениями млечных путей, воображаемой геометрией, микроскопическими исследованиями, спорами спиритизма и медиумизма, деятельностью академий наук - для удовлетворения требований знания; чем удовлетворим его художественным требованиям? Пушкиным, Достоевским, Тургеневым, Л. Толстым, картинами французского салона и наших художников, изображающих голых баб, атлас, бархат, пейзажи и жанры, музыкой Вагнера или новейших музыкантов? Ничто это не годится и не может годиться, потому что мы с своим правом на пользование трудом народа и отсутствием всяких обязанностей в нашем приготовлении духовной пищи потеряли совсем из виду то единственное назначение, которое должна иметь наша деятельность. Мы даже не знаем, что нужно рабочему народу, мы даже забыли его образ жизни, его взгляд на вещи, язык, даже самый народ рабочий забыли и изучаем его как какую-то этнографическую редкость или новооткрытую Америку.

Так вот мы, требуя себе телесной пищи, взялись поставлять духовную пищу; но вследствие того воображаемого разделения труда, по которому мы можем не только прежде пообедать, а потом сработать, но можем целыми поколениями сладко обедать, ничего не работая, мы заготовили в виде оплаты народу за наш корм что-то годное только, как нам кажется, для нас, и для науки, и для искусства, но негодное, совершенно непонятное и противное, как лимбургский сыр, для тех самых людей, труды которых мы поедаем под предлогом доставления им духовной пищи. Мы в нашем ослеплении до такой степени упустили ив виду взятую на себя обязанность, что даже забыли про то, во имя чего производится наша работа, и тот самый народ, которому мы взялись служить, сделали предметом нашей научной и художественной деятельности. Мы изучаем и изображаем его для своей забавы и развлечения, мы совершенно забыли то, что нам надо не изучать и изображать его, а служить ему. Мы до такой степени упустили из виду эту взятую на себя обязанность, что не заметили даже, как то, что мы взялись делать в области наук и искусств, сделали не мы, а другие, и место наше оказалось занятым. Оказалось, что покуда мы спорили, - подобно тому, как богословы о бессеменном зачатии, - то о самородном зарождении организмов, то о спиритизме, то о форме атомов, то о пангенезисе, то о том, что еще есть в протоплазме, и т. п., народу все-таки понадобилась духовная пища, и неудачники и отверженцы наук и искусств, по заказу аферистов, имеющих в виду одну цель наживы, начали поставлять народу эту духовную пищу и поставляют ее. Вот уже лет 40 в Европе и лет 10 у нас в России расходятся миллионами книги, и картины, и песенники, и открываются балаганы, и народ и смотрит, и поет, и получает духовную пищу не от нас, взявшихся поставлять ее, а мы, оправдывающие свою праздность той духовной нищей, которую мы будто бы поставляем, мы сидим и хлопаем глазами. А нельзя нам хлопать глазами, ведь выскальзывает из-под ног последнее оправдание. Мы специализировались, у нас есть наша особенная функциональная деятельность, мы - мозг народа. Он кормит нас, а мы его взялись учить. Только во имя этого мы освободили себя от труда. Чему же мы научили и чему учим его? Он ждал года, десятки, сотни лет. И всё мы разговариваем и друг друга учим и потешаем, а его мы даже совсем забыли. Так забыли, что другие взялись учить и потешать его, и мы даже не заметили этого. Так несерьезно мы говорили о разделении труда, так очевидно, что то, что мы говорили о пользе, приносимой нами народу, была одна бесстыдная отговорка.

<h2 style="text-align:center">XXXIII</h2>

Было время, что церковь руководила духовной жизнью людей нашего мира; церковь обещала людям благо и за это выгородила себя из участия в борьбе человечества за жизнь. И та церковь, которая сделала это, отступила от своего призвания, и люди отвернулись от нее. Не заблуждения церкви погубили ее, а отступление служителей ее от закона труда, выговоренное с помощью власти при Константине; их право праздности и роскоши породили ее заблуждения. С этого права начались заботы церкви о церкви, а не о людях, которым они взялись служить. И служители церкви предались праздности и разврату.

Государство взялось руководить жизнью человечества. Государство обещало людям справедливость, спокойствие, обеспеченность, порядок, удовлетворение общих духовных и материальных нужд, и за это люди, служившие государству, выгородили себя из участия в борьбе человечества за жизнь. И слуги государства, как только они получили возможность пользоваться трудом других, сделали то же, что и служители церкви. Целью их стал не народ, а государство, и служители государства - от королей до низших чиновников, должностных лиц - и в Риме, и во Франции, и в Англии, и в России, и в Америке предались праздности и разврату. И люди изверились в государство: анархия уже сознательно выставляется идеалом. Государство потеряло свое обаяние на людей только потому, что служители его признали за собой право пользоваться трудами народа.

То же сделала наука и искусство с помощью государственной власти, которую они взялись поддерживать. И они выговорили себе право праздности и пользования чужими трудами и также изменили своему призванию. И так же заблуждения их произошли только потому, что служители ее, выставив ложно понятый принцип разделения труда, признали за собой право пользоваться трудами других и потеряли смысл своего призвания, сделан себе целью не пользу народа, а таинственную пользу пауки и искусства, и так же, как их предшественники, предались праздности и разврату, не столько чувственному, сколько умственному.

Говорят: наука и искусство многое дали человечеству.

Это совершенно справедливо. Церковь и государство много

дали человечеству, но не потому, что они злоупотребляли своей властью и их служители отступили от общей всем людям и вечной обязанности труда на жизнь, но несмотря на это.

Точно так же и наука и искусства много дали человечеству не потому, что люди науки и искусства, под видом разделения труда, живут на шее рабочего народа, а несмотря на это.

Римская республика была могущественна не потому, что граждане ее имели возможность развратничать, а потому, что в числе их были доблестные граждане. То же самое и с наукой и с искусством. Наука и искусство дали много человечеству, но не потому, что служители их имели изредка прежде и теперь имеют всегда возможность освободить себя от труда, а потому, что были гениальные люди, которые, не пользуясь этими правами, двигали вперед человечество.

Сословие ученых и художников, заявляющее на основании ложного разделения труда требования на право пользования трудом других, не может содействовать успеху истинной науки и истинного искусства, потому что ложь не может произвести истины.

Мы так привыкли к тем выхоленным, жирным или расслабленным нашим представителям умственного труда, что нам представляется диким то, чтобы ученый или художник пахал или возил навоз. Нам кажется, что все погибнет, и вытрясется на телеге вся его мудрость, и опачкаются в навозе те великие художественные образы, которые он носит в своей груди; но мы так привыкли к этому, что нам не кажется странным то, что наш служитель науки, т. е. служитель и учитель истины, заставляя других людей делать для себя то, что он сам может сделать, половину своего времени проводит в сладкой еде, курении, болтовне, либеральных сплетнях, чтении газет, романов и посещении театров; нам не странно видеть нашего философа в трактире, в театре, на бале, не странно узнавать, что те художники, которые услаждают и облагораживают наши души, проводили свою жизнь в пьянстве, картах и у девок, если еще не хуже. Наука и искусство - прекрасные вещи, но именно потому, что они прекрасные, их не надо портить обязательным присоединением к ним разврата, т. е. освобождения себя от обязанности человека служить трудом жизни своей и других людей. Наука и искусство подвинули вперед человечество. Да! но не тем, что люди науки и искусства под видом разделения труда и словом и, главное, делом учат других пользоваться посредством насилия нищетою и страданиями людей для того, чтобы освободить себя от самой первой и несомненной человеческой обязанности трудиться руками в общей борьбе человечества с природою.

XXXIV

"Но только разделение труда, освобождение людей науки и искусства от необходимости вырабатывать свою пищу и дало возможность того необычайного успеха наук, который мы видим в наше время, - говорят на это. - Если бы все должны были пахать, не были бы достигнуты те громадные результаты, которые достигнуты в наше время, не было бы тех поразительных успехов, которые так увеличили власть человека над природою; не было бы тех астрономических, так поражающих человеческий ум открытий, упрочивших мореплавание; не было бы пароходов, железных дорог, удивительных мостов, тоннелей, паровых двигателей, телеграфов, фотографий, телефонов, швейных машин, фонографов, электричества, телескопов, спектроскопов, микроскопов, хлороформа, Листеровой повязки, карболовой кислоты".

Я не перечисляю всего, чем так гордится наш век. Перечисление это и восторги перед самим собою и своими подвигами можно найти почти в каждой газете и популярной книжке. Восторги эти перед самим собою до такой степени часто повторяются, мы все до такой степени не можем достаточно нарадоваться на самих себя, что мы серьезно уверены, что наука и искусства никогда не делали таких успехов, как в наше время. Всем же этим удивительным успехам мы обязаны разделению труда. Так как же не признавать его?

Допустим, что действительно успехи, сделанные в наш век, поразительны, удивительны, необычайны; допустим, что мы тоже особенные счастливцы, что живем в такое необыкновенное время. Но попытаемся оценить эти успехи не на основании нашего самодовольства, а того самого принципа, который защищается этими успехами, - разделения труда. Все эти успехи очень удивительны, но по особенной несчастной случайности, признаваемой и людьми науки, до сих пор успехи эти не улучшили, а скорей ухудшили положение большинства, т. е. рабочего. Если рабочий может вместо ходьбы проехаться по железной дороге, то за то железная дорога сожгла его лес, увезла у него из-под носа хлеб и привела его в состояние, близкое к рабству - капиталисту. Если, благодаря паровым двигателям и машинам, рабочий может купить дешево непрочного ситцу, то за то эти двигатели и машины лишили его заработка дома и привели в состояние совершенного рабства - к фабриканту. Если есть телеграфы, которыми ему не запрещается пользоваться, но которыми он, по своим средствам, не может пользоваться, то зато всякое произведение его, которое входит в цену, скупается у него под носом капиталистами по дешевой цене, благодаря телеграфу, прежде чем рабочий узнает о требовании на этот предмет. Если есть телефоны и телескопы, стихи, романы, театры, балеты, симфонии, оперы, картинные галереи и т. п., то жизнь рабочего от этого всего не улучшилась, потому что все это, по той же несчастной случайности, недоступно ему. Так что в общем, в чем согласны и люди науки, до сих пор все эти необычайные изобретения и произведения искусства если не ухудшили, то никак не улучшили жизнь рабочего. Так что если к вопросу о действительности успехов, достигнутых науками и искусствами, мы приложим не наше восхищение перед самими собой, а то самое мерило, на основании которого защищается разделение труда, - пользу рабочему народу, то увидим, что у пас еще нет твердых оснований для того самодовольства, которому мы так охотно предаемся.

Мужик проедет по железной дороге, баба купит ситцу, в избе будет не лучина, а лампа, и мужик закурит трубку спичкой - это удобно; но по какому же праву я могу сказать, что железные дороги и фабрики принесли пользу народу?

Если мужик едет по железной дороге и покупает лампу, ситец и спички, то только потому, что нельзя этого запретить мужику; но ведь мы все знаем, что постройка железных дорог и фабрик никогда не делалась для пользы народа. Так зачем же случайные удобства, которыми нечаянно пользуется рабочий человек, приводить в доказательство полезности этих учреждений для народа? Ведь мы все знаем, что о рабочем человеке если и думали те техники и капиталисты, которые строили дорогу и фабрику, то только в том смысле, как бы вытянуть из него последние жилы. И как мы видим, и у нас, и в Европе, и в Америке вполне достигли этого.

Во всем вредном есть полезное. После пожара можно погреться и закурить головешкой трубку; но зачем же говорить, что пожар полезен?

Не будем, по крайней мере, самих себя обманывать. Ведь все мы знаем мотивы, по которым строятся дороги и фабрики и добываются керосин и спички. Техник строит дорогу для правительства, для военных целей или для капиталистов, для финансовых целей. Он делает машины для фабриканта, для наживы своей и капиталиста. Все, что он делает и выдумывает, он делает и выдумывает для целей правительства, для целей капиталиста и богатых людей. Самые хитрые изобретения техники направлены прямо или на вред народа, как пушки, торпеды, одиночные тюрьмы, приборы для акциза, телеграфы и т. п., или на предметы, которые не могут быть не только полезны, но и приложимы для народа: электрический свет, телефоны и все бесчисленные усовершенствования комфорта, или, наконец, на те предметы, которыми можно развращать народ и выманивать у него последние деньги, т. е. последний труд: таковы прежде всего - водка, пиво, вино, опиум, табак, потом ситцы, платки и всякие безделушки. Если же случается, что выдумки людей науки и работы техников иногда нечаянно пригодятся и народу, как железная дорога, ситец, чугуны, косы, то это доказывает только то, что на свете все связано и из каждой вредной деятельности может выходить и случайная польза для тех, кому деятельность эта вредна.

Люди науки и искусства могли бы сказать, что деятельность их полезна для народа только тогда, когда люди науки и искусства поставили бы себе целью служить народу так, как они теперь ставят себе целью служить правительствам и капиталистам. Мы бы могли это сказать тогда, когда бы люди науки и искусства поставили бы себе целью нужды народа; но таких ведь нет. Все ученые заняты своими жреческими занятиями, из которых выходят исследования о протоплазмах, спектральные анализы звезд и т. п. А каким топором, каким топорищем выгоднее что рубить; какая пила самая спорая; как месить лучше хлебы - из какой муки, как ставить их, как топить, строить печи, какая пища, какое питье, какая посуда самая удобная и выгодная в данных условиях, какие грибы можно есть и как их разводить, приготовить удобнее, - про это наука никогда и не думала. А ведь это все дело науки.

Я знаю, что, по своему определению, наука должна быть бесполезна, т. е. наука для науки; но ведь это очевидная отговорка. Дело науки - служить людям. Мы выдумали телеграфы, телефоны, фонографы, а в жизни, в труде народном, что мы подвинули? Пересчитали два миллиона букашек! А приручили ли хотя одно животное со времен библейских, когда уж наши животные давно были приручены? А лось, олень, куропатка, тетерев, рябчик всё остаются дикими. Ботаники нашли и клеточку, и в клеточках-то - протоплазму, и в протоплазме еще что-то, и в этой штучке еще что-то. Занятия эти, очевидно, долго не кончатся, потому что им, очевидно, и конца быть не может, и потому ученым некогда заняться тем, что нужно людям. И потому опять со времен египетской древности и еврейской, когда уже была выведена пшеница и чечевица, до нашего времени не прибавилось для пищи народа ни одного растения, кроме картофеля, и то приобретенного не наукой. Выдумали торпеды, приборы для акциза, а прядка, ткацкий станок бабий, соха, топорище, цеп, грабли, ушат, журавец - всё такие же, как были при Рюрике. И если что переменилось, то переменилось не научными людьми. То же и с искусством. Мы произвели пропасть людей в великих писателей, разобрали этих писателей по косточкам и написали горы критик, и критик на критики, и критик на критики критики; и картинные галереи собрали, и школы искусств разные изучили до тонкости; и симфонии и оперы у нас такие, что уже нам самим трудно становится их слушать. А что мы прибавили к народным былинам, легендам, сказкам, песням, какие картины передали народу, какую музыку? На

Никольской делают книги и картины для народа, в Туле - гармонии, и ни в том, ни в другом мы не принимали никакого участия. Поразительнее и очевиднее всего ложность направления нашей науки и искусств именно в тех самых отраслях, которые, казалось бы, по самым задачам своим должны бы быть полезными народу и которые вследствие ложного направления представляются скорее пагубными, чем полезными. Техник, врач, учитель, художник, сочинитель по самому назначению своему должны бы, кажется, служить народу, - и что же? При теперешнем направлении они ничего, кроме вреда, не могут приносить народу.

Технику, механику надо работать с капиталом. Без капиталов он никуда не годится. Все его знания таковы, что для проявления их ему нужны капиталы и в больших размерах эксплуатация рабочего, и, не говоря уже о том, что он сам приучен к тому, чтобы проживать по меньшей мере 2000 - 1500 рублей в год, а потому не может идти в деревню, где никто не может дать ему такого вознаграждения, он по самым занятиям своим не годится для служения народу. Он умеет вычислить высшей математикой дугу моста, вычислить силу и передачу двигателя и т. п., но перед простыми запросами народного труда он становится в тупик. Как улучшить соху, телегу, как сделать проездным ручей - все это в тех условиях жизни, в которых находится рабочий? Он ничего этого не знает и не понимает, - меньше, чем самый последний мужик. Дайте ему мастерские, народу всякого вволю, выписку машин из-за границы, - тогда он распорядится. А при данных условиях труда миллионов людей найти средства облегчить этот труд, этого он ничего не знает и не может и по своим знаниям, привычкам и требованиям от жизни не годится для этого дела.

В еще худшем положении находится врач. Его воображаемая наука вся так поставлена, что он умеет лечить только тех людей, которые ничего не делают и могут пользоваться трудами других. Ему нужно бесчисленное количество дорогих приспособлений, инструментов, лекарств и гигиенических приспособлений квартиры, пищи, нужников, чтобы ему научно действовать; ему, кроме своего жалованья, нужны такие расходы, что, для того чтобы вылечить одного больного, ему нужно заморить голодом сотню тех, которые понесут эти расходы.

Он учился у знаменитостей в столицах, которые держатся пациентов только таких, которых можно лечить в клиниках или которые, лечась, могут купить необходимые для лекарства машины и даже переехать сейчас с севера на юг и на такие и другие воды. Наука их такова, что всякий земский врач плачется на то, что нет средств лечить рабочий народ, что он так беден, что нет средств поставить больного в гигиенические условия, и вместе с тем этот же врач жалуется на то, что нет больниц и что он не поспевает, ему нужно помощников, еще докторов и фельдшеров. Что же выходит? Выходит то, что главное бедствие народа, от которого происходят и распространяются и не излечиваются болезни, это недостаточность средств для жизни. И вот наука, под знаменем разделения труда, призывает своих борцов на помощь народу. Наука вся пристроилась к богатым классам и своей задачей ставит, как лечить тех людей, которые все могут достать себе, и посылает лечить тех, у которых ничего нет лишнего, теми же средствами. Но средств нет, и потому надо их брать с народа, который болеет и заражается, а не вылечивается от недостатка средств. Вот и говорят защитники медицины для народа, что теперь еще это дело мало развилось. Очевидно, что мало развилось, потому что, если бы, избави бог, оно развилось и на шею народа вместо 2-х докторов, акушерок и фельдшеров в уезде посадили бы 20, как они хотят этого, то половина народа перемерла бы от тяжести содержания этого медицинского штата, и скоро бы и лечить некого было. Научное содействие народу, про которое говорят защитники науки, должно быть совсем другое. И то содействие, которое должно быть, еще не началось. Оно начнется тогда, когда человек науки - техник или врач - не будет считать законным то разделение, т. е. захват чужого труда, который существует, не будет считать себя вправе брать от людей - не говорю уже сотни тысяч, а даже скромные 1000 или 500 рублей за свое содействие им, а будет жить среди трудящихся людей в тех же условиях и так же, как они, и тогда будет прикладывать свои знания к вопросам механики, техники, гигиены и лечения рабочего народа. Теперь же наука, кормящаяся на счет рабочего парода, совершенно забыла об условиях жизни этого народа, игнорирует (как она выражается) эти условия и пресерьезно обижается, что ее воображаемые знания не находят приложения к народу.

Область медицины, как область техники, лежит еще непочатая. Все вопросы о том, как лучше разделять время труда, как лучше питаться, чем, в каком виде, когда, как лучше одеваться, обуваться, противодействовать сырости, холоду, как лучше мыться, кормить детей, пеленать и т. п., именно в тех условиях, в которых находится рабочий народ, - все эти вопросы еще не поставлены.

То же и с деятельностью учителей - научных, педагогических. Точно так же наука поставила это дело так, что учить по науке можно только богатых людей, и учителя, как техники и врачи, невольно льнут к деньгам, у нас особенно к правительству.

И это не может быть иначе, потому что образцово устроенная школа (как общее правило, чем научнее устроена школа, тем она дороже), с скамейками на винтах, глобусами, и картами, и библиотеками, и методиками для учителей и для учеников, - такая, на которую надо удвоить подати с каждой деревни. Так требует наука. Народу нужны дети для работы и тем более нужны, чем он беднее.

Научные защитники говорят: педагогия и теперь приносит пользу народу, а дайте, она разовьется, тогда еще будет лучше. Да если она разовьется, и вместо 20 школ в уезде будет 100, и все научные, и народ будет содержать эти школы он обеднеет еще больше, и ему еще нужнее будет работа своих детей.

"Что же делать! - говорят на это. - Правительство устроит школы и сделает обязательным обучение, как в Европе". Но деньги-то возьмутся ведь опять-таки с парода, и он тяжелее будет работать, и у него будет меньше досуга от труда, и образования насильственного не будет. Опять одно спасение - то, чтобы учитель жил в условиях рабочего человека и учил за то вознаграждение, которое свободно и охотно дадут ему.

Таково ложное направление науки, лишающее ее возможности исполнять свою обязанность - служить народу.

Но ни на чем это ложное направление не видно с такою очевидностью, как на деятельности искусства, которое по самому значению своему должно бы было быть доступно народу. Наука еще может ссылаться на свою глупую отговорку, что наука действует для науки и что когда она разработается учеными, она станет доступною и народу; но искусство, если оно искусство, - должно быть доступно всем, а в особенности тем, во имя которых оно делается. И наше положение искусства поразительно обличает деятелей искусства в том, что они и не хотят, и не умеют, и не могут быть полезными народу.

Живописец для изготовления своих великих произведений должен иметь студию, по крайней мере такую, и которой могла бы работать артель человек 40 столяров или сапожников, мерзнущих или задыхающихся в трущобах; но этого мало: ему нужна натура, костюмы, путешествия. Академия художеств истратила миллионы, собранные с народа, на поощрение искусств, и произведения этого искусства висят в дворцах и не понятны и не нужны народу. Музыканты, чтобы выразить свои великие идеи, должны собрать человек 200 в белых галстуках или в костюмах и израсходовать сотни тысяч для постановки оперы. И произведения этого искусства не могут вызвать в народе, если бы он когда-нибудь и мог пользоваться ими, ничего, кроме недоумения и скуки. Писатели, сочинители, казалось бы, не нуждаются в обстановке, в студиях, натуре, оркестрах и актерах; но и тут оказывается, что писателю, сочинителю, не говоря уже об удобствах помещения, всех сладостей жизни, для изготовления своих великих произведений нужны путешествия, дворцы, кабинеты, наслаждения искусствами, посещения театров, концертов, вод и т. п. Если сам он не наживет, ему дают пенсию, чтобы он лучше сочинял. И опять сочинения эти, столь ценимые нами, остаются трухою для народа и совершенно не нужны ему.

Что, если разведется еще больше, чего так желают люди наук и искусств, таких поставщиков духовной пищи, и придется в каждой деревне строить студию, заводить оркестры и содержать сочинителя в тех условиях, которые считают для себя необходимыми люди искусств? Я полагаю, что рабочие люди зарекутся скорее никогда не видать картины, не слыхать симфонии, не читать стихов или повестей, только бы не кормить всех этих дармоедов.

А отчего бы, казалось, людям искусства не служить народу? Ведь в каждой избе есть образа, картины, каждый мужик, каждая баба поют; у многих есть гармония, и все рассказывают истории, стихи; и читают многие. Как же так разошлись те две вещи, сделанные одна для другой, как ключ и замок, разошлись так, что не представляется даже возможности соединения? Скажите живописцу, чтобы он писал без студии, натуры, костюмов и рисовал бы пятикопеечные картинки; он скажет, что это значит отказаться от искусства, как он понимает его. Скажите музыканту, чтобы он играл на гармонии и учил бы баб петь песни; скажите поэту, сочинителю, чтобы он бросил свои поэмы и романы и сочинял песенники, истории, сказки, понятные безграмотным людям; они скажут, что вы сумасшедший. А разве не худшее сумасшествие, что люди только во имя того, что они будут служить духовной пищей тем людям, которые возрастили их, и кормят, и одевают их, освободили себя от труда и потом так забыли свое обязательство, что разучились делать эту годную для народа пищу и это-то самое отступление от обязательства считают своим достоинством?

"Но так везде", - говорят на это. Везде очень неразумно и будет неразумно до тех пор, пока люди, под предлогом разделения труда и обещания служить народу духовной пищей, будут только поглощать труды этого народа. Служение народу науками и искусствами будет только тогда, когда люди, живущие среди народа и как народ, не заявляя никаких прав, будут предлагать ему свои научные и художественные услуги, принять или не принять которые будет зависеть от воли народа.

XXXV

Говорить, что деятельность наук и искусств содействовала движению вперед человечества, подразумевая под этой деятельностью то, что теперь называется этим именем, все равно, что говорить, что неумелое, мешающее ходу судна болтание веслами на судне, идущем по течению, содействует движению судна. Оно только мешает ему. Так называемое разделение труда, т. е. захват чужого труда, ставший в наше время условием деятельности людей науки и искусства, был и остался главной причиной медленного движения вперед человечества.

Доказательства этого в том признании всех людей пауки, что приобретения науки и искусств недоступны рабочим массам вследствие дурного распределения богатств. Неправильность этого распределения по мере успеха наук и искусств не уменьшается, а только увеличивается. Люди наук и искусств делают вид, что они очень сожалеют об этом не зависящем от них несчастном обстоятельстве. Но это несчастное обстоятельство производится ими самими, потому что возникает это неправильное распределение богатств только из теории разделения труда, проповедуемого людьми науки и искусства. Наука отстаивает разделение труда, как закон неизменный, видит, что распределение богатств, основывающееся на разделении труда, неправильно и гибельно, и утверждает, что ее деятельность, признающая разделение труда, приведет людей к благу.

Выходит, что одни люди пользуются трудами других, но что если они очень долго и в еще больших размерах будут пользоваться трудами других, то тогда это неправильное распределение богатств, т. е. пользование трудом других, прекратится.

Люди стоят у постоянно увеличивающегося источника воды и заняты тем, чтобы отводить его в сторону от жаждущих людей, и утверждают, что они-то и производят эту воду и что вот-вот скоро наберется ее столько, что всем достанет, А ведь вода эта, которая текла и течет не переставая и питает все человечество, не только не есть последствие деятельности тех людей, которые, стоя у источника, отводят его, а вода эта течет и разливается, несмотря на усилия этих людей остановить ее развитие.

Всегда была истинная церковь в смысле людей, соединенных в наивысшей доступной в известный период человечеству истине, и всегда эта церковь была истинною не потому, что она называла себя таковою, и всегда была наука и искусство, но истинными науки и искусства были не потому, что они называли себя этим именем. Признающим себя представителями науки и искусства известного времени всегда кажется, что они сделали и делают, и, главное, вот-вот сейчас сделают удивительные чудеса и что, помимо их, не было и нет никакой науки и никакого искусства. Так это казалось софистам, схоластикам, алхимикам, кабалистам, талмудистам и нашей научной науке и нашему искусству для искусства.

XXXVI

"Но наука, искусство! Вы отрицаете науку и искусство, т. с.

отрицаете то, чем живет человечество!" Мне постоянно делают это - не возражение, а употребляют этот прием, чтобы, не разбирая их, отбрасывать мои доводы. "Он отрицает науку и искусство, он хочет вернуть людей к дикому состоянию; что же слушать его и говорить с ним?" Но это несправедливо. Я не только не отрицаю науку и искусство, но я только во имя того, что есть истинная наука и истинное искусство, и говорю то, что я говорю; только для того, чтобы была возможность человечеству выйти из того дикого состояния, в которое оно быстро впадает, благодаря ложному учению нашего времени, только для этого я и говорю то, что я говорю.

Наука и искусство так же необходимы для людей, как пища, и питье, и одежда, даже необходимее; но они делаются таковыми не потому, что мы решим, что то, что мы называем наукой и искусством, - необходимо, а только потому, что они действительно необходимы людям.

Ведь если для телесной пищи людей будут готовить Сено, то то, что мы убеждены в том, что сено есть пища людей, не сделает того, что сено станет пищей людей. Я ведь не могу сказать: "Что же ты не ешь сена, когда оно необходимая пища?" Пища необходима, но может случиться то, что то, что я предлагаю, - не пища. Вот это-то самое и случилось с нашей наукой и искусством. А нам кажется, что если мы приложим к греческому слову слово логия и назовем это наукою, то будет наука, и если какое-нибудь гадкое дело, как плясание обнаженных женщин, назовем греческим словом хореография и скажем, что это искусство, то оно и будет искусство. Но сколько бы мы ни говорили этого, дело, которым мы занимаемся, считая козявок и исследуя химический состав звезд Млечного Пути, рисуя русалок и исторические картины, сочиняя повести и симфонии, наше дело не станет ни наукой, ни искусством до тех пор, пока оно не будет охотно приниматься темп людьми, для которых оно делается. А до сих пор оно не принимается.

Если бы только одним людям разрешено было производить пищу, а всем остальным было бы запрещено это делать, или бы они были поставлены в невозможность производить пищу, я полагаю, что качество пищи понизилось бы. Если бы люди, имеющие монополию производить пищу, были бы русские крестьяне, не было бы другой пищи, кроме черного хлеба, щей, квасу и т. п., - кроме того, что они любят и что им приятно. То же самое случилось бы с той высшей человеческою деятельностью наук и искусств, если бы монополию ее присвоила себе одна каста; но только с тою разницею, что в телесной пище не может быть очень больших отклонений от естественности, а хлеб и щи хотя и не очень вкусная пища, но все-таки удобоедома; в духовной же пище могут быть самые большие отклонения; и некоторые люди могут долгое время питаться прямо им ненужной или вредной, отравляющей духовной пищей, могут сами медленно убивать себя духовным опиумом или спиртом и эту самую пищу предлагают массам.

Это самое и случилось с нами. И случилось потому, что положение людей науки и искусств привилегированное, потому что наука и искусство (в наше время) в нашем мире не есть вся та разумная деятельность всего без исключения человечества, выделяющего свои лучшие силы на служение науке и искусству, а деятельность маленького кружка людей, имеющего монополию этих занятий и называющего себя людьми науки и искусства и потому извративших самые понятия науки и искусства и потерявших смысл своего призвания и занятых только тем, чтобы забавлять и спасать от удручающей скуки свой маленький кружок дармоедов.

С тех пор как существуют люди, у них всегда была наука в самом ее простом и широком смысле. Наука, в смысле всего знания, приобретенного человечеством, всегда была и есть, и без нее немыслима жизнь; и ни нападать на науку в этом смысле, ни защищать ее нет никакой возможности. Но дело в том, что область знания вообще всего человечества так многообразна - от знания, как добывать железо, до знания движения светил, - что человек теряется в этой многочисленности существующих и в бесконечности возможных знаний, если у него нет руководящей нити, по которой бы он мог располагать эти знания, распределять их по степени их значения и важности. Прежде чем человек познает что бы то ни было, он должен решить, что этот предмет познания важен для него и важнее и нужнее, чем те́ другие бесчисленные предметы познания, которыми он окружен. Прежде чем изучать что-нибудь, человек решает уже, для чего он изучает этот предмет, а не остальные. Изучать же все, как проповедуют в наше время люди научной науки, без соображения о том, что выйдет из этого изучения, прямо невозможно, потому что число предметов изучения бесконечно, и потому, сколько бы и какие бы предметы мы ни изучали, изучение их не может иметь никакого значения и смысла. И потому в древние времена, даже не очень давно, до тех пор, пока не явилась научная паука, как церковь, высшая мудрость людей всегда состояла в том, чтобы найти ту руководящую нить, по которой должны быть расположены знания людей: какие из них первой, какие меньшей важности. И это-то руководящее всеми другими знаниями знание люди всегда называли наукою в тесном смысле. И такая наука всегда и до нашего времени была в людских обществах, выходивших из первоначального дикого состояния. С тех пор как существует человечество, всегда, у всех народов являлись учители, составлявшие науку в этом тесном смысле: науку о том, что нужнее всего знать человеку. Наука эта всегда имела своим предметом знание того, в чем назначение и потому истинное благо каждого человека и всех людей. Эта-то наука и служила руководящей нитью в определении значения всех других знаний.

Такова была наука Конфуция, Будды, Моисея, Сократа, Христа, Магомета и других; наука такая, какою ее разумели и разумеют все люди, за исключением нашего кружка так называемых образованных людей. Наука такая всегда занимала не только первенствующее место, но была одной наукой, из которой определялось значение всех других. И это происходило совсем не потому, как это думают так называемые ученые люди нашего времени, что обманщики-жрецы - учители этой науки - придали ей такое значение, а потому, что действительно, как каждый может это узнать и внутренним опытом и рассуждением, без науки о том, в чем назначение и благо человека, не может быть никаких настоящих наук и искусств, ибо предметов наук и искусств бесчисленное количество (я подчеркиваю слово бесчисленное, так как понимаю его в точном значении); и без знания того, в чем состоит назначение и благо всех людей, нет возможности выбора в этом бесконечном количестве предметов, и потому без этого знания все остальные знания и искусства становятся, как они и сделались у нас, праздной и вредной забавой.

Человечество жило-жило и никогда не жило без науки о том, в чем назначение и благо людей; правда, что наука о благе людей для поверхностного наблюдения кажется различной у буддистов, браминов, евреев, христиан, конфуцианцев, таосистов; хотя стоит только вникнуть в эти учения, чтобы увидать одинаковую сущность, но все-таки, где мы знаем людей, вышедших из дикого состояния, мы находим эту науку; и вдруг оказывается, что люди нашего времени решили, что эта-то самая наука, до сих пор бывшая руководительницей всех человеческих знаний, что она-то и мешает всему. Люди строят здание, и один строитель составил одну смету, другой - другую, третий - третью. Сметы несколько различны, но сметы верны, так что всякий видит, что если все будет исполнено по смете, то здание построится. Таковы строители Конфуций, Будда, Моисей, Христос. Вдруг приходят люди и уверяют, что главное дело в том, чтобы не было никакой сметы, а чтобы строить так - на глазомер. И это-то "так" люди эти называют самой точной научной наукой, как папа называется святейшим. Люди отрицают всякую науку, самую сущность науки - определение того, в чем назначение и благо людей, и это отрицание науки называют наукой.

С тех пор как существуют люди, в среде их зарождались великие умы, которые в борьбе с требованиями разума и совести задавали себе вопросы о том, в чем состоит благо, назначение и благо не одного меня, а всякого человека. Чего хочет от меня и от всякого человека та сила, которая произвела и ведет меня? И что мне нужно делать, чтобы удовлетворить вложенным в меня требованиям личного и общего блага? Они спрашивали себя: я целое и частица чего-то необъятного, бесконечного. Какие мои отношения к таким же подобным мне частицам - людям и ко всему целому - к миру?

И из голоса совести, и из разума, и из соображений того, что говорили им прежде жившие и современные люди, задававшие себе те же вопросы, эти великие учители выводили свои учения, простые, ясные, понятные всем людям и всегда такие, которые могли быть исполняемы. Такие люди были первой, второй, третьей и самой последней величины. Такими людьми полон мир. Все живые люди задают себе вопрос: как помирить свое требование блага личной жизни с совестью и разумом, и из этого общего труда вырабатываются медленно, но безостановочно новые, более близкие к требованиям разума и совести формы жизни. Вдруг является новая каста людей, которые говорят: все это пустяки, все это надо оставить. Это дедуктивный способ мышления (в чем разница дедуктивного от индуктивного, никто никогда понять не мог), это приемы теологического и метафизического периода. Все то, что открывают внутренним опытом и сообщают друг другу люди о сознании закона своей жизни (функциональной деятельности на их жаргоне), все, что с начала мира сделали на этом пути величайшие умы человечества, все это пустяки и не имеет никакого веса. По этому новому учению выходит так: вы клеточка; и то, что вы, как клеточка, имеете очень определенную функциональную деятельность, которую вы не только наблюдаете, но и несомненно внутри себя чувствуете; и то, что вы клеточка мыслящая, говорящая, понимающая, и что вы поэтому можете у другой такой говорящей клеточки спросить, так ли она, как и вы, чувствует, и этим еще проверить свой опыт; то, что вы можете воспользоваться тем, что прежде жившие говорящие клеточки записали об этом же предмете; и то, что у вас есть миллионы клеточек, своим согласием с теми записавшими свои мысли клеточками подтверждающих ваши наблюдения, - все это ничего не значит, все это дурной, ложный метод. Верный научный метод такой: если вы хотите знать, в чем ваше назначение и благо и назначение и благо всего человечества и всего мира, то вы прежде всего должны перестать слышать голос и требования своей совести и разума, заявляющие себя и в вас самих, и в подобных вам, вы должны перестать верить всему тому, что говорили великие учители человечества о своем разуме и совести, считать все это пустяками и начать все сначала. И, чтобы понять все сначала, вам надо смотреть в микроскоп на движение амеб и клеточек в глистах или еще покойнее верить во все то, что вам будут говорить об этом люди с дипломом непогрешимости. И, глядя на движение этих амеб и клеточек или читая про то, что видели другие, приписывать этим клеточкам свои человеческие чувства и расчеты о том, чего они желают, куда стремятся, что соображают и рассчитывают и к чему привыкли, и из этих наблюдений (в которых что ни слово, то ошибка мысли или выражения) по аналогии заключать о том, что вы такое, какое ваше назначение и в чем благо ваше и других подобных вам клеточек. Вы должны, чтобы понять себя, изучать не только глисту, которую вы видите, но и микроскопические существа, которых вы почти что не видите, и трансформации из одних существ в другие, которых никто никогда не видел, и вы наверно никогда не увидите.

То же самое и с искусством. Искусство - там, где была истинная наука, было всегда выражением ее. С тех пор как есть люди, они из всей деятельности выражения разнообразных знаний выделяли главное выражение знания о назначении и благе человека, и выражение-то этого знания и было искусство в тесном смысле. С тех пор как есть люди, были те особенно чуткие и отзывчивые на учение о благе и назначении человека, которые на гуслях и тимпанах, в изображениях и словами выражали свою и людскую борьбу с обманами, отвлекавшими их от их назначения, свои страдания в этой борьбе, свои надежды на торжество добра, свое отчаяние о торжестве зла и свои восторги в сознании этого наступающего блага. С тех пор как были люди, истинное искусство, то, которое высоко ценилось людьми, не имело другого значения, как выражение науки о назначении и благе человека. Всегда и до последнего времени искусство служило учению о жизни, - только тогда оно было тем, что так высоко ценили люди. Но одновременно с тем, как на место истинной науки о назначении и благе стала наука обо всем, о чем вздумается, - с тех пор и исчезло искусство, как важная деятельность человеческая. Искусство во всех народах существовало и существует до тех пор, пока то, что теперь у нас презрительно называется религией, считалось единой наукой. В нашем европейском мире пока была церковь, как учение о назначении и благе, и учение церкви считалось единой истинной наукой, искусство служило церкви и было истинное искусство; но с тех пор как искусство вышло из церкви и стало служить науке, наука же служила чему попало, искусство потеряло свое значение, и, несмотря на заявляемые по старой памяти права и на нелепое, доказывающее только потерю признания утверждение, что искусство служит искусству, оно сделалось ремеслом, доставляющим людям приятное, и, как такое, неизбежно сливается с хореографическими, кулинарными, парикмахерскими и косметическими искусствами, производители которых с таким же правом называют себя артистами, как и поэты, живописцы и музыканты нашего времени.

Оглянешься назад и видишь: в продолжение тысячелетий из миллиардов живших людей выделяются десятки Конфуциев, Будд,

Солонов, Сократов, Соломонов, Гомеров, Исаий, Давидов. Видно, редко между людьми они встречаются, несмотря на то, что тогда не из одной касты только, а из всех людей выбирались эти люди, видно, редки эти истинные ученые и художники, производители духовной пищи. И недаром человечество так высоко ценило и ценит их. Теперь же оказывается, что эти все прошедшие великие деятели науки и искусства уже не нужны нам. Теперь научных и художественных деятелей можно, по закону разделения труда, делать фабричным способом, и мы в одно десятилетие наделали больше великих людей науки и искусства, чем их родилось среди всех людей от начала мира. Теперь есть цех ученых и художников, они заготавливают усовершенствованным способом всю ту духовную пищу, которая нужна человечеству. И заготовили они ее так много, что старых, прежних, не только древних, но и более близких уж не нужно и поминать, - это все была деятельность теологического и метафизического периода, то все надо стереть; а настоящая разумная деятельность началась так - лет 50 тому назад, и в эти 50 лет мы наделали столько великих людей, что на каждую науку приходится человек по 10 великих людей, а наук наделали столько - благо их легко делать, стоит приложить к греческому названию слово логия и расположить по готовым рубрикам - и готова наука, - наделали наук столько, что не только один человек не может знать их, но ни один не запомнит всех названий существующих наук; названия одни составят толстый лексикон, и каждый день делают еще новые науки. Наделали очень много, вроде того учителя-чухонца, который выучил детей помещика чухонскому вместо французского языка. Выучил все прекрасно, одно только горе, что никто, кроме нас, ничего этого не понимает и считает все это ни на что не нужной чепухой. Но, впрочем, и на это есть объяснения. Люди не понимают всей пользы научной науки потому, что они находятся под влиянием теологического периода, того глупого периода, когда весь народ и у евреев, и у китайцев, и у индейцев, и у греков понимал все, что говорили им их великие учители.

Но отчего бы это ни случилось, дело в том, что науки и искусства всегда были в человечестве, и, когда они действительно были, они были нужны и понятны всем людям. Мы же делаем что-то такое, что мы называем пауками и искусствами, но оказывается, что то, что мы делаем, не нужно и не понятно людям. И потому какие бы прекрасные вещи ни были те, какие мы делаем, мы не имеем права называть их науками и искусствами.

XXXVII

"Но вы только даете другое, несогласное с наукой, более тесное определение науки и искусства", - говорят мне на это; остается все та же научная и художественная деятельность Галилеев, Врунов, Гомеров, Микеланджелов, Бетховенов и всех меньшей величины ученых и художников, которые всю жизнь свою посвящали служению науке и искусству и которые были и останутся благодетелями человечества, стараясь забыть тот новый принцип разделения труда, на основании которого наука и искусство занимают теперь свое привилегированное положение и на основании которого мы имеем возможность уже не голословно, а по данному мерилу решить, имеет или не имеет основание та деятельность, которая называет себя наукой и искусством, так величать себя.

Когда египетские или греческие жрецы производили свои никому не известные таинства и говорили об этих таинствах, что в них заключается вся наука и искусство, - я не мог на основании пользы, приносимой ими народу, проверить действительность их науки, потому что наука, по их утверждению, была сверхъестественное; но теперь у всех нас есть ясное, простое определение деятельности науки и искусства, исключающее все сверхъестественное: наука и искусство обещаются исполнять мозговую деятельность человечества для блага обществ или всего человечества. И потому мы имеем право называть наукой и искусством только такую деятельность, которая будет иметь эту цель и будет достигать ее. А потому, как бы ни называли себя ученые, придумывающие теории уголовных, государственных и международных прав, придумывающие новые пушки и взрывчатые вещества, и художники, сочиняющие похабные оперы и оперетки или такие же похабные романы, мы не имеем права называть всю эту деятельность деятельностью науки и искусства, потому что деятельность эта не имеет целью блага обществ или человечества, а, наоборот, направлена ко вреду людей.

Точно так же, как бы ни называли себя те ученые, которые в простодушии своем всю свою жизнь заняты исследованием микроскопических животных и телескопических и спектральных явлений, или художники, которые после старательного исследования памятников старины заняты писанием исторических романов, картин, симфоний и прекрасных стихов, - все эти люди, несмотря на все свое усердие, не могут быть названы людьми науки и искусства, во-первых, потому, что их деятельность науки для науки и искусства для искусства не имеет целью блага; во-вторых, потому, что мы не видим последствий этой деятельности для блага общества или человечества. То же, что из их деятельности выходит иногда полезное и приятное для некоторых людей, как и из всего может выйти приятное и полезное для некоторых людей, никак не дает нам права, по их научному определению, считать их людьми науки и искусства.

Точно так же, как бы ни называли себя люди, выдумывающие приложение электричества к освещению, отоплению и движению или новые химические соединения, дающие динамит или прекрасные краски, люди, играющие правильно симфонии Бетховена, играющие на театре или пишущие хорошие портреты, жанры, пейзажи и картины, пишущие интересные романы, цель которых только в развлечении от скуки богача, - деятельность этих людей не может быть названа наукой и искусством, потому что деятельность эта не направлена, так же как мозговая деятельность в организме, на благо целого, а руководится только личной выгодой, привилегиями, деньгами, получаемыми за изобретение, и потому деятельность такого рода науки и искусства также не может быть отделена от всякой другой корыстной, личной деятельности, прибавляющей приятности жизни, как деятельность трактирщиков, и наездников, и модисток, и проституток, и т. п. Деятельность как тех, и других, и третьих не подходит под определение науки и искусства, на основании разделения труда, обещающих служить благу всего человечества или общества.

Определение наукою науки и искусства совершенно правильно, но, к несчастию, деятельность теперешних наук и искусств не подходит под него. Одни прямо делают вредное, другие - бесполезное, третьи - ничтожное, годное только для богачей. Они не исполняют того, что они, по своему же определению, взялись исполнить, и потому так же мало имеют права считать себя людьми науки и искусства, как испорченное духовенство, не исполнявшее взятых на себя обязанностей, не имеет права признавать себя носителем божеской истины.

И понятно, почему деятели нынешней науки и искусств не исполнили и не могут исполнить своего призвания. Они не исполняют его потому, что они из обязанностей своих сделали права.

Деятельность научная и художественная в ее настоящем смысле только тогда плодотворна, когда она не знает прав, а знает одни обязанности. Только потому, что она всегда такова, что ее свойство быть таковою, и ценит человечество так высоко эту деятельность. Если люди действительно призваны к служению другим духовной работой, то они в этой работе будут видеть только обязанность и с трудом, лишениями и самоотвержением будут исполнять ее.

Мыслитель и художник никогда не будут спокойно сидеть на олимпийских высотах, как мы привыкли воображать; мыслитель и художник должен страдать вместе с людьми для того, чтобы найти спасение или утешение. Кроме того, он страдает еще потому, что он всегда, вечно в тревоге и волнении: он мог решить и сказать то, что дало бы благо людям, избавило бы их от страдания, дало бы утешение, а он не так сказал, но так изобразил, как надо; он вовсе не решил и не сказал, а завтра, может, будет поздно - он умрет. И потому страдание и самоотвержение всегда будет уделом мыслителя и художника.

Не тот будет мыслителем и художником, кто воспитается в заведении, где будто бы делают ученого и художника (собственно же делают губителя науки и искусства), и получит диплом и обеспечение, а тот, кто и рад бы не мыслить и не выражать того, что заложено ему в душу, но не может не делать того, к чему влекут его две непреодолимые силы: внутренняя потребность и требование людей.

Гладких, жуирующих и самодовольных мыслителей и художников не бывает. Духовная деятельность и выражение ее, действительно нужные для других, есть самое тяжелое призвание человека - крест, как выражено в Евангелии. И единственный, несомненный признак присутствия призвания есть самоотвержение, есть жертва собой для проявления вложенной в человека на пользу другим людям силы. Без мук не рождается и духовный плод.

Учить тому, сколько козявок на свете, и рассматривать пятна на солнце, писать романы и оперу - можно не страдая; но учить людей их благу, которое все только в отвержении от себя и служении другим, и выражать сильно это учение нельзя без отречения.

До тех пор была церковь, пока учители терпели и страдали, а как только они стали жирны, кончилась их учительская деятельность. "Были попы золотые и чаши деревянные; стали чаши золотые - попы деревянные", - говорит староверческая пословица. Недаром умер Христос на кресте, недаром жертва страдания побеждает все.

Наши же и наука и искусство обеспечены, дипломированы, и только и заботы у всех, как бы еще лучше обеспечить, т. е. сделать для них невозможным служение людям.

Истинной науки и истинного искусства есть два несомненные признака: первый - внутренний, тот, что служитель науки и искусства не для выгоды, а с самоотвержением будет исполнять свое призвание, и второй - внешний, тот, что произведение его будет понятно всем людям, благо которых он имеет в виду.

В чем бы ни полагали люди свое назначение и благо, наука будет учением об этом назначении и благе, а искусство - выражением этого учения. Законы Конфуция - наука; учение Моисея, Христа - наука; постройки в Афинах искусство, псалмы Давида тоже искусство, обедня - искусство; но изучение тел в 4 измерениях, и таблицы химических соединений, и наши поэмы, и симфонии, и картины никогда не были и не будут ни наукой, ни искусством. Место настоящей науки и искусств занимают в наше время богословие и юридические науки, место настоящего искусства занимают церковные и правительственные обряды, в которые одинаково никто не верит и на которые одинаково никто не смотрит серьезно; то же, что называется у нас наукой и искусством, есть произведения праздного ума и чувства, имеющие целью щекотать такие же праздные умы и чувства: науки и искусства наши непонятны и ничего не говорят народу, потому что не имеют в виду его блага.

С тех пор как мы знаем жизнь людей, мы находим всегда и везде царствующее учение, ложно называющее себя наукой, не раскрывающее для людей, а затемняющее для них смысл жизни. Так это было у греков (софисты), потом у христиан (мистики, гностики, схоластики), у евреев (кабалисты и талмудисты), и так везде и до нашего времени. Что за особенное счастье наше жить в такое особенное время, когда та деятельность умственная, которая называет себя наукой, не только не заблуждается, но находится, как нас уверяют, в каком-то необычайном преуспеянии! Не происходит ли это особенное счастье оттого, что человек не может и не хочет видеть своего безобразия? Отчего же от тех наук и софистов, и кабалистов, и талмудистов ничего не осталось, кроме слов, а мы так особенно счастливы? Ведь признаки совершенно те же: то же самодовольство, слепая уверенность, что мы, именно мы и только мы, на настоящем пути, и с нас только начинается настоящее. Те же ожидания, что вот-вот мы откроем что-то необыкновенное, и тот же главный, обличающий наши заблуждения признак: вся мудрость наша остается при нас, а массы народа не понимают, и не принимают, и не нуждаются в ней.

Положение наше очень тяжелое, но почему же не посмотреть на него прямо?

Пора опомниться и оглянуться на себя. Ведь мы не что иное, как книжники и фарисеи, севшие на седалище Моисея и взявшие ключи от царства небесного, и сами не входящие и других не впускающие. Ведь мы, жрецы науки и искусства, самые дрянные обманщики, имеющие на наше положение гораздо меньше прав, чем самые хитрые и развратные жрецы. Ведь для привилегированного положения нашего у нас нет никакого оправдания; мы мошенничеством захватили это место и обманом поддерживаем его. Жрецы, духовенство, наше или католическое, как оно ни было развратно, имело право на свое положение, - они говорили, что учат людей жизни и спасению. Мы же, люди науки и искусств, подкопались под них, доказали людям, что они обманывают, и стали на его место; и не учим людей жизни, даже признаем, что учиться этому не надо, а сосем соки народа и за это учим своих детей греческой и латинской грамматике, для того чтобы и они могли продолжать ту же жизнь паразитов, какую мы ведем. Мы говорим: касты были, у нас теперь нет. А что же значит то, что одни люди и их дети работают, а другие люди и их дети не работают?

Приведите индейца, не знающего языка, и покажите ему европейскую и нашу жизнь нескольких поколений, и он признает такие же две главные определенные касты рабочих и не рабочих, какие есть у него. И как у него, так и у нас право не работать дает особенное посвящение, которое мы называем наукой и искусством, вообще - образованием. Вот это-то образование и все извращение разума, соединенное с ним, и привело нас к тому удивительному безумию, вследствие которого мы не видим того, что так ясно и несомненно. Мы поедаем людские жизни наших братии и считаем себя христианами, гуманными, образованными и совершенно правыми людьми.

XXXVIII

Так что же делать? Что же нам делать? Этот вопрос, включающий в себя и признание того, что жизнь наша дурна и неправильна, и вместе с тем как бы отговорку о том, что все-таки переменить этого нельзя, - этот вопрос я слышал и слышу со всех сторон, и потому я только и выбрал этот вопрос заглавием всего этого писания. Я описывал свои страдания, свои искания и свои разрешения этого вопроса. Я такой же человек, как все, и если отличаюсь чем-нибудь от среднего человека нашего круга, то, главное, тем, что я больше среднего человека служил и потворствовал ложному учению нашего мира, больше получал одобрений от людей царствующего учения и потому больше других развратился и сбился с пути. И потому думаю, что решение вопроса, который я нашел для себя, будет годиться и для всех искренних людей, которые поставят себе тот же вопрос.

Прежде всего на вопрос, что делать, я ответил себе: не лгать ни пред людьми, ни пред собою, не бояться истины, куда бы она ни привела меня.

Мы все знаем, что значит лгать перед людьми, но лжи перед самими собой мы не боимся; а между тем самая худшая, прямая, обманная ложь перед людьми ничто по своим последствиям в сравнении с той ложью перед самим собой, на которой мы строим свою жизнь.

Вот той-то ложью нужно не лгать, чтобы быть в состоянии ответить на вопрос, что делать. И в самом деле, как же ответить на вопрос, что делать, когда все, что я делаю, вся моя жизнь основана на лжи, и я эту ложь старательно выдаю за правду перед другими и перед самим собой? Не лгать в этом смысле значит не бояться правды, не придумывать и не принимать придуманных людьми изворотов для того, чтобы скрыть от себя вывод разума и совести; не бояться разойтись со всеми окружающими и остаться одному с разумом и совестью; не бояться того положения, к которому приведет правда, твердо веруя, что то положение, к которому ведет правда и совесть, как бы страшно оно ни было, не может быть хуже того, которое построено на лжи. Не лгать в нашем положении людей привилегированных, умственного труда - значит не бояться учесться.

Может быть, уже так много должен, что и не рассчитаешься; но как бы ни много было, все лучше, чем не считаться, как бы ни далеко зашел по ложной дороге, все лучше, чем продолжать идти по ней. Ложь перед другими только невыгодна: всякое дело решается всегда прямее и короче правдой, чем ложью. Ложь перед другими только запутывает дело и отдаляет решение; но ложь перед самим собою, выставляемая за правду, губит всю жизнь человека. Если человек, выбравшийся на ложную дорогу, признает ее настоящею, то всякий шаг его по этой дороге отдаляет его от цели; если человек, долго идущий по этой ложной дороге, сам догадается или ему скажут, что это дорога ложная, но он испугается мысли о том, как далеко он заехал в сторону, и постарается уверить себя, что он, может быть, и тут выедет на путь, то он никогда не выедет. Если человек сробеет перед истиной и, увидав ее, не признает ее, а примет ложь за истину, то человек никогда не узнает, что ему делать. Мы, люди не только богатые, но люди привилегированные, так называемые образованные, так далеко зашли по ложной дороге, что нам надо или большую решительность, или очень большие страдания на ложной дороге для того, чтобы опомниться и признать ту ложь, которой мы живем. Я увидал ложь нашей жизни благодаря тем страданиям, к которым меня привела ложная дорога; и я, признав ложность того пути, на котором стоял, имел смелость идти, прежде только одною мыслью, туда, куда меня вели разум и совесть, без соображения о том, к чему они меня приведут. И я был вознагражден за эту смелость.

Все сложные, разрозненные, запутанные и бессмысленные явления жизни, окружавшие меня, вдруг стали ясны, и мое прежде странное и тяжелое положение среди этих явлений вдруг стало естественно и легко.

И в новом положении этом определилась совершенно точно моя деятельность совсем не та, какая представлялась мне прежде, но деятельность новая, гораздо более спокойная, любовная и радостная. То самое, что прежде пугало меня, стало привлекать меня. И потому я думаю, что тот, кто искренно задаст себе вопрос, что делать, и, отвечая на этот вопрос, не будет лгать перед собой, а пойдет туда, куда поведет его разум, тот уже решил вопрос. Если он только не будет лгать перед собой, он найдет, что, где и как делать.

Одно только, что может помешать ему в отыскании исхода, - это ложно высокое о себе и о своем положении мнение. Так это было со мной, и потому другой, вытекающий из первого ответ на вопрос, что делать, для меня состоял в том, чтобы покаяться во всем значении этого слова, т. е. изменить совершенно оценку своего положения и своей деятельности: вместо полезности и серьезности своей деятельности признать ее вред и пустяшность, вместо своего образования признать свое невежество, вместо своей доброты и нравственности признать свою безнравственность и жестокость, вместо своей высоты признать свою низость. - Я говорю, что, кроме того, чтобы не лгать перед самим собой, мне нужно еще было покаяться, потому что, хотя одно и вытекает из другого, ложное представление о моем высоком значении так срослось со мною, что до тех пор, пока я искренно не покаялся, не отрешился от той ложной оценки, которую я сделал сам себе, я не видал большей части той лжи, которою я лгал перед собой. Только когда я покаялся, т. е. перестал смотреть на себя как на особенного человека, а стал смотреть, как на человека такого же, как все люди, только тогда путь мой стал ясен для меня. Прежде же я не мог отвечать на вопрос, что делать, потому что самый вопрос я ставил неправильно.

Пока я не покаялся, я ставил вопрос так: какую избрать деятельность мне, человеку, приобретшему то образование и те таланты, которые я приобрел? Как отплатить этими талантами и этим образованием за то, что я брал и беру у народа? Вопрос этот был неправилен потому, что он включал в себя ложное представление о том, что я не такой же человек, а особенный, призванный служить людям теми талантами и образованием, которое я приобрел 40-летним упражнением. Я задавал себе вопрос, но, в сущности, уже отвечал на него вперед тем, что вперед уж определял тот род мне приятной деятельности, которою я призван был служить людям. Я, собственно, спрашивал себя, как мне, такому прекрасному писателю, приобретшему столько знаний и талантов, употребить их на пользу людям.

Вопрос же надо было поставить так, как бы он стоял для ученого раввина, прошедшего курс талмуда и выучившего число букв всех священных книг и все тонкости своей науки. Вопрос как для раввина, так и для меня должен был стоять так: что мне, проведшему, по несчастию моих условий, лучшие учебные года, вместо приучения к труду, в изучении грамматики, географии, юридических наук, стихов, повестей и романов, французского языка и фортепианной игры, философских теорий и военных упражнений, - что мне, проведшему лучшие годы моей жизни в праздных и развращающих душу занятиях, - что мне делать, несмотря на эти несчастные условия прошедшего, чтобы отплатить тем людям, которые во все это время кормили и одевали меня, да и теперь продолжают кормить и одевать меня? Если бы вопрос стоял так, как он стоит передо мной теперь, после того, как я покаялся, - что мне делать, такому испорченному человеку? - то ответ был бы легок: стараться прежде всего честно кормиться, т. е. выучиться не жить на шее других и, учась этому и выучившись, при всяком случае приносить пользу людям и руками, и ногами, и мозгами, и сердцем, и всем тем, на что заявляются требования людей.

И потому-то я говорю, что для человека нашего круга, кроме того, чтобы не лгать перед другими и собой, нужно еще покаяться, соскрести с себя вросшую в нас гордость своим образованием, утонченностью, талантами и сознать себя не благодетелем народа, передовым человеком, который не отказывается поделиться с народом своими полезными приобретениями, а признать себя кругом виноватым, испорченным, никуда не нужным человеком, который желает исправиться и не то что благодетельствовать народу, но перестать только оскорблять и обижать его. Я слышу часто вопросы хороших молодых людей, сочувствующих отрицательной части моего писания и спрашивающих: ну, так что же мне делать? что делать мне, кончившему курс в университете или в другом заведении, для того чтобы быть полезным? Молодые люди эти спрашивают, а в глубине души у них уже решено, что то образование, которое они получили, есть их великое преимущество и что служить народу они желают именно этим своим преимуществом. И потому одно, чего они никак не сделают, это то, чтобы искренно, честно отнестись критически к тому, что они называют своим образованием: спросить себя, хорошие или дурные свойства суть то, что они называют своим образованием. Если же они сделают это, то они неизбежно будут приведены к необходимости отречься от своего образования и к необходимости начать учиться снова, а это одно и нужно. Они никак не могут решить вопроса: что делать, потому что вопрос этот стоит для них не так, как он должен стоять. Вопрос должен стоять так: как мне, беспомощному, бесполезному человеку, по несчастию моих условий погубившему лучшие учебные года на развращающее душу и тело изучение научного талмуда, поправить эту ошибку и выучиться служить людям? А он у них стоит так: как мне, приобретшему столько прекрасных знаний человеку, быть этими прекрасными знаниями полезным людям? И потому-то такой человек никогда не ответит на вопрос - что делать, до тех пор, пока он не покается. И покаяние не страшно, так же как не страшна истина, и так же радостно и плодотворно. Стоит принять истину совсем и покаяться совсем, чтобы понять, что прав, преимуществ, особенностей в деле жизни никто не имеет и не может иметь, а обязанностям нет конца и нет пределов, и что первая и несомненная обязанность человека есть участие в борьбе с природою за свою жизнь и жизнь других людей.

И это-то сознание обязанности человека и составляет сущность третьего ответа на вопрос - что делать?

Я старался не лгать перед собой, я старался выварить из себя остатки ложного мнения о значении моего образования и талантов и покаяться; но на дороге решения вопроса, что делать, становилось новое затруднение: дел так много разных, что надо было указание на то, что именно делать. И ответ на этот вопрос дало мне искреннее покаяние в том зле, в котором я жил.

Что делать? Что именно делать? - спрашивают все и спрашивал я до тех пор, пока под влиянием высокого мнения о своем призвании не видел того, что первое и несомненное дело мое было то, чтобы кормиться, одеваться, отепляться, обстраиваться и в этом же самом служить другим, потому что, с тех пор как существует мир, в этом самом состояла и состоит первая и несомненная обязанность всякого человека.

В самом деле, в чем бы человек, ни полагал своего призвания: в том ли, чтобы управлять людьми, в том ли, чтобы защищать своих соотечественников, совершать ли богослужение, поучать ли других, придумывать ли средства для увеличения приятностей жизни, открывать ли законы мира, воплощать ли вечные истины в художественных образах, - для разумного человека обязанность его участвовать в борьбе с природою для поддержания жизни и своей и других людей всегда будет самая первая и самая несомненная. Обязанность эта будет первой уже потому, что людям нужнее всего их жизнь, и потому для того, чтобы защищать и поучать людей и делать их жизнь более приятной, надо сохранять самую жизнь, а между тем мое неучастие в борьбе, поглощение чужих трудов есть уничтожение чужих жизней. И потому безумно служить жизни людей, уничтожая жизни людей, и нельзя говорить, что я служу людям, когда я своей жизнью очевидно врежу им.

Обязанность человека борьбы с природою для приобретения средств жизни всегда будет самой первой и несомненной из всех других обязанностей, потому что обязанность эта есть закон жизни, отступление от которого влечет за собой неизбежное наказание - уничтожение или телесной, или разумной жизни человека. Если человек, живя один, уволит себя от обязанности борьбы с природой, он тотчас же казнится тем, что тело его погибает. Если же человек уволит себя от этой обязанности, заставляя других людей, губя их жизнь, исполнять ее, то он тотчас же казнится уничтожением разумной жизни, т. е. жизни, имеющей разумный смысл.

В этом одном деле получает человек, если уже разделять его, полное удовлетворение телесных и духовных требований своей природы: кормить, одевать, беречь себя и своих близких есть удовлетворение телесной потребности, делать то же для других людей - удовлетворение духовной потребности. Всякая другая деятельность человека только тогда законна, когда она направлена на удовлетворение этой первейшей потребности человека, потому что в удовлетворении этой потребности состоит и вся жизнь человека.

Я так был извращен своей прошедшей жизнью, так скрыт в нашем мире этот первый и несомненный закон бога или природы, что мне показалось странным, страшным, стыдным даже исполнение этого закона, как будто может быть страшно, странно и стыдно исполнение вечного несомненного закона, а не отступление от него.

Сначала мне представлялось, что для исполнения этого дела нужно какое-то приспособление, устройство, сообщество единомышленных людей, согласие семьи, жизнь в деревне; потом представлялось совестным как будто выказываться перед людьми, делать такое непривычное в нашем быту дело, как телесный труд, и я не знал, как взяться за него. Но стоило мне понять, что это не есть какая-нибудь исключительная деятельность, которую нужно выдумать и устроить, а что эта деятельность есть только возвращение из ложного положения, в котором я находился, к естественному, есть только исправление той лжи, в которой я живу, - стоило мне сознать это, чтобы устранились все эти затруднения. Устроивать и приспособлять и ожидать согласия других никогда не нужно было, потому что всегда, в каком бы я ни был положении, были люди, которые кормили, одевали, отопляли, кроме себя, и меня, и везде при всех условиях я мог делать это сам для себя и для них, если у меня доставало времени и сил. А испытывать ложный стыд в занятии непривычным и как бы удивительным для людей делом я тоже не мог, потому что, не делая этого, я испытывал уже не ложный, а настоящий стыд.

И тут-то, придя к этому сознанию и практическому из него выводу, я был вознагражден вполне за то, что не заробел перед выводами разума и пошел туда, куда они вели меня. Придя к этому практическому выводу, я был поражен легкостью и простотою разрешения всех этих вопросов, которые мне прежде казались столь трудными и сложными. На вопрос, что нужно делать, явился самый несомненный ответ: прежде всего, что мне самому нужно: мой самовар, моя печка, моя вода, моя одежда - все, что я могу сам сделать. На вопрос, не странно ли это будет перед людьми, делавшими это, оказалось, что странность эта продолжалась только неделю, а после недели сделалось бы странным, если бы я возвратился к прежним условиям. На вопрос, нужно ли организовать этот физический труд, устроить сообщество в деревне, на земле, оказалось, что все это не нужно, что труд, если он имеет своею целью не приобретение возможности праздности и пользования чужим трудом, каков труд наживающих деньги людей, а имеет целью удовлетворение потребностей, сам собою влечет из города в деревню, к земле, туда, где труд этот самый плодотворный и радостный. Сообщества же не нужно было никакого составлять потому, что человек трудящийся сам по себе, естественно примыкает к существующему сообществу людей трудящихся. На вопрос о том, не поглотит ли этот труд всего моего времени и не лишит ли меня возможности той умственной деятельности, которую я люблю, к которой привык и которую в минуту самомнения считаю не бесполезною другим, ответ получился самый неожиданный. Энергия умственной деятельности усилилась и равномерно усиливалась, освобождаясь от всего излишнего, по мере напряжения телесного. Оказалось, что, отдав на физический труд восемь часов - ту половину дня, которую я прежде проводил в тяжелых усилиях борьбы со скукою, у меня оставалось еще восемь часов, из которых мне нужно было по моим условиям только пять для умственного труда; оказалось, что если бы я, весьма плодовитый писатель, 40 почти лет ничего не делавший, кроме писания, и написавший 300 листов печатных, - если бы я работал все эти 40 лет рядовую работу с рабочим народом, то, не считая зимних вечеров и гулевых дней, если бы я читал и учился в продолжение пяти часов каждый день, а писал бы по одним праздникам, по две страницы в день (а я писывал по листу печатному в день), то я написал бы те же 300 листов в 14 лет. Оказалось удивительное дело; самый простой арифметический расчет, который может сделать семилетний мальчик и которого я до сих пор не мог сделать. В сутках 24 часа; спим мы 8 часов, остается 16. Если какой бы то ни было человек умственной деятельности посвятит на свою деятельность 5 часов каждый день, то он сделает страшно много. Куда же деваются остальные 11 часов?

Оказалось, что физический труд не только не исключает возможность умственной деятельности, не только улучшает ее достоинство, но поощряет ее.

На вопрос о том, не лишит ли этот физический труд меня многих безвредных радостей, свойственных человеку, как наслаждение искусствами, приобретение знания, общения с людьми и вообще счастия жизни, оказалось совершенно обратное: чем напряженнее был труд, чем больше он приближался к считающемуся самым грубым земледельческому труду, тем больше я приобретал наслаждений, знаний и приходил тем более в тесное и любовное общение с людьми и тем более получал счастья жизни.

На вопрос о том (так часто слышанный мною от людей не совсем искренних), какой результат может произойти от такой ничтожной капли в море, от участия моего личного физического труда в море поглощаемого мною труда, получился тоже самый удовлетворительный и неожиданный ответ. Оказалось, что стоило мне сделать физический труд привычным условием своей жизни, чтобы тотчас же большинство моих ложных, дорогих привычек и требований при физической праздности сами собой, без малейшего усилия с моей стороны, отпали от меня. Не говоря уже о привычках обращать день в ночь и обратно, о постеле, одежде, условной чистоте, прямо невозможных и стесняющих при физическом труде, пища, потребность качества пищи совершенно изменились. Вместо сладкого, жирного, утонченного, сложного, пряного, на что тянуло прежде, стала нужна и более всего приятна самая простая пища: щи, каша, черный хлеб, чай вприкуску. Так что, не говоря уже о влиянии на меня примера простых рабочих людей, довольствующихся малым, с которыми я при физической работе приходил в общение, самые потребности незаметно изменились вследствие рабочей жизни, так что моя капля физического труда в море общего труда, по мере моей привычки и усвоения приемов работы, становилась все больше и больше; по мере же плодотворности моего труда и требования мои труда от других становились все меньше и меньше, и жизнь естественно, без усилий и лишений приближалась к такой простой, о которой я не мог и мечтать без исполнения закона труда. Оказалось то, что самые дорогие требования мои от жизни - именно требования тщеславия и рассеяния от скуки - происходили прямо от праздной жизни. При физической работе не было места тщеславию и не было нужды в рассеянии, так как время было приятно занято, и после усталости простой отдых за чаем, за книгой, за разговором с близкими был несравненно приятнее театра, карт, концерта, большого общества - всех тех вещей, которые нужны при физической праздности и стоят дорого.

На вопрос о том, не расстроил ли бы этот непривычный труд здоровья, необходимого для возможности служения людям, оказалось, что несмотря на положительные утверждения знаменитых врачей, что физический напряженный труд, особенно в мои года, может иметь самые вредные последствия (а что лучше шведская гимнастика, массаж и т. п. приспособления, долженствующие заменить естественные условия жизни человека), оказалось, что чем напряженнее был труд, тем я сильнее, бодрее, веселее и добрее себя чувствовал. Так что оказалось несомненно то, что точно так же, как все те ухищрения человеческого ума: газеты, театры, концерты, визиты, балы, карты, журналы, романы суть не что иное, как средство поддерживать духовную жизнь человека вне его естественных условий труда для других, что точно таковы же все гигиенические и медицинские ухищрения человеческого ума для приспособления пищи, питья, помещения, вентиляции, отопления, одежды, лекарств, вод, массажа, гимнастики, электрических и всяких других лечений - что все эти хитрости-мудрости суть только средства поддержать телесную жизнь человека, изъятую из естественных ее условий труда. Оказалось, что все те ухищрения человеческого ума для приятного устройства жизни физически праздных людей совершенно подобны тем хитростям, которые бы придумывали люди для устройства в герметически закрытом помещении, посредством механических приборов, испарения и растений, наилучшего для дыхания воздуха, когда стоит только открыть окошко.

Все выдумки медицины и гигиены для людей нашего круга подобны тому, что придумывал бы механик для того, чтобы, растопив неработающий паровик и заткнув все клапаны, сделать так, чтобы паровик не разорвало. Вместо всех сложнейших и поглощающих столько трудов устройств увеселений, комфорта и медицинских и гигиенических приспособлений, долженствующих спасать людей от их духовных и телесных болезней, нужно только одно: исполнять закон жизни - делать то, что свойственно не только человеку, но и животному, - выпускать заряд энергии, принимаемый в виде пищи, мускульным трудом; говоря простым языком зарабатывать хлеб, не работавши не есть, или сколько поел, столько и сработал.

И когда я ясно понял все это, мне стало смешно. Я целым рядом сомнений, исканий, длинным ходом мысли пришел к той необыкновенной истине, что если у человека есть глаза, то затем, чтобы смотреть ими, и уши, чтобы слушать, и ноги, чтобы ходить, и руки, и спина, чтобы работать. И что если человек не будет употреблять этих членов на то, на что они предназначены, то ему будет хуже. Я пришел к тому заключению, что с нами, привилегированными людьми, случилось то же, что случилось с жеребцами моего знакомого. Приказчик, не охотник до лошадей и не знаток, получив приказание хозяина поставить на стойло лучших жеребцов, отобрал их из табуна, поставил в стойла, кормил овсом и поил; но, боясь за дорогих лошадей, не решался никому поручить их, не ездил, не гонял и даже не выводил их. Лошади все сели на ноги и стали никуда не годными. То же случилось и с нами, но только с тою разницей, что лошадей нельзя обмануть ничем, и их, чтобы не выпускать, держали на привязи, нас же держат в таком же неестественном, гибельном для нас положении соблазнами, которые спутали нас и держат, как цепи.

Мы устроили себе жизнь, противную и нравственной и физической природе человека, и все силы своего ума напрягаем на то, чтобы уверить человека, что это-то и есть самая настоящая жизнь. Все, что мы называем культурой: наши науки и искусства, усовершенствования приятностей жизни, - это попытки обмануть нравственные требования человека; все, что называем гигиеной и медициной, - это попытки обмануть естественные, физические требования человеческой природы. Но обманы эти имеют свои пределы, и мы доходим до них. Если такова настоящая жизнь человеческая, то лучше уже вовсе не жить, говорит царствующая, самая модная философия Шопенгауэра и Гартмана. Если такова жизнь, то лучше не жить, говорит увеличивающееся число самоубийств привилегированного класса. Если такова жизнь, то и будущим поколениям лучше не жить, говорят потворствуемые наукой медицины и изобретенные ею уловки для уничтожения женского плодородия.

В Библии сказано, как закон человека: "В поте лица снеси хлеб, и в муках родиши чада". Мужик Бондарев, написавший об этом статью, осветил для меня мудрость этого изречения [За всю мою жизнь два русских мыслящих человека имели на меня большое нравственное влияние и обогатили мою мысль и уяснили мне мое миросозерцание. Люди эти были не русские поэты, ученые, проповедники, - это были два живущие теперь замечательные человека, оба всю свою жизнь работавшие мужицкую работу, - крестьяне Сютаев и Бондарев, (Примеч. Л, Н. Толстого.).]

Но nous avons change tout ca [мы переменили все это (фр.).], - как говорит мольеровское лицо, завравшись о медицине и сказавши, что печень на левой стороне. Мы все это переменили. Людям не нужно работать, чтобы кормиться, это все будут делать машины, а женщинам не нужно рожать. Наука медицина научит различным средствам, а народу и так слишком много.

По Крапивенскому уезду ходит оборванный мужик. Он был во время войны закупщиком хлеба у провиантского чиновника. Сблизившись с чиновником, увидав его сладкую жизнь, мужик сошел с ума на том, что и он так же, как господа, может не работать, а получать следующее ему содержание от государя императора. Мужик этот называет себя теперь светлейшим военным князем Блохиным, поставщиком военного провианта всех сословий. Он говорит про себя, что он "окончил всех чинов" и по выслуге военного сословия должен получить от государя императора открытый банк, одежды, мундиры, лошадей, экипажи, чай, горох и прислугу и всякое продовольствие. Человек этот смешон для многих, но для меня значение сумасшествия его ужасно. На вопросы: не хочет ли он поработать, он всегда гордо отвечает: "очень благодарен, это все управится крестьянами". Когда скажешь ему, что крестьяне тоже не захотят работать, он отвечает: "крестьянам это не затруднительно в управке" (вообще он говорит высоким слогом и любит отглагольные существительные). "Теперь выдумка машин, для облегчительности крестьян, - говорит он. - Для них нет затруднительности", Когда у него спросят, для чего он живет, он отвечает: "для разгулки времени". Я всегда смотрю на этого человека, как в зеркало. Я вижу в нем себя и все наше сословие. Окончить чинов, чтобы жить для разгулки времени и получать открытый банк, между тем как крестьяне, для которых это не затруднительно по выдумке машин, управляют все дела, - это полная формулировка безумной веры людей нашего круга.

Когда мы спрашиваем, что же именно нам делать, ведь мы не спрашиваем ничего, а только утверждаем, только не с такою добросовестностью, как светлейший военный князь Блохин, окончивший всех чинов и лишась разума, что мы не хотим ничего делать. Тот, кто опомнится, не может этого спрашивать, потому что, с одной стороны, все, чем он пользуется, сделано и делается руками людей, а с другой стороны, как только проснулся и поел здоровый человек, так у него является потребность работать и ногами, и руками, и мозгами. Для того чтобы найти работу и работать, ему нужно только не удерживаться; только тот, кто считает стыдным работу, как дама, которая просит гостью не трудиться отворять дверь, а подождать, пока она позовет для этого человека, только тот может задавать себе вопрос, что именно делать.

Когда мы спрашиваем, что же именно нам делать, ведь мы не спрашиваем ничего, а только утверждаем, только не с такою добросовестностью, как светлейший военный князь Блохин, окончивший всех чинов и лишась разума, что мы не хотим ничего делать. Тот, кто опомнится, не может этого спрашивать, потому что, с одной стороны, все, чем он пользуется, сделано и делается руками людей, а с другой стороны, как только проснулся и поел здоровый человек, так у него является потребность работать и ногами, и руками, и мозгами. Для того чтобы найти работу и работать, ему нужно только не удерживаться; только тот, кто считает стыдным работу, как дама, которая просит гостью не трудиться отворять дверь, а подождать, пока она позовет для этого человека, только тот может задавать себе вопрос, что именно делать.

Мне представилось дело так: день всякого человека самой пищей разделяется на 4 части, или 4 упряжки, как называют это мужики: 1) до завтрака, 2) от завтрака до обеда, 3) от обеда до полдника и 4) от полдника до вечера. Деятельность человека, в которой он, по самому существу своему, чувствует потребность, тоже разделяется на 4 рода: 1) деятельность мускульной силы, работа рук, ног, плеч и спины - тяжелый труд, от которого вспотеешь; 2) деятельность пальцев и кисти рук, деятельность ловкости мастерства; 3) деятельность ума и воображения; 4) деятельность общения с другими людьми.

Мне представилось дело так: день всякого человека самой

пищей разделяется на 4 части, или 4 упряжки, как называют это мужики: 1) до завтрака, 2) от завтрака до обеда, 3) от обеда до полдника и 4) от полдника до вечера. Деятельность человека, в которой он, по самому существу своему, чувствует потребность, тоже разделяется на 4 рода: 1) деятельность мускульной силы, работа рук, ног, плеч и спины - тяжелый труд, от которого вспотеешь; 2) деятельность пальцев и кисти рук, деятельность ловкости мастерства; 3) деятельность ума и воображения; 4) деятельность общения с другими людьми.

Мне представилось, что тогда только уничтожится то ложное разделение труда, которое существует в нашем обществе, и установится то справедливое разделение труда, которое не нарушает счастия человека.

Я, например, занимался всю свою жизнь умственным трудом. Я говорил себе, что я так разделил труд, что писание, т. е. умственный труд, есть специальное мое занятие, а другие нужные мне дела предоставил (или заставил) делать других. Но это, казалось бы, самое выгодное устройство для умственного труда, не говоря уже о своей несправедливости, было невыгодно именно для умственного труда.

Я всю свою жизнь - пищу, сон, развлечения - устраивал в виду этих часов специальной работы и, кроме этой работы, ничего не делал. Из этого выходило, во-первых, то, что я суживал свой круг наблюдения и знаний, часто не имел средства для изучения и часто, задавшись задачей описывать жизнь людей (а жизнь людей есть всегдашняя задача всякой умственной деятельности), я чувствовал свое незнание и должен был учиться, спрашивал о таких вещах, которые знал всякий человек, не занятый специальной работой; во-вторых, выходило то, что я садился писать, но у меня не было никакого внутреннего влечения писать, и никто не требовал от меня писания, как писания, т. е. моих мыслей, а требовалось мое имя для журнальных соображений. Я старался выжимать из себя, что мог: иногда ничего не выжимал, иногда что-нибудь очень плохое и чувствовал неудовлетворенность и тоску. Теперь же, когда я сознал необходимость физической работы, и грубой и ремесленной, выходило совершенно другое: время мое было занято, как ни скромно, но несомненно полезно, и радостно, и поучительно для меня. И потому я отрывался для своей специальности от этого несомненно полезного и радостного занятия только тогда, когда чувствовал и внутреннюю потребность и видел прямо заявляемые ко мне в моем писательском труде требования.

А эти-то требования и обусловливали только доброкачественность и потому полезность и радостность моей специальной работы. Так что оказалось, что занятие теми физическими работами, которые мне необходимы, как и всякому человеку, не только не мешало моей специальной деятельности, но было необходимым условием полезности, доброкачественности и радостности этой деятельности.

Птица так устроена, что ей необходимо летать, ходить, клевать, соображать, и когда она все это делает, тогда она удовлетворена, счастлива, тогда она птица. Точно так же и человек: когда он ходит, ворочает, поднимает, таскает, работает пальцами, глазами, ушами, языком, мозгом, тогда только он удовлетворен, тогда только он человек.

Человек, сознавший свое призвание труда, будет естественно стремиться к той перемене труда, которая свойственна ему для удовлетворения его внешних и внутренних потребностей, и изменит этот порядок не иначе, как только если почувствует в себе непреодолимое призвание к какому-либо исключительному труду, и к этому же труду будут предъявляться требования других людей.

Свойство труда таково, что удовлетворение всех потребностей человека требует того самого чередования разных родов труда, которое делает труд не тягостью, а радостью. Только ложная вера, о том, что труд есть проклятие, могла привести людей к тому освобождению себя от известных родов труда, т. е. захвату чужого труда, требующего насильственного занятия специальным трудом других людей, которое они называют разделением труда.

Ведь мы только так привыкли к нашему ложному пониманию устройства труда, что нам кажется, что сапожнику, машинисту, писателю или музыканту будет лучше, если он уволит себя от свойственного человеку труда. Там, где не будет насилия над чужим трудом и ложной веры в радостность праздности, ни один человек для занятия специальным трудом не уволит себя от физического труда, нужного для удовлетворения его потребностей, потому что специальное занятие не есть преимущество, а есть жертва, которую приносит человек своему влечению и своим братьям.

Сапожник в деревне, оторвавшись от привычного, радостного в поле труда и взявшись за свою работу, чтобы починить или сшить сапоги соседям, лишает себя всегда радостного труда в поле только потому, что он любит шить, знает, что никто не может так хорошо сделать этого, как он, и что люди будут благодарны ему. Но ему не может прийти желание на всю жизнь лишить себя радостного чередования труда.

Так же староста, машинист, писатель, ученый. Ведь это нам, с нашим извращенным понятием, кажется так, что если конторщика барин разжаловал в мужики или министра сослали на поселение, то его наказали, сделали ему дурное. В сущности же, его облагодетельствовали, т. е. заменили его тяжелый, специальный труд радостным чередованием труда. В естественном обществе это совсем иначе. Я знаю одну общину, где люди сами кормились. Один из членов этого общества был образованнее других, и от него потребовали чтения, к которому он должен был готовиться днем, чтобы читать его вечером. Он делал это с радостью, чувствуя, что он полезен другим и делает дело хорошее. Но он устал от исключительно умственной работы, и здоровье его стало хуже. Члены общины пожалели его в попросили идти работать в поле.

Для людей, смотрящих на труд как на сущность и радость жизни, фон, основа жизни будет всегда борьба с природой - труд, и земледельческий, и ремесленный, и умственный, и установление общения между людьми. Отступление от одного или многих из этих родов труда и специальная работа будет только тогда, когда человек специальной работы, любя эту работу и зная, что он лучше других делает ее, жертвует своей выгодой для удовлетворения непосредственно заявляемых к нему требований. Только при таком взгляде на труд и вытекающем из него естественном разделении труда уничтожается то проклятие, наложенное в нашем воображении на труд, и всякий труд становится всегда радостью, потому что либо человек будет делать несомненно полезный и радостный, неотягчительный труд, либо будет иметь сознание жертвы в исполнении труда более тяжелого, исключительного, но такого, который он делает для блага других.

Но разделение труда выгоднее. Для кого выгоднее? Выгоднее поскорее наделать как можно больше сапог и ситцев. Но кто будет делать эти сапоги и ситцы? Люди, поколениями делающие только булавочные головки. Так как же это может быть выгоднее для людей? Если дело в том, чтобы наделать как можно больше ситцев и булавок, то это так; но дело ведь в людях, в благе их. А благо людей в жизни. А жизнь в работе. Так как же может необходимость мучительной, угнетающей работы быть выгоднее для людей? Если дело только в выгоде одних людей без соображения о благе всех людей, то выгоднее всего одним людям есть других. Говорят, что и вкусно. Выгоднее для всех людей - одно, то самое, что я для себя желаю, - наибольшего блага и удовлетворения тех потребностей, и телесных и душевных, и совести, и разума, которые в меня вложены. И вот для себя я нашел, что для моего блага и удовлетворения моих этих потребностей мне нужно только излечиться от того безумия, в котором я жил вместе с крапивенским сумасшедшим, сумасшествия, состоящего в том, что некоторым людям не полагается работать и что всё это должны управлять другие люди, и потому делать только то, что свойственно человеку, т. е. работать, удовлетворяя своим потребностям. И, найдя это, я убедился, что труд для удовлетворения своих потребностей сам собою разделяется на разные роды труда, из которых каждый имеет свою прелость и не только не составляет отягощения, а служит отдыхом один от другого. Я в грубой форме (нисколько не настаивая на справедливости такого деления) разделил этот труд по тем требованиям, которые я имею в жизни, на 4 отдела, соответственно четырем упряжкам работы, из которых слагается день, и стараюсь удовлетворять этим требованиям.

Так вот какие ответы я нашел для себя на вопрос, что нам делать.

Первое: не лгать перед самим собой, как бы ни далек был мой путь жизни от того истинного пути, который открывает мне разум.

Второе: отречься от сознания своей правоты, своих преимуществ, особенностей перед другими людьми и признать себя виноватым.

Третье: исполнять тот вечный, несомненный закон человека - трудом всего существа своего, не стыдясь никакого труда, бороться с природою для поддержания жизни своей и других людей.

XXXIX

Я кончил, сказав все то, что касалось меня, но не могу удержаться от желания сказать еще то, что касается всех: общими соображениями поверить те выводы, к которым я пришел. Мне хочется сказать о том, почему мне кажется, что очень многие из нашего круга должны прийти к тому же, к чему я пришел, и еще о том, что выйдет из того, если хоть некоторые люди придут к этому.

Я думаю, что многие придут к тому же, к чему я пришел, потому что если только люди нашего круга, нашей касты серьезно оглянутся на себя, то люди молодые, ищущие личного счастья, ужаснутся перед все увеличивающейся, явно влекущей их в погибель бедственностью своей жизни, люди совестливые ужаснутся перед жестокостью и незаконностью своей жизни, и люди робкие ужаснутся перед опасностью своей жизни.

Несчастье нашей жизни. Как мы, богатые люди, ни поправляем, ни подпираем с помощью нашей науки и искусства эту нашу ложную жизнь, жизнь эта становится с каждым годом и слабее, и болезненнее, и мучительнее; с каждым годом увеличивается число самоубийств и отречений от рождения детей; с каждым годом мы чувствуем увеличивающуюся тоску нашей жизни, с каждым годом слабеют новые поколения людей этого сословия. Очевидно, что на этом пути увеличения удобств и приятностей жизни, на пути всякого рода лечений и искусственных приспособлений для улучшения зрения, слуха, аппетита, искусственных зубов, волос, дыхания, массажей и т, п. не может быть спасения. То, что люди, не пользующиеся этими усовершенствованиями, сильнее и здоровее, эта истина стала таким труизмом, что в газетах печатаются рекламы о желудочных порошках для богатых под заглавием: Blessings for the poor (блаженство для бедных), где говорится, что бедные только имеют правильное пищеварение, а богатым нужна помощь, а в том числе эти порошки. Поправить это дело нельзя никакими увеселениями, удобствами и порошками; поправить может только перемена жизни.

Несогласие нашей жизни с нашей совестью. Как ни стараемся мы оправдать перед самими собой свою измену человечеству, все наши оправдания распадаются прахом перед очевидностью: вокруг нас мрут люди от непосильной работы и недостатков, мы губим труд других людей, пищу и одежду, необходимые для них, только для того, чтобы найти развлечение и разнообразие в скучной жизни. И потому совесть человека нашего круга, если есть хоть малый остаток ее в нем, не может заснуть и отравляет все те удобства и приятности жизни, которые доставляют нам страдающие и гибнущие в труде братья. Но мало того, что каждый совестливый человек сам чувствует это, - он бы и рад забыть это, но не может этого сделать: в наше время вся лучшая часть науки и искусства, та, в которой остался смысл ее призвания, постоянно напоминает нам о нашей жестокости и нашем незаконном положении. Старые, твердые оправдания все разрушены; новые, эфемерные оправдания науки для науки, искусства для искусства не выдерживают света простого, здравого рассудка. Совесть людей не может быть успокоена новыми придумками, а может быть успокоена только переменой жизни, при которой ненужно будет и не в чем будет оправдываться.

Опасность нашей жизни. Как ни стараемся мы скрыть от себя простую, самую очевидную опасность истощения терпения тех людей, которых мы душим, как ни стараемся мы противодействовать этой опасности всякими обманами, насилиями, задабриваниями, опасность эта растет с каждым днем, с каждым часом и давно уже угрожает нам, а теперь назрела так, что мы чуть держимся в своей лодочке над бушующим уже и заливающим нас морем, которое вот-вот гневно поглотит и пожрет нас. Рабочая революция с ужасами разрушений и убийств не только грозит нам, но мы на ней живем уже лет 30 и только пока, кое-как разными хитростями на время отсрочиваем ее взрыв. Таково положение в Европе; таково положение у нас и еще хуже у нас, потому что оно не имеет спасительных клапанов. Давящие народ классы, кроме царя, не имеют теперь в глазах нашего народа никакого оправдания; они держатся все в своем положении только насилием, хитростью и оппортунизмом, т. е. ловкостью, но ненависть в худших представителях народа и презрение к нам в лучших растут с каждым годом.

В нашем народе в последние три-четыре года вошло в общее употребление новое, многозначительное слово; словом этим, которого я никогда не слыхал прежде, ругаются теперь на улице и определяют нас: дармоеды. Ненависть и презрение задавленного народа растет, а силы физические и нравственные богатых классов слабеют; обман же, которым держится все, изнашивается, и утешать себя в этой смертной опасности богатые классы не могут уже ничем. Возвратиться к старому нельзя; возобновить разрушенный престиж нельзя; остается одно для тех, которые не хотят переменить свою жизнь: надеяться на то, что на мою жизнь хватит, а после как хотят. Так и делает слепая толпа богатых классов; но опасность все растет, и ужасная развязка приближается. Устранить угрожающую опасность богатые классы могут только переменою жизни.

Три причины указывают людям богатых классов необходимость перемены их жизни: потребность личного блага своего и своих близких, не удовлетворимая на том пути, на котором они стоят, потребность удовлетворения голоса совести, невозможность которой очевидна на настоящем пути, и угрожающая и все растущая опасность жизни, не устранимая никакими внешними средствами. Все три причины вместе должны влечь людей богатых классов к перемене их жизни, к такой перемене, которая бы удовлетворяла и благу и совести и устраняла бы опасность.

И такая перемена есть только одна: перестать обманывать, покаяться, признать труд не проклятием, а радостным делом жизни.

Но что же будет из того, что я буду 10, 8, 5 часов работать физическую работу, которую охотно сделают тысячи мужиков за те деньги, которые у меня есть? - говорят на это.

Будет первое, самое простое и несомненное, то, что ты будешь веселее, здоровее, бодрее, добрее и узнаешь настоящую жизнь, от которой ты прятался сам или которая была спрятана от тебя. Будет второе то, что если у тебя есть совесть, то не только она не будет страдать, как она страдает теперь, глядя на труд людей, значение которого мы всегда, по незнанию его, преувеличиваем или уменьшаем, но ты будешь постоянно испытывать радостное сознание того, что с каждым днем ты все больше и больше удовлетворяешь требованиям своей совести и выходишь из того ужасного положения такого нагромождения зла в нашей жизни, что нет возможности делать добро людям; ты почувствуешь радость жить свободно с возможностью добра; ты пробьешь окно, просвет в область нравственного мира, который был закрыт от тебя. Будет третье то, что, вместо вечного страха возмездия за твое зло, ты будешь чувствовать, что ты спасаешь и других от этого возмездия и, главное, спасаешь угнетенных от жестокого чувства злобы и мести.

Но ведь смешно, говорят обыкновенно, нам, людям нашего мира, с стоящими перед нами глубокомысленными вопросами - философскими, научными, политическими, художественными, церковными, общественными, нам, министрам, сенаторам, академикам, профессорам, артистам, четверть часа времени которых так дорого ценится людьми, нам тратить наше время - на что же? на чищение своих сапог, мытье своих рубашек, копание, сажанье картофеля или кормление своих кур и своей коровы и т. п., теми делами, которые делают для нас и за нас с радостью не только наш дворник, наша кухарка, но тысячи людей, которые дорожат нашим временем. Но почему же мы сами одеваемся, моемся, чешемся (извините за подробности), держим себе горшок, почему мы сами подаем стулья дамам, гостям, отворяем, затворяем двери, подсаживаем в экипажи, делаем тому подобных сотни дел, которые прежде делали за нас рабы. Потому что мы считаем, что это так надобно, что в этом человеческое достоинство, т. е. долг, обязанность человека. То же самое и с физической работой. Достоинство человека, его священный долг и обязанность употреблять данные ему руки и ноги на то, для чего они даны, и поглощаемую пищу на труд, производящий эту пищу, а не на то, чтобы они атрофировались, не на то, чтобы их мыть, и чистить, и употреблять только на то, чтобы посредством их совать в рот пищу, питье и папироски. Такое значение имеет занятие физическим трудом для всякого человека во всяком обществе; но в нашем обществе, где уклонение от итого закона природы сделалось несчастьем целого круга людей, занятие физическим трудом получает еще другое значение - значение проповеди и деятельности, устраняющей страшные бедствия, угрожающие человечеству. Ведь говорить, что для образованного человека занятие физическим трудом есть ничтожное занятие, это все равно что говорить при постройке храма: что же важного в том, чтобы положить один камень ровно на свое место? Ведь всякое величайшее дело делается именно в условиях незаметности, скромности, простоты: ни пахать, ни строить, ни пасти скотину, ни мыслить даже нельзя при освещении, громе пушек и в мундирах. Освещение, гром пушек, музыка, мундиры, чистота, блеск, с которыми мы привыкли соединять понятие о важности занятия, напротив, всегда служат признаками отсутствия важности дела. Великие, истинные дела всегда просты и скромны. И таково величайшее дело, предстоящее нам: разрешение тех страшных противоречий, в которых мы живем. И дела, разрешающие эти противоречия, суть те скромные, незаметные, кажущиеся смешными дела: служения себе и физической работой для себя и, если можно, для других, которые предстоят нам, богатым людям, если мы понимаем несчастие, бессовестность и опасность того положения, в которое мы попали.

Что выйдет из того, что я и другой, третий десяток людей будет не брезгать работой физической и будет считать ее необходимой для нашего счастья, спокойствия совести и безопасности? Выйдет то, что будет один, другой, третий десяток людей, которые, не входя в столкновение ни с кем, без насилия правительственного или революционного для себя разрешат страшный вопрос, стоящий перед всем миром и разделяющий людей, разрешат его так, что им станет лучше жить, что их совесть станет спокойнее и что им нечего бояться; выйдет то, что и другие люди увидят, что благо, которого они ищут везде, - тут, около них самих, что казавшиеся неразрешимые противоречия совести и устройства мира разрешаются самым легким и радостным способом и что вместо того, чтобы бояться людей, окружающих нас, нам надо сближаться с ними и любить их.

Ведь кажущийся неразрешимым вопрос экономический и социальный есть вопрос крыловского ларчика. Ларчик просто открывается. И до тех пор не откроется, пока люди просто не сделают самое первое, простое - не откроют его.

Кажущийся неразрешимым вопрос есть старый вопрос о том, каким образом одним людям пользоваться трудом других. Прежде пользовались трудом других прямо насилием, рабством; в наше время и в нашем мире это делается посредством собственности. Собственность в наше время есть и источник страданий людей, имеющих или лишенных ее, и укоров совести людей, злоупотребляющих ею, и опасности за столкновение между имеющими избыток ее и лишенными ее. И собственность есть в наше время то самое, на что направлена почти вся деятельность нашего современного общества, то, что руководит почти всей деятельностью нашего мира.

Государства - правительства интригуют и воюют из-за собственности: берегов Рейна, земли в Африке, в Китае, земли на Балканском полуострове. Банкиры, торговцы, фабриканты, землевладельцы трудятся, хитрят, мучаются и мучают из-за собственности; чиновники, ремесленники, землевладельцы бьются, обманывают, угнетают, страдают из-за собственности; суды, полиция охраняют собственность. Собственность есть корень всего зла; распределением, обеспечением собственности занят почти весь мир.

Что же такое собственность? Люди привыкли думать, что собственность есть что-то действительно принадлежащее человеку. Оттого и назвали они это собственностью. Мы говорим про дом и про свою руку одинаково: моя собственная рука и мой собственный дом.

Но ведь это, очевидно, заблуждение и суеверие.

Мы знаем, а если мы и не знаем, то легко увидать, что собственность есть только средство пользования трудом других. А труды других никак не могут быть моими собственными. Они даже не имеют ничего общего с понятием собственности понятием очень точным и определенным. Собственным, своим человек всегда называл и будет называть себя, то, что всегда подчинено его воле, то, что составляет орудие его деятельности или средство удовлетворения его потребностей, Таким орудием и средством человек признает прежде всего свое тело, свои руки, ноги, уши, глаза, язык. Как только человек называл собственностью то, что не есть его тело, но что он желал бы, чтобы подчинялось его воле, как и его тело, так он делает ошибку и наживает себе разочарование, страдания и входит в необходимость заставлять страдать других. Человек называет своей собственностью свою жену, своих детей, своих рабов, но действительность всегда показывает ему его ошибку, и он должен отказываться от этого суеверия или страдать и заставлять страдать других. Теперь мы, номинально отказываясь от собственности людей, заявляем право собственности на землю, предметы, на деньги, т. е. труд других. Но как право собственности на жену, сына, раба есть фикция, которая уничтожается действительностью и только заставляет страдать того, кто верит в нее, потому что жена, сын никогда не будут подчиняться воле моей, как мое тело, и собственность моя истинная останется все-таки одно мое тело, точно так же и собственность денег и всяких внешних предметов никогда не будет собственностью, а только обманом самого себя и источником страданий, а собственностью останется только мое тело, то, что всегда подчиняется мне и связано с моим сознанием.

Только нам, так привыкшим к тому, чтобы называть не свое тело своею собственностью, может казаться, что такое дикое суеверие может быть полезным нам и оставаться без вредных для нас последствий; но стоит вдуматься в сущность дела, чтобы увидать, как это суеверие, как и всякое другое, несет за собою страшные последствия.

Всякая собственность вызывает в человеке несоответствующие, не всегда удовлетворенные потребности и лишает его возможности приобрести для своей истинной и несомненной собственности - своего тела - те знания, умения, привычки, те усовершенствования, которые он мог приобрести. Результат всегда тот, что он праздно для себя, для своей истинной собственности, потратил силы, иногда всю жизнь без остатка на то, что не было и не могло быть его собственностью.

Человек устраивает воображаемую собственную библиотеку, собственную картинную галерею, собственную квартиру, одежду, приобретает собственные деньги, чтобы покупать на них все, что ему нужно, и кончается тем, что, занимаясь этой воображаемой собственностью, кик действительной, он совершенно теряет сознание того, что есть настоящая его собственность, над которой он действительно мог работать, которая может служить ему и которая всегда останется в его власти, и того, что не есть, не может быть его собственностью, как бы он ни называл ее, и которая не может быть предметом его деятельности.

Слова имеют всегда ясное значение до тех пор, пока мы умышленно не дадим им ложный смысл.

Что значит собственность?

Собственность значит то, что дано, принадлежит мне одному исключительно, то, с чем я могу сделать всегда все, что хочу, то, чего никто не может отнять у меня, что остается моим до конца моей жизни, и то, что я именно должен употреблять, увеличивать, улучшать. Такая собственность для каждого человека ведь есть только он сам. А между тем в этом самом смысле и разумеется обыкновенно воображаемая собственность людей, та самая, во имя которой (для того, чтобы сделать невозможное - эту воображаемую собственность сделать действительною) и происходит все страшное зло мира: и войны, и казни, и суды, и остроги, и роскошь, и разврат, и убийство, и погибель людей.

Так что же выйдет из того, что десяток людей будет пахать, колоть дрова, шить сапоги не по нужде, а по сознанию того, что человеку нужно работать и что чем он больше будет работать, тем ему будет лучше? Выйдет то, что десяток или хоть один человек и в сознании и на деле покажут людям, что то страшное зло, от которого они страдают, не есть закон судьбы, воля бога или какая-нибудь историческая необходимость, а есть суеверие, нисколько не сильное и не страшное, а слабое и ничтожное, в которое только надо перестать верить, как в идолов, для того чтобы освободиться от него и, как слабую паутину, разрушить его. Люди, которые станут трудиться для того, чтобы исполнять радостный закон их жизни, т. е. работающие для исполнения закона труда, освободятся от ужасного суеверия собственности для себя; и все те учреждения мира, существующие для поддержания этой мнимой собственности вне своего тела, окажутся для них не только ненужными, но и стеснительными; а для всех станет ясно, что все эти учреждения не суть необходимые, а вредные, выдуманные и ложные условия жизни.

Для человека, считающего труд не проклятием, а радостью, собственность вне своего тела, т. е. права или возможность пользоваться трудом других, будет не только бесполезна, но стеснительна. Если я люблю и привык готовить свой обед, то то, что другой человек станет это делать для меня, лишит меня моего привычного занятия и не удовлетворит меня так, как я сам удовлетворял себя; кроме того, приобретения воображаемой собственности будет не нужно такому человеку: человек, считающий труд самою жизнью, наполняет им свою жизнь и потому все меньше и меньше нуждается в труде других, т. е. в собственности, для занятия своего праздного времени, для приятностей своей жизни.

Если жизнь человека наполнена трудом и он знает наслаждение отдыха, ему не нужно комнат, мебели, разнообразных красивых одежд, ему нужно меньше дорогой пищи, не нужно средств передвижения, рассеяния. Главное же, человек, считающий труд делом и радостью своей жизни, не будет искать облегчения своего труда, которое ему могут дать труды других. Человек, считающий жизнь трудом, будет ставить себе целью, по мере приобретения умения, ловкости и выносливости, все больший и больший труд, все более и более наполняющий его жизнь. Для такого человека, полагающего смысл своей жизни в труде, а не в результатах его, для приобретения собственности, т. е. труда других, не может быть и вопроса об орудиях труда. Хотя такой человек и изберет всегда орудия наиболее производительные, человек этот получит то же самое удовлетворение работы и отдыха, работая и самым непроизводительным орудием. Если будет паровой плуг, он будет пахать им, если не будет его, он будет пахать конным, не будет его сохой, не будет сохи, он будет копать скребкой и во всех условиях одинаково будет достигать своей цели - проводить свою жизнь в полезном людям труде и потому будет получать полное удовлетворение. И положение такого человека и по внешним условиям и по внутренним будет более счастливо, чем того, который кладет свою жизнь в приобретении собственности. По внешним условиям такой человек никогда не будет в нужде, потому что люди, видя его желание работать, как в силе воды, к которой приделывают мельницу, всегда постараются сделать его работу наиболее производительной, обеспечат его материальное существование, чего они не делают для людей, стремящихся к собственности. А обеспечение материальных условий и есть все то, что нужно человеку. По внутренним условиям такой человек будет всегда счастливее того, который ищет собственности, потому что второй никогда не получит того, к чему стремится, первый же всегда по мере своих сил: слабый, старый, умирающий, по пословице, с кочедыком в руках, получит полное удовлетворение и любовь и сочувствие людей.

Так вот что будет из того, что несколько чудаков-сумасшедших будут пахать, шить сапоги и т. п. вместо того, чтобы курить папиросы, играть в винт и ездить повсюду, развозить свою скуку в продолжение свободных у каждого умственного работника 10-ти часов в день. Выйдет то, что эти сумасшедшие покажут на деле, что та воображаемая собственность, из-за которой страдают, мучаются и мучают других людей, не нужна для счастья, стеснительна и что это есть только суеверие; что собственность, истинная собственность, есть только своя голова, свои руки, свои ноги, и что для того, чтобы эксплуатировать действительно с пользою и радостью эту истинную собственность, надо откинуть ложное представление о собственности вне своего тела, на которое мы тратим лучшие силы своей жизни. Выйдет то, что эти люди покажут, что только когда человек перестанет верить в воображаемую собственность, только тогда он обработает свою настоящую собственность, свои способности, свое тело, так что они дадут ему плод сторицею и счастье, о котором мы не имеем понятия, и будет таким полезным, сильным, добрым человеком, которого куда ни брось, он везде упадет на ноги, везде всем всегда будет брат, будет всем понятен, и нужен, и дорог. И люди, глядя на одного, на десяток сумасшедших этих, поймут, что они все должны сделать, чтобы развязать тот страшный узел, в который их затянуло суеверие собственности, чтобы избавиться от несчастного положения, от которого они все в один голос стонут теперь, не зная из него выхода.

Но что же сделает один человек в толпе, несогласной с ним? Нет рассуждения, которое бы очевиднее этого показывало неправду тех, которые употребляют его. Бурлаки тянут барку против течения. Неужели найдется такой глупый бурлак, который откажется влечь в свою лямку, потому что он один не в силах тянуть барку против течения. Тот, кто признает за собою, кроме своих прав животной жизни - есть и спать, какую-нибудь человеческую обязанность, знает очень хорошо, в чем эта человеческая обязанность, точно так же как знает это бурлак, на которого надета лямка. Бурлак очень хорошо знает, что ему надо только влечь в лямку и идти по данному направлению. Он будет искать того, что ему делать и как, только тогда, когда он сбросит с себя лямку. И что с бурлаками и со всеми людьми, делающими общую работу, то и в деле всего человечества; каждому надо не снимать лямку, а влечь в нее по данному хозяином направлению. И на то и дан разум один всем людям, чтобы направление это было всегда одно. И направление это дано так очевидно несомненно, и во всей и жизни окружающих нас людей, и в совести каждого человека, во всем выражении мудрости людей, что только тот, кто не хочет работать, может говорить, что он не видит его.

Так что же выйдет из этого? То, что один-два человека потянут; на них глядя, присоединится третий, и так будут присоединяться лучшие люди до тех пор, пока не двинется дело и не пойдет, как будто само подталкивая и вызывая к тому же и тех, которые и не понимают, что и зачем делается. Сперва к числу людей, сознательно работающих для исполнения закона бога, присоединятся люди, полусознательно, полу на веру признающие тоже; потом к ним присоединится еще большее число людей, только на веру передовым людям признающие то же, и, наконец, большинство людей признают это, и тогда совершится то, что люди перестанут губить себя и найдут счастье.

Это будет тогда, - что будет очень скоро, - когда люди нашего круга, а за ними и все огромное большинство не будут считать, что стыдно вывозить и чистить нужники, а не стыдно наполнять их для того, чтобы люди-братья вывозили их; не будут считать, что стыдно идти в личных сапогах в гости, а не стыдно идти в калошах мимо людей, у которых нет никакой обуви; что стыдно не знать по-французски или последней новости, а не стыдно есть хлеб и не знать, как его ставят; что стыдно не иметь крахмальной рубашки и чистого платья, а не стыдно ходить в чистом платье, выказывая тем свою праздность; что стыдно иметь грязные руки, а не стыдно не иметь рук с мозолями.

Все это будет тогда, когда этого будет требовать общественное мнение, А общественное мнение будет требовать этого тогда, когда уничтожатся в представлении людей те соблазны, которые скрывали от них истину. На моей памяти совершились большие перемены в этом смысле. И перемены эти совершились только потому, что переменилось общественное мнение. На моей памяти совершилось то, что было стыдно богатым людям выехать не на четверне с двумя лакеями, что было стыдно не иметь лакея или горничной для того, чтобы одевать, умывать, обувать, держать горшок и т. п.; и теперь вдруг стало стыдно не одеваться, не обуваться самому и ездить с лакеями. Все эти перемены сделало общественное мнение. Разве не ясны те перемены, которые теперь готовятся в общественном мнении?

Стоило 25 лет тому назад уничтожиться соблазну, оправдывающему крепостное право, и изменилось общественное мнение о том, что похвально и что стыдно, и изменилась жизнь. Стоит уничтожиться соблазну, оправдывающему денежную власть над людьми, и изменится общественное мнение о том, что похвально и что стыдно, и изменится жизнь. А уничтожение соблазна оправдания денежной власти и изменение общественного мнения в этом отношении уже быстро совершается. Соблазн этот уж просвечивает и чуть-чуть закрывает истину. Стоит только пристально вглядеться, чтобы видеть ясно то изменение общественного мнения, которое уже совершилось и только не сознано, не названо словом. Стоит мало-мальски образованному человеку нашего времени вдуматься в то, что вытекает из тех воззрений на мир, которые он исповедует, чтобы убедиться, что та оценка хорошего и дурного, похвального и стыдного, которой он по инерции руководится в жизни, прямо противоречит всему его миросозерцанию.

Стоит человеку нашего времени, только на минуту отрешившись от своей идущей по инерции жизни, взглянуть на нее со стороны и подвергнуть той самой оценке, которая вытекает из всего его миросозерцания, чтобы ужаснуться перед тем определением всей его жизни, которая вытекает из его миросозерцания. Возьмем для примера молодого человека (в молодых сильнее энергия жизни и туманнее самосознание). Возьмем для примера молодого человека богатых классов какого бы то ни было направления. Всякий хороший юноша считает, что стыдно не помочь старику, ребенку, женщине; считают, что в общем деле стыдно подвергать опасности жизнь или здоровье другого человека, а самому избегать ее. Всякий считает, что стыдно и дико делать то, что, как рассказывал Скайлер, делают киргизы во время бури: высылают баб и старух держать под бурей углы кибитки, а сами продолжают сидеть за кумысом в кибитке; всякий считает, что стыдно слабого человека заставлять делать на себя работу, считают, что еще стыднее во время опасности на горящем корабле, например, самому сильному, расталкивая слабых и оставляя их в опасности, первому лезть в спасающую лодку и т. п.

Они всё это считают стыдным и ни за что этого не сделают в некоторых исключительных условиях; но в обыденной жизни точно такие же поступки и гораздо худшие закрыты от них соблазнами, и они не переставая делают их. Стоит им только вдуматься, чтобы увидать и ужаснуться. Молодой человек носит чистые рубашки каждый день. Кто моет их на реке? Женщина, в каком бы она ни была положении, очень часто старая, годящаяся в бабки и в матери молодому человеку, иногда больная. Как назовет сам этот молодой человек того, кто для прихоти сменить рубашку, которая и так чиста, посылает стирать эту рубашку женщину, годящуюся ему в матери? Молодой человек заводит лошадей для щегольства, и их выезжает с опасностью жизни человек, годящийся ему в отцы или деды, а сам молодой человек садится на лошадь только тогда, когда опасность миновалась. Как назовет этот молодой человек того, кто, устраняясь сам, ставит другого в опасное положение и пользуется этим риском для своего удовольствия?

А ведь вся жизнь богатых классов составляется из ряда таких поступков. Непосильные труды стариков, детей, женщин и дела, с опасностью жизни совершаемые другими не для того, чтобы мы могли работать, а для нашей прихоти, наполняют всю нашу жизнь.

Рыбак тонет, ловя нам рыбу, прачки студятся и мрут, кузнецы слепнут, фабричные болеют и портятся машинами, лесорубы раздавливаются деревьями, рабочие убиваются с крыш, швеи чахнут. Все настоящие дела совершаются с тратою и опасностью жизни. Скрыть это и не видать этого нельзя. Одно спасение в этом положении, один выход из него тот, чтобы по своему же миросозерцанию человеку нашего времени не назвать себя подлецом и трусом, взваливающим на других труд и опасность жизни, - это то, чтобы брать от людей только необходимое для жизни и самому нести настоящий труд с тратою и опасностью жизни.

Придет время очень скоро, и оно приходит уже, когда стыдно и гадко будет обедать не только обед в пять блюд, подаваемый лакеями, но обедать обед, который сварили не сами хозяева; стыдно будет ехать не только на рысаках, но на извозчике, когда ноги есть; надевать в будни платья, обувь, перчатки, в которых нельзя работать; стыдно будет не только кормить собак молоком и белым хлебом, когда есть люди, у которых нет молока и хлеба, и жечь лампы и свечи, при которых не работают, топить печи, в которых не варят пищи, когда есть люди, у которых нет освещения и отопления. И к такому взгляду на жизнь мы неизбежно и быстро идем. Мы стоим уже на рубеже этой новой жизни, и установление этого нового взгляда на жизнь есть дело общественного мнения. Общественное мнение, утверждающее такой взгляд на жизнь, быстро вырабатывается.

Женщины делают общественное мнение, И женщины особенно сильны в наше время.

XL

Как сказано в Библии, мужчине и женщине дан закон: мужчине закон труда, женщине закон рождения детей. Хотя мы по нашей науке и nous avons change tout ca [мы переменили все это (фр.).], но закон мужчины, как и женщины, остается неизменным, как печень на своем месте, и отступление от него казнится все так же неизбежно смертью. Разница только в том, что для мужчины отступление от закона казнится смертью в таком близком будущем, что оно может быть названо настоящим, для женщин же отступление от закона казнится в более далеком будущем. Отступление общее всех мужчин от закона уничтожает людей тотчас же; отступление всех женщин уничтожает людей следующего поколения. Отступление же некоторых мужчин и женщин не уничтожает рода человеческого, а лишает только отступивших разумной природы человека. Отступление мужчин от закона началось давно в тех классах, которые могли насиловать других, и, все распространяясь, продолжалось до нашего времени и в наше время дошло до безумия, до идеала, состоящего в отступлении от закона, - до идеала, выраженного князем Блохиным и разделяемого Ренаном и всем образованным миром: будут работать машины, а люди будут наслаждающиеся комки нерв.

Отступления от закона женщин почти не было. Оно выражалось только в проституции и в частных преступлениях убивания плода. Женщины круга людей богатых исполняли свой закон, тогда как мужчины не исполняли своего закона, и потому женщины стали сильнее и продолжают властвовать и должны властвовать над людьми, отступившими от закона и потому потерявшими разум. Говорят обыкновенно, что женщина (парижская женщина, преимущественно бездетная) так стала обворожительна, пользуясь всеми средствами цивилизации, что она этим своим обаянием овладела мужчиной. Это не только несправедливо, но как раз наоборот. Овладела мужчиной не бездетная женщина, а мать, та, которая исполняла свой закон, тогда как мужчина не исполнял своего. Та же женщина, которая искусственно делается бездетною и пленяет мужчину своими плечами и локонами, - это не властвующая над мужчиной женщина, а развращенная мужчиной, опустившаяся до него, до развращенного мужчины, женщина, сама, так же как и он, отступающая от закона и теряющая, как и он, всякий разумный смысл жизни. Из этой ошибки вытекает и та удивительная глупость, которая называется правами женщин. Формула этих прав женщин такая: а! ты, мужчина, - говорит женщина, отступил от своего закона настоящего труда, а хочешь, чтобы мы несли тяжесть нашего настоящего труда? Нет, если так, то мы, так же как и ты, сумеем делать то подобие труда, которое ты делаешь в банках, министерствах, университетах, академиях; мы хотим, так же как и ты, под видом разделения труда, пользоваться трудами других и жить, удовлетворяя одной похоти. Они говорят это и на деле показывают, что они никак не хуже, еще лучше мужчин умеют делать это подобие труда.

Так называемый женский вопрос возник и мог возникнуть только среди мужчин, отступивших от закона настоящего труда. Стоит только вернуться к нему, и вопроса этого быть не может. Женщина, имея свой особенный, неизбежный труд, никогда не потребует права участия в труде мужчины - в рудниках, на пашне. Она могла потребовать участия только в мнимом труде мужчин богатого класса.

Женщина нашего круга была сильнее мужчины и сильнее еще теперь не своим обаянием, не своею ловкостью делать то же фарисейское подобие труда, как и мужчина, а тем, что она не выступала из-под закона, что она несла тот настоящий с опасностью жизни, с напряжением до последних пределов, настоящий труд, от которого уволил себя мужчина богатых классов. Но на моей же памяти началось и отступление женщины от закона, т. е. падение ее, и на моей памяти оно все дальше и дальше совершается. Женщина, потеряв закон, поверила, что ее сила в обаянии прелести или в ловкости фарисейского подобия умственного труда. А тому и другому мешают дети. И вот с помощью науки на моей памяти сделалось то, что среди богатых классов явились десятки способов уничтожения плода. И вот женщины-матери, одни из богатых классов державшие в своих руках власть, выпускают ее для того, чтобы не уступить уличным девкам и сравняться с ними. Зло уже далеко распространилось и с каждым днем распространяется дальше и дальше, и скоро оно охватит всех женщин богатых классов, и тогда они сравняются с мужчинами и вместе с ними потеряют разумный смысл жизни. Но еще есть время.

Если бы только женщины поняли свое значение, свою силу в употребили бы ее на дело спасения своих мужей, братьев и детей. На спасение всех людей!

Жены-матери богатых классов, спасение людей нашего мира от тех зол, которыми он страдает, в ваших руках!

Не те женщины, которые заняты своими талиями, турнюрами, прическами и пленительностью для мужчин и против своей воли, по недоглядке, с отчаянием рожают детей и отдают их кормилицам; и не те тоже, которые ходят на разные курсы и говорят о психомоторных центрах и дифференциации и тоже стараются избавиться от рождения детей с тем, чтобы не препятствовать своему одурению, которое они называют развитием, а те женщины и матери, которые, имея возможность избавиться от рождения детей, прямо, сознательно подчиняются этому вечному, неизменному закону, зная, что тягость и труд этого подчинения есть назначение их жизни. Вот эти-то женщины и матери наших богатых классов те, в руках которых больше, чем в чьих-нибудь других, лежит спасение людей нашего мира от удручающих их бедствий. Вы, женщины и матери, сознательно подчиняющиеся закону бога, вы одни знаете в нашем несчастном, изуродованном, потерявшем образ человеческий кругу, вы одни знаете весь настоящий смысл жизни по закону бога, и вы одни своим примером можете показать людям то счастие жизни в подчинении воле бога, которого они лишают себя. Вы одни знаете те восторги и радости, захватывающие все существо, то блаженство, которое предназначено человеку, не отступающему от закона бога. Вы знаете счастие любви к мужу - счастие не кончающееся, не обрывающееся, как все другие, а составляющее начало нового счастия - любви к ребенку. Вы одни, когда вы просты и покорны воле бога, знаете не тот шуточный парадный труд в мундирах и в освещенных залах, который мужчины вашего круга называют трудом, а знаете тот истинный, богом положенный людям труд и знаете истинные награды за него, то блаженство, которое он дает. Вы знаете это, когда после радостей любви вы с волнением, страхом и надеждой ждете того мучительного состояния беременности, которое сделает вас больными на 9 месяцев, приведет вас на край смерти и к невыносимым страданиям и болям; вы знаете условия истинного труда, когда вы с радостью ждете приближения и усиления самых страшных мучений, после которых наступает вам одним известное блаженство. Вы знаете это тогда, когда тотчас же после этих мук, без отдыха, без перерыва вы беретесь за другой ряд трудов и страданий - кормления, при котором вы сразу отказываетесь и покоряете своему чувству самую сильную человеческую потребность сна, которая, по пословице, милей отца и матери, и месяцы, годы не спите подряд ни одной ночи, а иногда, и часто, не спите напролет целые ночи, а с затекшими руками одиноко ходите, качаете разрывающего вам сердце больного ребенка. И когда вы делаете все это, никем не одобряемые, никому не видимые, ни от кого не ожидающие за это похвалы или награды, когда вы делаете это не как подвиг, а как работник евангельской притчи, пришедший с поля, считая, что вы сделали только то, что должно, тогда вы знаете, что фальшивый парадный труд для славы людской и что настоящий исполнение воли бога, которой указание вы чувствуете в своем сердце. Вы знаете, что, если вы настоящая мать, что мало того, что никто не видел вашего труда, не хвалил вас за него, а только находил, что это так и нужно, но что и те, для кого вы трудились, не только не благодарят, но часто мучают, укоряют вас. И с следующим ребенком вы делаете то же: опять страдаете, опять несете невидимый, страшный труд и опять не ждете ни от кого награды и чувствуете все то же удовлетворение.

Если вы такие, то вы не скажете ни после двух, ни после двадцати детей, что довольно рожать, как не скажет 50-летний работник, что довольно работать, когда он еще ест и спит и мускулы его просят дела; если вы такие, вы не свалите с себя заботы кормления и ухаживания на чужую мать, как не даст работник другому человеку кончать его начатую и почти конченную работу, потому что в этой работе вы кладете свою жизнь, и потому тем полнее и счастливее ваша жизнь, чем больше этой работы. А когда вы такая - и такие еще есть, к счастию людей, - то тот же закон исполнения воли бога, которым вы руководитесь в своей жизни, вы приложите и к жизни вашего мужа, и ваших детей, и близких вам. Если вы такая и знаете по себе, что только самоотверженный, невидимый, безнаградный труд, с опасностью жизни и до последних пределов напряжения для жизни других, есть то призвание человека, которое дает ему удовлетворение, то эти же требования вы будете заявлять и к другим, к этому же труду поощрять мужа, по этому труду мерить и оценивать достоинство людей и к этому же труду будете готовить своих детей.

Только та женщина-мать, которая смотрит на свое рождение детей как на неприятную случайность, а на свои удовольствия любви, удобства жизни, образования, общественности как на смысл жизни, будет воспитывать детей так, чтобы они имели как можно больше удовольствий и как можно больше пользовались ими: будет сладко кормить, наряжать, искусственно веселить их, будет учить их не тому, что бы сделало их способными к самоотверженному с опасностью жизни и до последних пределов напряжения мужскому и женскому труду, а тому, что бы избавило их от этого труда. Только такая женщина, потерявшая смысл своей жизни, будет сочувствовать тому обманному, фальшивому мужскому труду, при котором муж ее, освободив себя от обязанности человека, имеет возможность пользоваться вместе с нею трудами других. Только такая женщина будет выбирать такого же мужа своей дочери и оценивать людей не тем, что они сами такое, а тем, что с ними связано: положением, деньгами, уменьем пользоваться чужими трудами.

Настоящая же мать, зная на деле волю бога, к исполнению ее будет готовить и детей своих. Для таких матерей видеть своего перекормленного, изнеженного, разряженного ребенка будет страданием, потому что все это, она знает, затруднит для него изведанное матерью исполнение воли бога. Такая мать будет учить не тому, что даст сыну или дочери возможность освободить себя от труда, а тому, что поможет ему нести труд жизни. Ей не нужно будет спрашивать, чему учить, к чему готовить детей: она знает, в чем призвание людей, и потому знает, чему надо учить и к чему готовить детей. Такая женщина не будет не только поощрять мужа к обманному, фальшивому труду, имеющему только целью пользование трудом других, но с отвращением и ужасом будет относиться к такой деятельности, служащей двойным соблазном для детей; такая женщина не будет выбирать мужа дочери по белизне его рук и утонченности манер, а твердо зная, что труд и что обман, будет всегда и везде, начиная с своего мужа, уважать и ценить в мужчинах, требовать от них настоящий труд с тратой и опасностью жизни и презирать тот фальшивый парадный труд, который имеет целью избавление себя от истинного труда.

Такая мать сама родит, сама выкормит, сама будет, прежде всего другого, кормить и готовить пищу детей, и шить, и мыть, и учить своих детей, и спать, и говорить с ними, потому что в этом она полагает свое дело жизни. Только такая мать не будет искать для своих детей внешних обеспечении в деньгах своего мужа, в дипломах детей, а будет воспитывать в них ту самую способность самоотверженного исполнения воли божией, которую она в себе знает, способность несения труда с тратою и опасностью жизни, потому что знает, что в этом одном обеспечение и благо жизни. Такая мать не будет спрашиваться у других, что ей делать, - она все будет знать и ничего не будет бояться.

Если могут быть сомнения для мужчины и для бездетной

женщины о том пути, на котором находится исполнение воли бога, для женщины-матери путь этот твердо и ясно определен; и если она покорно, в простоте душевной исполнила его, она, становясь на ту высшую точку блага, до которой дано достигнуть человеческому существу, становится путеводной звездой для всех людей, стремящихся к благу. Только мать может перед смертью спокойно сказать тому, кто послал ее в этот мир, и тому, кому она служила рождением и воспитанием любимых больше себя детей, только она может спокойно сказать, сослужив ему положенную ей службу: "Ныне отпущаеши раба твоего". А это-то и есть то высшее совершенство, к которому, как к высшему благу, стремятся люди.

Вот такие-то, исполнявшие свое призвание женщины властвуют властвующими мужчинами; такие-то женщины готовят новые поколения людей и установляют общественное мнение, и потому в руках этих женщин высшая власть спасения людей от существующих и угрожающих зол нашего времени.

Да, женщины-матери, в ваших руках, больше чем в чьих-нибудь других, спасение мира!

Also available from JiaHu Books:

Русланъ и Людмила — А. С. Пушкин - 9781909669000

Евгеній Онѣгинъ — А. С. Пушкин — 9781909669017

Пиковая дама, Медный всадник, Цыганы — А. С. Пушкин — 9781784350116

Капитанская дочка — А. С. Пушкин — 9781784350260

Борис Годунов — А. С. Пушкин — 9781784350291

Стихотворения: 1813-1820 — А. С. Пушкин — 9781784350864

Анна Каренина — Л. Н. Толстой — 9781909669154

Детство — Л. Н. Толстой — 9781784350949

Отрочество — Л. Н. Толстой — 9781784350956

Юность — Л. Н. Толстой — 9781784350963

Смерть Ивана Ильича — Л. Н. Толстой — 9781784350970

Крейцерова соната — Л. Н. Толстой — 9781784350987

Дядя Ваня — А. П. Чехов — 9781784350000

Три сестры — А. П. Чехов — 9781784350017

Вишнёвый сад — А. П. Чехов - 9781909669819

Чайка — А. П. Чехов — 9781909669642

Дуэль — А. П. Чехов — 9781784350024

Иванов — А. П. Чехов — 9781784350093

Шутки - А. П. Чехов — 9781784350109

Записки из подполья — Ф. Достоевский — 9781784350472

Бедные люди — Ф. Достоевский — 9781784350895

Повести и рассказы — Ф. Достоевский — 9781784350901

Двойник — Ф. Достоевский — 9781784350932

Рудин — И. С. Тургенев — 9781784350222

Записки охотника - И. С. Тургенев — 9781784350390

Нахлебник - И. С. Тургенев — 9781784350246

Отцы и дети — И. С. Тургенев - 978178435123

Ася — И. С. Тургенев — 9781784350079

Первая любовь — И. С. Тургенев — 9781784350086

Вешние воды — И. С. Тургенев — 9781784350253

Накануне — И. С. Тургенев — 9781784350512

Мать — Максим Горький — 9781909669628

Конармия — Исаак Бабель — 9781784350062

Человек-амфибия — А. Беляев - 9781784350369

Рассказ о семи повешенных и другие повести — Л. Н. Андреев — 9781909669659

Леди Макбет Мценского уезда и Запечатленный ангел - Н. С. Лесков - 9781909669666

Очарованный странник — Н. С. Лесков — 9781909669727

Некуда — Н. С. Лесков -9781909669673

Мы - Евгений Замятин- 9781909669758

Санин — М. П. Арцыбашев — 9781909669949

Двенадцать стульев — Ильф и Петров - 9781784350239

Золотой теленок — Ильф и Петров - 9781784350468

Мастер и Маргарита — М.А. Булгаков - 9781909669895

Собачье сердце — М.А. Булгаков — 9781909669536

Записки юного врача — М.А. Булгаков — 9781909669680

Роковые яйца — М.А. Булгаков — 9781909669840

Горе от ума — А. С. Грибоедов - 9781784350376

Рассказы для детей - Д. Хармс - 9781784350529

Евгений Онегин (Либретто) — 9781909669741

Пиковая Дама (Либретто) — 9781909669918

Борис Годунов (Либретто) — 9781909669376

Руслан и Людмила (Либретто) - 9781784350666

Раскіданае гняздо/Тутэйшыя - Янка Купала – 9781909669901

www.ingramcontent.com/pod-product-compliance
Lightning Source LLC
Chambersburg PA
CBHW031338170626
46807CB00002B/763